苔迹

青葱岁月的苔迹

晓风 著

ZHEJIANG UNIVERSITY PRESS
浙江大学出版社

图书在版编目(CIP)数据

青葱岁月的苔迹/晓风著.—杭州:浙江大学出版社,2018.8
ISBN 978-7-308-18307-9

Ⅰ.①青… Ⅱ.①晓… Ⅲ.①纪实文学—中国—当代
Ⅳ.①I25

中国版本图书馆 CIP 数据核字(2018)第 117592 号

青葱岁月的苔迹
晓　风　著

责任编辑　姚逸超　宋旭华
责任校对　王荣鑫
封面设计　周　灵
出版发行　浙江大学出版社
(杭州市天目山路 148 号　邮政编码 310007)
(网址:http://www.zjupress.com)
排　　版　浙江时代出版服务有限公司
印　　刷　浙江新华数码印务有限公司
开　　本　880mm×1230mm　1/32
印　　张　10.375
字　　数　207 千
版 印 次　2018 年 8 月第 1 版　2018 年 8 月第 1 次印刷
书　　号　ISBN 978-7-308-18307-9
定　　价　45.00 元

目　录

一　京剧票的故事 / 001

二　入团的风波 / 019

三　广播站新来的通讯员 / 043

四　抗洪救灾的日子 / 075

五　干校轶事 / 103

六　熊孩子的遭遇 / 135

七　操场内外 / 165

八　爷爷 / 193

九　过年 / 227

十　家有故交 / 261

十一　乡有贤达 / 299

后　记 / 325

京剧票的故事

一

那是一个全社会都浸润在红色海洋中的年代，一个人人争当“红色革命接班人”的年代。在“漫卷西风”的红旗下，汇聚着由红宝书、红袖套、红像章、红帽徽等叠印而成的种种革命影像。

在我所生活的苏北小城，“封资修的黑货”被扫荡一空，但“男女授受不亲”的封建观念却反而在特殊的时代条件下以一种变异的方式阻碍着男女同学的正常交往，使他们彼此视对方为不宜接触的异类，在公私场合都尽可能相互回避。噢，在中学生族群中，把异性当作异类，避之唯恐不远，我不知是不是在特定时空中才可能出现的现象？离开了上世纪六七十年代这一特定时间以及闭塞的苏北小城这一特定空间，它还有没有生成的条件？类似的现象在别处是否也曾出现并蔓延？但我深信，它不会在我的少年时代和我的生存地域绝无仅有。目睹这一现象，老师们有意无意地淡化它的时代色彩，而含糊地把它定性为青春期的“男女隔阂”。不过，他们也曾明确说，他们当年是不知“男女隔阂”为何物的。

初中的学制只有两年。当我升入初二后，“男女隔阂”已经表象化了，男同学与女同学不仅完全没有语言交流，而且连礼节性的招呼也一概摈弃。当一男一女两个前后座同学在小弄堂里狭路相逢时，通常的应变方式是，一低头，一侧身，就像从未谋面的陌生人一样擦肩而过。偶尔会回头看看对方渐行渐远的背影，把对异性的本能的向往与留恋倾注在这匆匆一瞥中。但如果恰好对方也在此时回眸，两道热切而又充满顾忌的目光在空中刚一触碰，便又像受惊的兔子一样急速逃遁。然后就加快步履，“义无反顾”地离开这是非之地。而我每当遭遇到这种尴尬时，在快步逃逸的过程中会不断加速，最后的速度几乎接近于百米冲刺的状态。当感觉到自己大致已脱离险境时，早已气喘如牛了。

二

那天，在放学回家的路上，拐进一条必经的小巷后，远远的我就看见，迎面走来的那个娉娉婷婷的女孩是同班的诸晓频。哦，准确地说，是曾经同班的诸晓频——半年前，能歌善舞的她已经被省京剧团招到学员班去了。当时，全校都曾经为之轰动！天哪，她居然被京剧团的“星探”看中了，去学习排练红遍大江南北、长城内外的革命样板戏！想必不久以后便会到我们这个县城来巡演，在聚光灯的照射下，以“李铁梅”或“小常宝”的飒爽英姿亮相于我们眼前，那该是何等威风啊！

那时还没有“追星族”的概念，明星身上也没有罩着现在这样多的光环，但世人对样板戏演员的追捧一点也不亚于今日的粉丝团，只是外在的表现不会像今天这样热烈，也不敢像今天这样恣肆。同时，碍于思想观念和物质条件的双重限制，他们也不可能采用今天司空见惯的手持鲜花、忘情欢呼一类的表达方式。不过，只要看看他们闲谈时一提到《红灯记》中饰演李玉和的浩亮、《智取威虎山》中饰演杨子荣的童祥苓、《杜鹃山》中饰演柯湘的杨春霞等家喻户晓的京剧名角，立刻就双眼放光、兴奋不已的神态，便不难明白他们内心同样弥漾着对明星的不可遏止的崇拜之情，尽管他们公开承认的崇拜对象也许只有引领中国革命的航船劈波斩浪驶向共产主义彼岸的伟大领袖。

而眼前的诸晓频，虽然身份还只是省京剧团的学员，但谁敢怀疑她将来不能成为杨春霞那样的大腕呢——噢，那时还没有“大腕”这一霸气称谓，通行的说法是“名人”，地位在“伟人”之下，却比“常人”要高出许多。在同学们眼里，诸晓频差不多已经是“准名人”了。用现在的话说，当时大家都看好她的“星途”。

如今，这位“明日之星”正与我在窄胡同里相向而行，几秒钟后就将零距离地彼此面对。哇！要是今天的追星族，那一定会觉得这是天赐良机。但那时的我却只觉得紧张与局促，深怨造化弄人，将我推入这般难堪的境地。无论如何我也不可能大大方方地缓步趋前，直视她朝气蓬勃的面容，亲切地招呼一声“你好”，然后略叙契阔——毕竟她已经离开我们班级半年了，对她现在的学员生活我免不了有一种神秘感，很想知道它与我们的生活常态有什么不同，尤其是平日如何练功——我们这班男孩更感兴趣的不是唱功而是武功，即“唱念做打”中的那个

“打”字。但我怎么可能跨越早已人为构筑起的男女同学“老死不相往来”的壁垒？即便是在没有他人察觉的情境下。

三

我多么希望她在发现我之后愣怔一下旋即掉头而去，在自我解救的同时也将我“解放”出来！她似乎真的愣怔了一下，但却并没有转身，而是径直向我走来，步履似乎十分轻快，还带有点舞蹈的韵律。距离尚远，看不清她脸上的表情，但隐隐的似乎浮现着笑意。30 米……20 米……10 米……我的呼吸越来越急促，脚步也越来越滞重，感觉一点也不亚于《红灯记》中拖着沉重的脚镣走向刑场的李玉和。当双方的距离缩短到只有 5 米左右时，我再也不能自控了，一拍脑袋，仿佛忽然忆起路上丢失了什么重要的东西必须马上折返寻找似的，转身便“反其道而行之”了。这时，我脑海里所能想到的形容词都充满了自嘲的意味：“抱头鼠窜”，“落荒而逃”！

然而，就在我即将拐出巷口，暗自庆幸撤退及时之际，背后响起了诸晓频脆生生的呼喊声：“晓风，等等！”没错，是她的声音，而且她喊叫的正是我的名字。其实，在整个小学时代，她也一直是我的同班同学，对她的声音我早已熟悉了。我从来不是听音辨声的高手，但课间休息时要从教室后方发出的叽叽喳喳的声音中分辨出是哪几只黄鹂在鸣啾，非独我，全班男生几乎都能做到。虽然彼此之间从不交谈，但出于异性相吸的本能，我们对女生的谈话内容实际上都有着浓厚的兴趣。看似在打打闹闹的我们，都竖起耳朵捕捉着从女生群里飘出的每一个音符,并迅速将它与在场的女生一一对号。就像公雀对母雀的啼啭即便不加回应,也必然声声入耳,并据以捕捉自己所希望得到的信息。因此,她的喊声甫一出喉,我就分辨出这是地地道道的原版。

我的脚步戛然而止。因为“刹车”太快,导致下盘不稳,身躯前倾,差点呈现自己一向最鄙视的“狗吃屎”的丑态。身后传来扑哧一声,想来我前前后后滑稽相被她尽收眼底,终于忍俊不禁。我更窘了,却无法装聋作哑——要有那样的表演功力,我也未尝不想挤进省京剧团的学员班——只好转过身去,面红耳赤地望向这颗正在冉冉升起的新星。

她变了。首先服饰变得洋气了。虽然依然是一身普通的黄军装,却经过特别的裁剪加工,显得浓纤有度,肥瘦合宜,穿在她身上有一种都市范儿。脖子上不经意地围着一条红丝巾,既标示了她红色学员的身份,又在时人所崇尚的英武之气中融入了一点妩媚。

其次,身材变得挺拔了。本来,在同学中她就显得高挑,如今,也许是天天练功的缘故,又增加了几分窈窕。那光景我后来才知道可以用“凹凸有致”来形容,而在当时则根本找不到合适的词语来描绘。别说不知道还有“凹凸有致”的说法,就是知道,也会顾忌它所隐含的“流氓”色彩而弃之不用。

第三,更重要的是,仪态变得落落大方了。不疾不徐地向我走来的她,脸上果然挂着邂逅旧交时自然绽放的笑容。那笑容不算灿烂,却渗透着少女的纯真,特别明媚。有别于我目光的躲闪,她却直视着我,从她清澈的目光中我读到了久别重逢的喜悦。

四

我的双脚被钉在了原地，一步也无法挪动，只能眼睁睁地看着她一点点向我迫近。走到我面前时，她竟然伸出手来说：“你好，晓风！”我知道这时应该像李玉和遇到前来传递密电码的游击队交通员那样，激动地大步跨上前去，一把拽住她的手使劲摇晃。但现实中的她不是身负我党重要使命的交通员，而是有可能使自己卷入绯闻的女同学。她已经离开了不够开化的小城，完全听不到旧日的小伙伴的种种捕风捉影的议论，而我不同，生于斯的我还要继续长于斯，我，我不能给小伙伴留下任何攻讦的借口。此刻，如果与她“盈盈一握”，而碰巧又被某位同学窥见，那我就会成为众伙伴们嘲笑的对象了。因此，我只能对她带有都市风范的友善举动视而不见，而脸却憋得更红了，与父亲悄悄供奉在家中壁龛上的关老爷塑像好有一比。

她的手并没有僵在空中，很自然地缩了回去，并不计较我的无礼。但忍不住又扑哧笑了一声，让我顿然觉出了两人在成熟度上的差距：我依然是个混沌未开，以至于在女同学面前手足无措、惊恐莫名的小城少年，而她却已是有过很多演出之余的交际活动的准职业女性，早就逾越了我们还在愚妄地固守的男女界限，也对来自我这类懵懂男孩的“冷遇”见怪不惊了。

我很想也装出彬彬有礼的样子，回应一声：“你好！”我知道，那样才能找回刚才已经丧失殆尽的风度。最好再加上一句“久违了”，那是酷爱阅读小说的我心目中最有文化、最见风度、也最为气派的语汇。但我就是说不出口，就像江潮无数次拍打堤岸，却始终无法漫过一样。于是，我当时表现出的是后来自己认为最丢人的形态：呆若木鸡。

她似乎非常理解我此时的窘迫，不再与我接谈，从口袋里掏出一样东西塞给我之后便先自转身离去，连“再见”也没有顾得上说一声。快走几步后，她又回眸一笑：“我知道你会从这里经过的。”我清楚地看到，她的脸居然也红了，一下子现出了在小城长大的少女终究未脱羞涩的原形。

我一看手中的东西，是今晚省京剧团学员班演出《智取威虎山》的入场券。哇！这正是出身于平民家庭的我渴望获得却苦无渠道获得的东西啊！演出的消息早就听说了，广播里说这是学员班的“巡回汇报演出”，在我们这个小城只演一场。在文化娱乐活动极度匮乏的当年，不难想见，“一票难求”的景象该如何被推向极致。我根本不敢奢望自己能够尾随小城的达官名流之后步入全城唯一的剧院去观赏这场令举城若狂的高水平演出，看曾经的同学诸晓频如何将小常宝的角色演绎得栩栩如生——听女同学们半是嫉妒、半是欣羡地议论说，她扮演的角色就是苦大仇深、请缨杀敌的小常宝。但如今，不可能发生的奇迹却从天而降，身为演员的旧日同学诸晓频将入场券送到我手里，我也可以堂而皇之地成为身份显贵的观众中的一员了。幸福感瞬间弥漫全身，不是因为蒙诸晓频垂青赠票，而是因为在毫无预兆的情况下可以得饱眼福，梦圆今宵。

五

回看诸晓频，已经蹦蹦跳跳地走远了。当她最后一点背影也消失在小巷深处时，我满怀感激地重踏归途。天忽然下起了小雨，而往事也如雨点般穿过层层云雾滴落在我记忆的屏幕上——

小学三年级以前，“文革”还没发生，男女同学间也没有任何隔阂。贪玩的我从来不是一个用功读书的好学生，但阴差阳错，几乎每次考试都能得到全班的最高分。这就让老师和同学都刮目相看了。在课后愿意与我讨论作业的同学中，诸晓频是频率最高的一个。听说她父母都是军队干部，她暂时跟随奶奶在小城生活，不久也要随军，却一直未见离开。我感觉她很有文艺天赋，但成绩平平。一天，她让我帮助检查一下语文作业本。翻开来，里面竟然夹着两颗当时极为稀罕的大白兔奶糖。我的脸一下子涨红了。还回作业本时，也将奶糖完璧归赵。我瞥见她这时脸上的神色多少有些尴尬，甚至还有一点友善被拒绝的失落。

全班排练合唱节目《听妈妈讲过去的故事》，就是那首“月亮在白莲花般的云朵里穿行”。作为文娱委员的她是当然的女生领唱。排练过程中，她节外生枝，说还需要增加一位男生领唱，并提议由我担任。我一向不喜抛头露面，被强令站在前列已觉浑身不适，遑论领唱？在我看来，她的这一提议无异于把我推向火坑。这让我愠怒无端而生，当即严词拒绝，并对她白眼相向，以示抗议。老师也认为我过于腼腆，一上台就无所措手足，不是领唱的合适人选，所以否定了她的动议，把我从一场无妄之灾中解救了出来。在感谢老师“英明”的同时，我对她则不无怀恨之意。下次她再来与我讨论作业时，我的态度就冷淡了许多,中途甚至很不耐烦地说:“你怎么连这也不懂?”她不以为忤,反倒露出一个饱含歉意的微笑,让我顿然觉出了自己的狭隘。

那以后,随着革命风暴的猛烈刮起,男女生之间就划清界限、壁垒分明了。她再也不可能主动来和我讨论学习问题,而我不仅没有觉得生活中缺少了什么内容,反而顿觉轻松。偶尔单独路遇,她会像今天这样愣怔一下,似乎是犹豫要不要招呼一声,但见我目不斜视(其实还是偷偷斜视了一下的)、旁若无人地擦肩而去,她也就像“革命广播电台”里教导我们的那样昂首阔步、直奔前方了。我和她之间再无交集。只是在语文老师朗读我信笔涂鸦的作文时,坐在第一排的她有时会回头看我一眼。仅仅一眼。我不敢与她的目光对接,但我读出了其中的钦佩之意。

“我知道你会从这里经过的。”这是四年级以后她对我说过的唯一一句话。我无暇琢磨这句话的丰富内涵,而顾自沉浸在遭遇奇迹的喜悦中。我忽然想到一个问题:她的入场券又从何而来呢?噢,大概她们每个演员都能得到一至两张赠券作为酬劳吧?这是我设想的答案。我不能不继续往下想:她为什么会将这不可多得的赠券慷慨地馈赠给我呢?答案也很简单:她也许把这作为对我当年多次辅导她作业的一种回报吧?想到这,我内心十分坦然了。

六

演出是晚七点开始。已经六点半了,母亲还没有把饭做好。我有点着急了,催促母亲快点。母亲是服装厂的裁缝,劳作一天已相当疲倦，见我和姐姐只管自己看闲书，而不去帮厨，本已有些不快，我却还要毫不体谅地催她，忍不住发作起来："催什么催？难不成你要赶着杀头去？"这是母亲固有的语言风格。我很想瞪她一眼，为她的出言不逊。但我知道，如果我瞪眼的话，她的语言就会更加不雅了："干吗？眼睛瞪得像牛卵子？"我不想讨骂，便撒了个谎："我和××同学约好去他家做作业。"听说是为了早点去做作业，母亲不响了。

但这时三姐却跳出来戳穿我说："撒谎！去同学家做作业晚一时半刻有什么关系？老实说，究竟急着去干什么？"她目光灼灼，兴奋地逼视着我，就像狩猎多日终于快要抓住我的狐狸尾巴似的。我再也沉不住气了，只好坦白说要去看七点钟的演出。三姐更加好奇了："你哪来的戏票？"

真土！明明写的是"入场券"，却说成是"戏票"，思想观念还停留在"破四旧"以前。我咬紧牙关，一声不吭。三姐不依不饶："快交代，你怎么搞到戏票的？"我仍旧拒绝回答。三姐惊呼起来："莫非你的戏票是偷来的？"这简直是侮辱！我再也无法像普希金诗中所说的那样"保持高傲的沉默"了，一边痛斥三姐"胡说"，一边向闻声走近的母亲解释说是"同学给的"。

三姐兀自不肯罢休："除非你能说出那个同学的名字。说不出的话，票的来历就可疑了！"母亲一脸紧张地看着我，看着这个她寄望最深的家中唯一的男孩子。我不能不说实话了："就是考到省京剧团的那个诸晓频。"诸晓频的大名她们也都知道。母亲放心地返回了厨房。三姐与一旁静观好戏的二姐交换了个眼色，笑讽道："嘿嘿，不忘旧情啊！"我哪里领会得到她话里的深层意蕴,只为终于摆脱了她的盘问而松了口气。

不过,我隐约听到,当我说出"诸晓频"的名字时,从隔壁人家传来了一阵疑似椅子倒地的声响,而隔壁住着的是我的另一位同班女同学,两户人家的堂屋只隔着一层薄薄的木板,彼此的说话声都清晰可闻。

七

当晚的演出比想象中的还要精彩。杨子荣的武功好得惊奇,"打虎上山"时来了二十多个后空翻,对传统范式进行了更适合我等崇尚武功的男孩的审美趣味的改造,或许因为演员本人也是男孩的缘故吧。但小常宝出场时,我却一下子分辨出扮演者不是诸晓频,而是我从未谋面、也不知其姓名的另一个陌生女孩。这是怎么回事?我有些失望。我当然不是专门来看诸晓频的表演的,但我从内心里希望也能看到她的表演。但这一希望却落空了。这时,我听到邻座的一对干部模样的夫妇在议论:"嗨,好像扮演小常宝的不是从我们这儿选走的诸晓频嘛!""这有什么可奇怪的,大剧团都分 A、B 角,诸晓频大概是 B 角,今天刚好轮到 A 角出场吧。"原来如此,我心中的疑团被解开了,却依然感到失望。

但这并没有对我的观剧情绪造成多大影响。尽管剧情早已熟悉而失去了其扣人心弦的魅力,但演员们唱念做打的真功夫却令没有见过世面的我如醉如痴,叹为观止。很快就到了中场休息的时间。舞台的大幕居然没有拉上。我向舞台的两侧望去,于是,我看到舞台的右侧有个笑容满面的女孩在向我招手。定睛细看，哇，原来是诸晓频！她发现我了，并且向我招手示意了！我揉揉眼睛再看，没错，的确是她。

我知道，这时我应当也抬起手来向她致意，这是起码的礼貌。不为别的，仅仅为了她赠票的善举，也应该这样做。但我的手却像被死死地压在了五指山下，怎么也抬不起来。是何方神圣对我施了定身法？我痛恨自己的胆怯，痛恨自己忌惮同学的流言蜚语而不敢与女生传递温情，然而我就是没有勇气回应。我只有赶紧把视线移开，不再让她的频频挥手的姿态进入眼帘，仿佛对刚才的那一幕根本就没有看见。但我明白，她其实知道我也看到了她，在她心目中，我也许已经成了一个不懂情义、不识好歹的糊涂男生。

八

这一夜我做梦了。梦境中扮演杨子荣的男生与扮演小常宝的诸晓频交相亮相，并且不合逻辑地打斗起来。第二天，我醒来晚了。走进教室时，发现不少男女同学看我的目光有些异样。这又是怎么回事？我深感纳闷。同桌凑到我耳边问道："你昨晚去看京剧演出啦？"没等我回答，他又补充说："女生们说诸晓频给你送票了。"我没想到自己的应急能力那么出挑，当即矢口否认："谁说的？造谣！"我装出身遭诬陷而无比气愤的样子，将恶狠狠的目光像鞭子一样往女生脸上逐一横扫过去。扫到住在我家隔壁的那个女生时，她嗫嚅着似乎想要辩解什么，却慑于燃烧在我目光中的怒火，什么也没能说出，随即慢慢低下头去，而泪水已噙满她的眼角。

我彻底明白了，谣言就是她散布的！可是，她散布的哪里是谣言啊？我心知肚明，但为了证明自己的清白，证明自己和诸晓频这个已成为热点的女生之间没有一丁点关系，我不得不有悖良知地把她指认为用心险恶的造谣者。我懂得“宜将剩勇追穷寇”的道理，伟大领袖公开发表的所有诗词我都背得滚瓜烂熟。我不想给她留下反击的机会，蹭蹭蹭跑到黑板前，拿起半截粉笔，用尽全身力气写下五个大字：“造谣者可耻！”写完，将粉笔丢出窗外，再次以高冷的姿态环视全班女生。在三十年后的同学会上，隔壁的那个女生悄声对我说：“当时的你真是酷毙了！”

一场有可能产生的“桃色事件”以及它将给我带来的信任危机，就这样被我及时、果断地化解了。事后，同桌感慨说：“一开始我就觉得是谣言，因为平日你和女生的界限是划得最清楚的，一点也不愿拖泥带水。诸晓频怎么可能给你送票呢？再说，就是她送，你也不可能接受哇！”我搭住他的肩膀说：“就是！”脸色却又不争气地变得与胸前佩戴的红像章一样了。

从这起事件中，我得到了两个收获：第一，我理解了“隔墙有耳”这个成语。亲身经历让我对它的深刻性与普遍性有了比同龄人要早得多的认知。第二，我发现自己在危难之际反倒容易被激发出直面危机的勇气，反倒显得比平时沉着镇定。苏轼在《留侯论》称赞张良能做到“骤然临之而不惊”，我当时似乎也表现出类似的风范。这说明了什么呢？说明我具有成大器者的潜质啊！虽然直到四十多年后的今天，我依然没成大器，只是一个“位卑未敢忘忧国”的教书匠，但在这起事件刚刚平息时，我是很有些自我陶醉的。

当然，自得之余，我也对隔壁的女生怀有一份深深的歉意。她其实只是将偷听来的信息作为新闻在小范围里传播了，却被急于解脱自己的我反诬为谣言制造者。此外，我也对自己抵赖的行为感到可耻，发誓今后绝不故伎重演。我宽恕自己说，当时之所以抵赖，是一时情急，是为了维护既有的不与女生通好的名声，为了不给男生们树立反面典型，目的还是比较纯洁的。哎！谁让我是个虽然不想说谎却极爱面子的男孩子呢？

九

半年后，省京剧团学员班再次来小城巡演，这回的演出剧目是《沙家浜》。小城又一次为之而轰动。而在我们班级，这更成为一个大家津津乐道的话题，因为演员中有我们的同学诸晓频。大家纷纷猜测她这次扮演的会是什么角色。阿庆嫂？我本能地觉得不像，她似乎没有那么精明强干，也没有那么八面玲珑。沙奶奶？也不像，她的声音听来银铃似的，不够沙哑与苍老，与沙奶奶的角色匹配度不高。而且，我总觉得让她演一个老太太对她的形象多少有些丑化。

那么，《沙家浜》里还有什么角色适合她呢？有女生低声嘀咕："听说她这回演的是一个很不起眼的小角色，小到只有一句台词——就是被胡司令手下的那个流氓成性的刁小三追赶得满场逃窜的少女。"这个角色我清楚，舞台上没见过，广播里却多次听过了——我们对革命样板戏的全部经验都不在舞台上，而在广播里。那时，"红色广播通天下"，舞台演出尤其是来自大剧团的舞台演出却少得可怜。记得少女痛斥刁小三说:“为什么抢东西?”刁小三用淫邪的目光紧盯着她,恶狠狠地说:“抢东西?我还要抢人呢!”说完,便饿虎扑食般地向她伸出了黑手。要不是阿庆嫂及时出场搭救,她就惨遭祸害了。诸晓频怎么可能出演这样的角色?这一传说分明是在亵渎她的玉女形象!

我认定这一传说是嫉妒她的女同学编造的,折射出的是一种酸葡萄心理。在她们掩饰不住快意地议论时,我真想上前去打断她们。但我哪来这样的勇气?我从来就不是一个无所顾忌、勇往直前的男孩,相反,我总是瞻前顾后,畏首缩尾,在涉及男女同学关系的问题上尤其如此。我只能愤愤不平地听由她们不无恶意地安排诸晓频去扮演她们认为应该扮演的角色。散播这样的传闻是无须承担任何后果的,而且最终也很难证明它的不实,因为我们班上的同学几乎都是寒门子弟,都没有到现场观看演出的可能性。所以,无论你编出什么谣言,最多“止于智者”,却不会被人无情地揭穿。想到这一点,我就更加忿然了。在经过她们围坐的课桌前时,我故意横冲直撞,将她们放在桌角的课本撞落一地。这在我,已是前所未有的“古惑仔”行径,让她们大为震惊。

十

那天放学后,我绕开了必经的那条小巷。半年前,她就等候在巷口,送给我当晚的演出入场券,表达了对她曾经佩服的男生的最大的友善,但同时也给我带来了一点小小的麻烦。对此毫不知情的她，这回会不会想用同样的方式表达她的善意呢？我无法判断，却真的不希望她这样做。我很想很想观看今晚的演出，但我不想从她那里得到入场券，除了因为那有可能再次招惹是非外，我还觉得那多少有伤我作为成绩拔尖的男生的自尊。

我最终无缘那晚的精彩演出，也无从打探她究竟出演的是什么角色。但我相信，无论什么角色她都能胜任，都能演绎得声情并茂。我不知道她有没有像上次那样去巷口等我，自作多情地想，要是她去了，在风中独自伫立多时，却没有等到我，内心的感受该不会愉快吧？那样的话，宁愿她不去的好。而反省自己，为了少惹麻烦，竟然绕道而行，也许辜负了她的友善。想到这，我不由得感到一丝怅惘，一个情窦未开而善念已存的小城少年的怅惘。

我记得，那是 1970 年的春天，一个柳树飘绵、满城风絮的日子。那一年，我 14 岁，稚嫩的心灵正像风絮一样不由自主地在时代给我们提供的狭小天空中飘荡。

入团的风波

一

十五岁那年，我由一所很不正规的“戴帽子”初中升入小城的最高学府——县中读高一。没有经过升学考试，却不是因为我凭借优异的学习成绩取得了“保送”的资格。不，那时全然没有“保送”这一概念。之所以免试入学，是因为所有的升学考试都已被废除。按照“就近入学”的原则，我成为不费一枪一弹便占领县中这座不易攻克的堡垒的幸运儿。就这么简单。简单得甚至没有一纸入学通知书。初中班主任口头通知我说，“过完春节后去县中报到”，一切就都了结了。

报到那天，春寒还在路面尚未化尽的积雪上显示着它的余威，但我心中却是春风骀荡。走进县中巍峨的大门后，那一排排青砖黛瓦的古朴建筑，顿然衬出了我原先就读的“戴帽子”初中的寒伧与局促。同时升入县中的几位初中同学，和我一样既有鲤鱼跃过龙门、草鸡变成凤凰的欣幸，又有刘姥姥初入大观园时的惶惑不安。开学典礼上，校长字正腔圆而又极具鼓动性的演讲，以及在礼堂两侧一字排开的老师们的优雅风度，更让我产生了从“纵有山歌与羌笛，呕哑嘲哳难为听”的穷乡僻壤移居到仙乐飘飘的琼林瑶台之感。我睁大怯生生、羞答答的双眼，向站在台上指挥我们高唱《国际歌》的音乐老师望去，但见她一举手一投足都有一种引人遐思的韵律，加上在满堂草绿色或深蓝色的服装丛林中，唯独她白衣胜雪，长裾飘曳，宛若神仙中人，更是带给我一种直沁心脾的美感。或许，我的审美意识就是在那时得到启蒙的。啊！县中，我将在这座高大上的革命熔炉里脱胎换骨、铸造新我啦！

但参加完开学典礼，坐进新编成的高一（3）班教室后，我的“高大上”之感就像今日暴跌的股市一样猛然下挫二百点，连续两次“熔断”——班上百分之七十以上的同学都来自邻近县中的乡村，不仅服饰土气，而且在自我介绍时满口土话，偶有迫于老师要求皱着眉头学说普通话的，也是怪腔怪调，滑稽到令我们这些城里孩子人人捧腹。哦，这就是我要朝夕相处两年的同学？在萌生优越感的同时，我忽然又滋生出一种近墨者黑的隐隐的担忧：我会不会渐渐被他们同化，沾染上一口的乡土腔和一身的乡土气，蜕化为以往瞧不起的乡下人呢？

我生活的这个小城濒江临海，有着特殊的地理位置，也有着特殊的风土人情。在苏北地区算是相对富庶的区域，但城乡差距明显得就像我们班长身上穿的那件黄军装上的白补丁。尽管我家的生活也很拮据，每月的开支父母都要掐着指头算了又算，但温饱却不成问题，绝不至于像课文中描写的贫下中农那样“衣衫褴褛，面如菜色”。但那样的似乎只能在旧社会出现的情形在乡村却依然屡见不鲜。我的父辈和同辈对这些生活在贫困线以下的乡下人，既怀有深深的悲悯，又带有一种居高临下的优越感。“城里人”与“乡下人”，在我的青葱岁月里，被划为界限分明的两个类别，分别代表着富裕与贫困，先进与落后，聪明与愚昧，文明与粗鄙。当我们表达对同侪的无知或不文明行为的不屑时，往往轻蔑地说：“你就像个乡下人！”丝毫也没有意识到这一表达本身就暴露了自己的无知与愚昧。而今，高中的新同学里竟然有那么多的乡下人，让我顿觉心目中美轮美奂的大观园已沦替为刘姥姥常年生活的那个乡音缭绕的小村庄。

第一次班会结束时，班主任老师宣布了对班干部的任命，我荣幸地官拜“学习委员”。最后宣布的是班级的最高、最大、最令人向往、也最具有影响力和号召力的职务：“团支部书记”。班主任就像如今影视颁奖典礼上的主持人揭晓最佳男女演员获奖名单时那样，有意识地加大了嗓门、加重了语气：“本班的第一任团支部书记是——”，念到这儿，她稍作停顿，用柔和中又带有几分锐利的目光掠过全班同学因充满期待而神采焕发的脸庞。我还不是团员，自然不敢存非分之想，但也迫切希望早点得知是哪位神圣踞此宝座，所以对班主任故意卖关子的做法暗自腹诽。有几位大概已经入团的同学则脸上洋溢着抑制不住的兴奋，仿佛已获奥斯卡提名的影界大腕，正等着主持人在玩尽玄虚后念到自己的名字。几十年后，看到芒果台《我是歌手》栏目的主持人装模作样半天，就是不愿爽爽快快地宣布歌手的得票排序时，我鄙夷极了：玩什么玩？这种吊胃口的法子，我的高中老师比你玩得顺溜多了！

班主任老师嘴里终于吐出了那个名字。随即，教室有限的空间里冒出一声响遏行云的“到”。我循声望去，一个土头土脑的章姓乡下人已经端端正正地站立起来，昂首挺胸地向班主任行注目礼，那姿态，那气派，只差一个军礼，就是“913 大阅兵”时领队的将军了。此时的他，原先的土气一扫而光，取而代之的是“天将降大任于斯人”的庄严而又豪迈的神情。原来名位真的可以改变人，哪怕是十六七岁的少年！

班主任要团支书即兴讲几句话。这等于就职演讲了。全班同学都目光灼灼地看着他，尤其是几位城里的穿着洋气的女生。不知是事先缺少准备，还是不习惯城里女生盯视的缘故，他的首秀竟有点语无伦次，发音也是南腔北调，就像孙悟空刚获得“齐天大圣”封号，一不小心，又露出了猴子后面的尾巴。但演讲煞尾时，他大声发出的通知却很有气势：“散会后，全体共青团员留下来！”

十多位团员同学满脸春风地端坐在课桌上，约占班级总人数的四分之一。我等绝大多数非团员同学面面相觑，然后相继灰溜溜地退出教室，退出那片只属于团员同学的色彩绚丽的天空。

二

从此，我才意识到，同学间除了“城里人”与“乡下人”的区别外，还有另一条界限，就是“团员”与“非团员”。这岂止是一般的界限啊，简直是无法逾越的鸿沟。谁说城里人比乡下人要高一等？那只是我们这些以城中人自居的井底之蛙的虚妄的错觉，真正高人一等的是有资格“留下来”的团员！貌不惊人的章支书就凭借“共青团员留下来”这一句话，轻易就击垮了我的优越感和自尊心。人家已经“羽化而登仙”了，而你呢？还是脚跟离不开泥土的凡夫俗子一个！

于是，争取早日入团，就成为我的第一个人生目标，而且是迫在眉睫的人生目标。要成为“红色革命事业接班人”，不入团怎么行？这就像要驾车前往风景绝佳处旅行，虽然你的驾驶技术已经过关，却还没有领到驾驶证，如何上路？入团的规定年龄是十四周岁以上，我去年就已达标。只恨我过去就读的“戴帽子”初中压根儿就没有建立团组织，没有发展团员一说，我也就没有入团的机会，甚至没有入团的概念。等到现在懂得入团的重要性和必要性时，已经后人一步了。

我满怀激情地起草了入团申请书，像番蛮小邦的使臣参拜声威远震的泱泱大邦的君主那样，诚惶诚恐地将申请书进呈给章姓团支书。章支书比我要大三岁，身材也要高出十多公分。他漫不经心地把申请书浏览了一遍，从心理和生理两个维度同时俯视着我说：“积极要求进步的态度很好！但光有漂亮的辞藻不管用，关键要看你的实际行动。好好表现吧！”教导完毕，他拍了拍我瘦弱的肩膀。到底是革命接班人的排头兵，手劲真大呀，我的身体不由自主地晃动了几下，让我在一瞬间想到报纸上形容“资本主义大厦”时常用的那个词：“摇摇欲坠。”

我仔细领会章支书的谆谆教导。真的，态度之认真一点也不亚于学习毛主席语录，尽管我知道两者不可相提并论——后者才是放之四海而皆准的真理。但毛主席这轮光芒万丈的红太阳毕竟离我太远，从现实的角度看，章支书的教导好像对我具有更切实用的指导意义。“光有漂亮的辞藻”，那就是报刊上经常抨击的“口头革命派”了，章支书是告诫我不要当“口头革命派”吧？为什么会这样告诫呢？那一定是因为申请书的用词过于华丽了。嗨，我的老毛病又犯了！用当时流行的话来说，又不自觉地暴露了“小知识分子的劣根性”，那就是喜欢在各类文章中堆砌成语，卖弄自己的那一点语言能力。你以为是帮邻家大哥写情书呢？入团申请书的语言应当朴素、诚挚而又铿锵有力，中间应夹杂着更多的革命口号，不求别致，不求生动。我怎么就没领悟到这一点呢？思想上还有差距啊！章支书实际上是委婉地批评我呢！他就是比我站得高！

我悔之莫及。好在章支书已经给我指明了今后的努力方向，那就是要拿出“实际行动”。遗憾的是他语焉未详，没有具体指导我拿出怎样的实际行动。我便再一次毕恭毕敬地走到他跟前讨教。他却不愿金针度人，一口拒绝说：“如何行动？那要靠自己琢磨！别人没法教你，再说，照别人教的做，又怎么体现你的主动性与能动性呢？”

虽然遭到拒绝，我却如醍醐灌顶，明白了一切都得靠自己。我的自立自强意识就是在这时萌生并得到培育和强化的。

三

我苦苦琢磨：我的实际行动应该表现在哪些方面呢？学习成绩肯定要领先。要成为红色革命接班人，首先要掌握革命的真本领。这是老师们在鼓励我们认真学习时经常说的，我耳朵里差不多已听出了老茧。真本领不光指书本知识，但书本知识也是构成真本领的要素哇！学会了书本知识，再加以实践、实践、再实践，革命的真本领就彻底掌握了。所以，我想，行动的第一方面应该是学好书本知识，争取全班学习成绩第一名。我自信这可以做到，因为在开学初的各科考试中，我已初次折桂。只要不偷懒，应该能保持领先优势。

但光是成绩好哪够啊？更重要的要站稳无产阶级革命立场，与修正主义教育路线划清界限，自觉抵制“封资修的黑货”。在被列入封资修黑货名单的东西中，喇叭裤、飞机头以及靡靡之音等等，本来就是我所讨厌的，不用号召，我就会将它们扫入垃圾箱。稍稍有点让我无法割舍的是古典小说与西方名著。那也是属于封资修的东西（按照当时的定义，“古典”是封，“西方”是资，“苏联”是修），却偏偏是我的最爱。这就好似要让瘾君子戒毒，非得痛下决心，而且很难一下子戒断。但要赢得美好、光明的革命前途，必须做出最大牺牲。鱼与熊掌不可兼得，而熊掌比鱼不知要珍贵多少倍，我当然只能取熊掌啰！

于是，我以壮士断腕般的果敢姿态，暂时诀别了我心爱的名著们。偶尔毒瘾发作，难以自制，也只敢深夜躲在被窝里偷偷读上那么几页，最多几十页，连家人的眼目也全都避开，不让任何人发现我还没有和封资修的黑货彻底决裂。后来读到苏轼形容自己文思的话：“常行于所当行，止于不可不止。”我于后一句“心有戚戚焉”，因为我偷读名著时就常常“止于不可不止”。再读下去，就病入膏肓、不可救药了！我一遍遍警告自己，强自把自己从吸毒后的迷幻感中拉回现实，然后无比痛悔自己的革命意志如此薄弱。

然而这依然不够。我琢磨还得积极参加集体活动，踊跃做好人好事，尤其是劳动时要不怕脏、不怕累，主动干脏活、累活。当时的口号很多，什么“三忠于”“四无限”等等，但我觉得最响亮的是“一不怕苦，二不怕死”。早已是和平年代，“怕不怕死”的考验已经难得光顾我们了，真正在现实中具有挑战意义的考验还是“怕不怕苦”。在劳动的场合又衍生出“怕不怕脏”“怕不怕累”。如果怕苦、怕脏、怕累的话，那离团员的标准就“相差不可以道里计”了。

说实话，苦和累我都可以不怕，咬牙坚持就是了，总比邱少云为了完成潜伏任务一动不动地任由烈火烧身好受多了。但我真的怕脏！看到家里的酱缸爬出蛆虫，我会恶心得不会再用筷子去触碰饭桌上的面酱。去公共厕所方便，如果发现地面有秽物，我宁可憋得浑身难受，也不会踏进半步。所以，参加学工劳动时，我可以不怕机油渍手；参加学农劳动时，我却会因为眼前有一滩粪水而裹足不前。

一个麦穗飘香的收获季节，我们集体去附近的生产队帮助“双抢”。刚到田头，我就看到正前方距我一米处有一堆新鲜的畜粪。我本能地想绕道而行，或者从它上面跨过去。但环顾左右，似乎它不仅跃入了我的眼帘，也落入了其他同学的视线。而在很大程度上握有我能否入团的主导权的章支书就站在我身旁，正“虎视眈眈”地看着我，看我在得到了不怕累的肯定后，还能不能做到不怕脏。考验我的最关键时刻来到了，就像黄继光必须用火热的胸膛去堵住敌人碉堡的枪眼，董存瑞必须高擎炸药包把自己年轻的身躯与敌人即将通过的桥梁一起炸毁。

革命英雄死都不怕！脏有什么可怕的？我一咬牙一跺脚，决定闭着眼睛从这堆畜粪上踩过去。但马上又想到闭眼很不合适——闭眼很可能会踩偏了，而且闭眼本身就反映了对畜粪的一种心理厌恶，说到底，还是怕脏的表现哇！于是，我迈动坚定的革命步伐，对准畜粪，不偏不倚地一脚踩下去。不洁感立即弥漫全身，似乎每一个细胞都沾染上了污秽，我已经濒临心理崩溃的边缘。回头一看，章支书眼里却流露出赞赏的目光。我心情为之一松，知道自己以一种极端的近乎自渎的方式通过考验，获得组织的信任了。

四

可是，高一第二学期，团支部第一次正式讨论我的入团申请时，却有三分之一以上的团员投了否决票。这是章支书带着遗憾的表情透露给我的。当时，我已经与他初步建立起革命友谊，虽然尚未深厚到牢不可破的地步，却也可以从他那儿打听到一些内部消息了——当时，我对“牢不可破”这个词印象特别深，因为极度关心国际形势的我，从广播里听到的国际新闻无不强调：强大的社会主义中国与社会主义阵营的其他国家，如越南、朝鲜以及“欧洲的一盏社会主义明灯”阿尔巴尼亚都保持着“牢不可破”的友谊。但后来发生的事实，却让我渐渐懂得，没有什么是真正“牢不可破”的，越是强调其牢不可破，往往越不牢、越可破。

章支书已提前告知我团支部开会表决的时间。而比这更早，我已经奉命提交了思想总结。说句至今流行的官话，这意味着我的入团问题已经被“提上议事日程”了！开会那天下午，第二节课结束后，章支书又抖开架势，高声喊道：“共青团员留下来！”我和以往一样讪讪而退，心情却有所不同，因为所有的征兆都预示着我下一次也将可以“留下来”了。章支书的喊声将不再是对我的驱逐令，我可以膀不动身不摇地安坐在原处，欣然目送非团员同学黯然离去。但章支书也提醒我：“虽然我会竭力为你争取，但表决结果很难说。你要有两种思想准备。”我拍胸脯表态说：“你放心，‘一颗红心，两种准备’，请组织继续考验我！”话虽这么说，心底却盼望不要横生枝节，出现意外。然而，意外还是像夏日雪飞、冬日雷震一样出现了！

当章支书告诉我表决结果时，我已经在他们开会的教室外来来回回绕行了无数遍，心里那个焦灼啊，我当时能想到的比喻，就是已经被用滥了的“热锅上的蚂蚁”。当章支书走出教室时，我看到他脸色凝重，就觉得事情不妙。果然，他告诉我的是坏消息。我懊丧极了，却不能表现出丝毫的不悦。但我还是忍不住向他打探究竟哪些团员否决我以及他们否决我的原因。他迟疑了一会，转换话题说：“语文老师明天又要布置新的作文题了，到时候你能再帮我参谋一下吗？”我一口答应：“没问题！”这之前，我已经帮他参谋过多次了，有一回还不是一般的参谋，而是直接参与写作。结果，他的这篇作文被老师作为范文朗声宣读了，他兴奋得脸上的每一粒青春痘都红光闪闪。我和他的友谊就是这样慢慢建立起来的。他把话题拉回，凑近我耳边说：“主要是李某某、吴某某等人觉得你比较骄傲，有些看不起农村同学。我强调你的学习成绩好，他们说，‘唯成绩论’，‘唯分数论’,那是修正主义教育路线的余毒,必须肃清。我反驳不了他们。另外嘛,他们还认为,你的家庭成分不是太好,所以更应该严格要求!”他反复叮嘱我说:“我和你说这些,已经严重违背了组织原则,你千万不能出卖我,不能向任何人透露我们今天的谈话内容。”我不知道他这算不算出卖行为,但我向他发誓,我会严守秘密。我想到,解放前地下党负责人被捕后,无论敌人如何严刑拷打、威胁利诱,都绝不出卖同志,那真是很不容易!

心情的郁闷自不待言。但我既不气馁,也不灰心。红色革命接班人必须不畏挫折,百折不挠!我知道,我不是“根正苗红”的工农子弟,有着先天的不足。我的家庭成分是“小商”,不是革命的依靠对象,而是团结对象,属于不左不右的那一类。所以,一起步,就被“红五类”子女甩下一大截,我必须紧迈步、迈大步才能赶上。此外,班主任去“外调”时,居委会主任还反映我的外公有历史污点。怜才心切的班主任觉得,早在抗战期间便已去世的外公构不成对我的任何影响,所以在外调报告上遮蔽了这一点。当然,这是我在很久以后才得知的。不过,从父母闪闪烁烁的言辞中,我已隐隐感到作古多年的外公有可能给我的政治前途带来麻烦。因此,有同学提出要对我“严格要求”,这其实一点没错。我必须更加努力啊!

我努力争取表现自己的机会。抢当值日生,固然有点小儿科,但能体现我“爱劳动”的美德,所以我每天都抢得不亦乐乎;主办黑板报,这是很吃力的活儿,但容易引起关注,于是,我主动请缨,集主编、主抄于一身;祭扫烈士墓,我苦熬至深夜,起草让“青山衔恨，绿水含悲”的祭文；慰问军烈属，我拿出珍藏在床头三月之久都没舍得品尝的两块“山东高粱饴”，颤抖着双手将它们送到烈士老奶奶嘴边。

与此同时，我还努力改变章支书提到的那几位同学对我的印象。从衣着、口音到伙食标准，都迫使自己向他们靠近。过去一不小心，就会发出对“乡下人”的讥评，而今，在嘴边加上了三道锁，牢牢禁锢住“乡下人”这个词，绝不让它随便溜出。每当城里同学议论“乡下人”时，我都借故远远避开，唯恐惹火烧身。拿到考试成绩后，我非但不敢面有得色，还故意秘而不宣。等有同学问时，才像淑女般不好意思地一笑说：“成绩不理想，没有同学们进步快。”学期总结会上，我以学习委员的身份发言说：“这学期，同学们的成绩都大幅提高，唯有我还在原地徘徊。为什么呢？因为我骄傲了。伟大领袖毛主席教导我们说：‘谦虚使人进步，骄傲使人落后。’这是颠扑不破的真理哇！意识到自己的骄傲，那就是谦虚的开始。我一定会及时改正身上骄傲的缺点！”全班同学报以热烈的掌声，我留意到那几位同学也在鼓掌。

五

高二第一学期，我终于如愿加入了共产主义青年团！站在红色团旗下庄严宣誓时，我真的如同书本上所描写的那样“心潮澎湃，热血沸腾”。我实现了人生的第一个目标、第一个梦想！以后我就有资格“留下来”，参与班级重大事务的讨论决策，并对非团员同学的入团申请予以表决，投出神圣的一票，这是多大的政治上的进步哇！想到这，我就心花怒放，尽管脸色一如既往的平和。

我深知，不仅要在组织上入团，更要在思想上入团。而且，入团还只是“万里长征走完了第一步”，革命道路还非常遥远。伟大领袖登上娄山关后，迸发出的是“雄关漫道真如铁，而今迈步从头越”的激情，我应该把这当作座右铭，快马加鞭，乘胜前进！所以，我不仅没有松懈，反而把弦绷得更紧。不久后，团支部改选，我，一个新团员，竟脱颖而出当选为三名支委之一，而且，得票数直逼章支书。我完全没有“彼可取而代也”的野心，但从此章支书却对我多了一点尊敬，也多了一点警惕。在那个强调“以阶级斗争为纲”的年代，中学生在政治上远比今天成熟，始终保持着对他人的防范心理。再请我参谋作文时，他开始连声称谢了，而这之前，他是从来不说一个“谢”字的，倒是我在参谋完之后，有时会说一句：“谢谢你给我这个机会。”不过，现在我再也不会说那句话了，顶多出于礼貌回敬三个字：“别客气。”

第一次支委会的内容是讨论确定重点培养对象。一旦列为重点培养对象，距离入团也就不远了。在一长溜等待筛选的名单中，我看到了洪彤的名字。这是班上成绩最好的女同学，也是在我眼里气质最好的女同学。要知道，今天说这话，我要冒着得罪其他所有女同学的风险，所以，不得不补充一句：我是仅就“气质”这一点而言。

洪彤是本校教工子女，家就住在教工宿舍。她的父亲是邻班的语文老师，母亲则是我们的历史老师。据说，在全校所有语文老师中，她父亲的文学造诣是最深的，可惜我们无缘得其亲炙。她母亲的历史课也生动有趣，却从不像今天央视“百家讲堂”的嘉宾那样热衷于“戏说”，把历史当成一个任人打扮的小姑娘，因而很受学生欢迎。说实话，我对她出身于这样的书香门第非常羡慕。为了早日入团，我曾经憾恨自己家的成分不是贫下中农，但骨子里还是希望父母也是谈吐高雅、举止斯文的知识分子，尽管那样有可能给他们戴上一顶“臭老九”的帽子。我想象她在家中每日都能看到“举案齐眉”的一幕，有时也许还能看到赵明诚与李清照斗诗场景的现代版，绝不会像我每天那样都目睹父母因为种种生活琐事而干戈相向。

她在健康美为主要特征的女同学中，显得特别文弱，却也不失活泼，课间常与女伴们在教室的前方笑成一团。教室的后方则是我们男生互相推搡嬉闹的领地，中间横亘着谁也不想逾越的楚河汉界。那时，男女隔阂的程度比初中阶段有增无减，几乎处于“鸡犬之声相闻，老死不相往来”的状态。但这只是双方着力维持的表象，实际上彼此不但非常留心对方的动静，而且极其盼望自己这边的动静能够吸引对方的注意力。这就是男生们在打闹时发出的“嗷嗷嗷”的声音比泰拳王在拳击台上的狂吼还要夸张的原因。而女生们足以让鸟雀惊飞的尖叫，恐怕也是为了赚取我们的回头率。但她似乎从来没有尖叫过，笑声也没有刻意放大到令我们刺耳的地步。这是我对她的基本印象。

我是赞成将她列为重点培养对象的。但我不想抢先发言——必须继续保持低调哇，否则就容易给人造成“子系中山狼，得志便猖狂”的误解了。当时正批判“林彪反党集团”，这两句诗是我们在批判稿中经常引用的。另一位支委发表意见说："洪彤身上还存在资产阶级的'娇''骄'二气，所以暂时还不合适列为重点培养对象。"章支书不置可否。我不得不挺身而出了——我既觉得这位支委有些苛求，而他的指摘偏又不巧触到了我的痛处。我与"娇气"毫不沾边，但"骄气"恰好是此前我在即将跨进共青团大门时狙击手狠狠射向我的子弹。这就使我对她怀有同病相怜之情了。我一反唯唯诺诺之态，以前所未见的强势，力陈她的诸多优点，主张将她列为重点培养对象之一。最后，章支书表态支持我，而另一名支委保留个人意见。于是，我以二比一的表决结果，成功地把她向共青团的红色门槛推近了一大步。

六

我没有想到的是，我和她的关系却因此成为同学们背后议论的话题，并产生了一场小小的风波。

我对不断蔓延的猜测与议论全然蒙在鼓里。我只是察觉出一点小小的不正常：有两次我走进教室时，邻桌的两位同学正兴奋地谈论着什么，发现我之后马上就缄口不言了。我隐隐感觉到他们刚才谈论的是我，至少包括我。我问："聊什么呢？这么开心？"他们支吾道："没什么，没什么。"这就很不正常了。我疑窦顿生，但并没有往男女关系上想，更没有往我和洪彤的关系上想。这实在是因为当时的我过于单纯，在男女情感问题上还似懂非懂，处于半蒙昧状态。

是同桌的铁哥们急于知道大家的议论是否属实，忍不住悄悄问我："你和洪彤好上了？"我当时的震惊，用"如闻晴空一声霹雳”来形容一点也不过分。这是从哪儿冒出来的谣言啊？简直是捕风捉影、无中生有！不，“捕风捉影”不贴切，连一点影子也没有哇！完全是无中生有。我愤怒地质问他：“你听谁说的？”他知道其间的利害，顾左右而言他。我再三逼问，甚至以绝交相威胁。他屈服了，说出了他的上线钱某某。问他有没有下线，他赌咒发誓说没有向任何人传播，所以没有下线。我怀着公安机关侦破国民党地下组织般的决心，找到钱某某，追问他的上线，想顺藤摸瓜，把造谣惑众的敌特分子一网打尽。钱某某却一口咬定他记不清是从谁那儿听来的，我用尽各种手段也无法撬开他的牙关。其做派不像国民党特务，倒像坚贞不屈的布尔什维克。线索断了，我无法继续追查下去，只能听任更多的敌特分子逍遥法外。

虽然我无从判断最早开始散布谣言的是谁，但我知道他（她）肯定在那天支委会上未能进入重点培养对象序列的那几位同学中间，而向他们透露讨论情况的肯定是另一位支委。重点培养对象的名额只有五个，僧多粥少，落选者如果得知讨论过程的话，必然会对我力挺洪彤耿耿于怀，把我看成他们前进道路上的拦路虎。尽管我没说他们一句不是，但在机会均等的情况下，我站在洪彤一边，就是蓄意与他们对立了。既然如此，他们编排我与洪彤的关系，利用它来做一点文章，也就合乎情理了。再冷静下来一想，或许，他们也不是故意造谣，只是按照一般逻辑来推测，我这样维护洪彤，关系恐怕非同一般。在辗转议论传播的过程中，事实被不断夸大和扭曲，最终变成我和洪彤“好上了”。这样一想，我觉得既没有查清的可能，也没有追查的必要了。同时,我也不再怀疑他们有太多的恶意。

但我不能原谅另一位支委。他泄露讨论情况本身应该就带有恶意,就是"项庄舞剑,意在沛公"。我敦请章支书临时召开一次支委会,主题是"进行批评和自我批评"。章支书同意了。会议一开始,我就拍案而起,将矛头直指那位支委,怒斥他的泄密行为,并进而揭露他的险恶用心。我强烈要求他做诚恳而又深刻的自我批评,保证今后杜绝这种行为。然而,他却矢口否认自己曾经践踏组织原则,将会议机密透露给其他同学。他要我"且息雷霆之怒","用事实说话",举证他究竟把机密情况透露给了谁,他可以与那位同学当面对质。他不愠不怒,却极具杀伤力地说:"如果你不能举证的话,那就是存心污蔑我,该做自我批评的是你!"我语塞了,因为我确实无法举证。这才发现,他原来比我要老到得多,这种"四两拨千斤"、化被动为主动的功力是我远远不及的。幸好章支书及时出来打圆场:"我想你们两人都有些误会了。伟大领袖教导我们说:'要团结,不要分裂';'我们都是来自五湖四海,为了一个共同的革命目标走到一起来了。'我们一定要珍惜来之不易的革命友谊,消除误解,团结奋进!今天的支委会到此结束。"说完,他转身就走。这又让我觉出三人中,其实我最缺少历练,也最不成熟,就像蠢笨到与风车作战的堂吉诃德。

七

找不到问罪对象,我心有不甘,却无计可施,只好偃旗息鼓。但我必须采取措施阻止我和洪彤"好上了"的谣言四处泛滥，而关键是要以某种恰当的方式予以澄清。

那么，什么方式恰当呢？初中阶段那种在黑板上大书“造谣者可耻”的做法过于草莽，近似于武松、石秀等杀人越货的梁山泊好汉，今天已为我所不取。还有一种办法，那就是在上课前或下课后，勇敢地站起来公开声明我和洪彤只是普通的同学关系，没有任何越轨之处，请大家不要妄加猜测。我仔细权衡，觉得这就相当于“此地无银三百两”，不打自招了。显然也不妥。我思来想去，苦无良策。

我对自己与洪彤的关系重新加以审视。我和她的共同点是，学习成绩分别领跑男女生。两人比较，我的各科平均成绩要优于她，但理科成绩有时她要高出我几分。所以，在学习上她是我唯一的强有力的竞争者。我当然不愿让她超越，考试时也就不敢掉以轻心。不过，我又非常在意答卷速度，拿到试卷后不假思索就奋笔疾书，总想在大家还没有完成一半时就提前交卷，博得才思敏捷的美名。为了引起大家的关注，离开座位交卷时我会有意把桌椅弄出一阵声响，让钦羡的目光从四面八方交汇过来，聚焦于我飘然而去的背影。我不能不承认，尽管我竭力抑制自己的骄傲自满情绪，但在某些场合还是会不动声色地表现出强烈的虚荣心。因为过于追求速度，有时就会在数学试卷上留下一些本不该产生的小瑕疵，与满分失之交臂。而她不同，总是稳扎稳打，直待交卷铃声响起才离开座位，所以从不犯粗心大意的错误。我佩服她的沉稳，却又觉得这种沉稳不要也罢，因为我欣赏的是古人袁宏那种“下笔千言，倚马可待”的风范。

在男女隔阂的状态下，除了关注她的学习成绩外，我和她没有更多的交集。入学一年多来，我只与她说过一句话，那还是在我担任团支委之后——为了编辑新一期黑板报，我鼓起勇气打破封冻在男女生之间的坚冰，向她约稿说："你能写一篇以'学习红色娘子军，争当革命接班人'为主题的短文吗？"当时正在上映芭蕾舞剧《红色娘子军》的电影版，我想刊发这类文章，也算是紧跟形势。她愉快地点了点头，脸却羞红了。第一次主动与女生搭话的我，虽是出于公干，见她这般反应，脸也红到了脖子根。第二天，她在众目睽睽下把稿子交给了我，礼节性地说了一句："请你指教。"我拜读后，觉得有两处措辞需要修改，便用红笔标注后又发还给她。很快，她便修改完毕。我再次拿到的稿子后面，画了一只高高竖起的大拇指。这该是对我的称赞吧？

这就是迄今为止我与她的全部交往。那个年代，不仅严禁中学生恋爱，中学生自身也大多不懂恋爱为何物，甚至把"恋爱"这个词也视为资产阶级的玩意儿绝口不提。谁要是嘴上缺个把门的，吐出"恋爱"两字，大家马上会大声起哄，而他在大家眼中的角色也就与流氓没有太大差别了。偶尔发现某两位男女生私下来往较多，似有恋爱的迹象，大家议论时也不会直接使用"恋爱"这个词，而会采用另一种含混的说法来替代："他们好上了。"这也是我听到他们议论我和洪彤"好上了"就大光其火的原因——这等于说我和她恋爱啊！恋爱，是比抄作业、打群架甚至偷东西还要可耻的行径，一向追求进步的我，始终严守男女之大防，不敢越雷池一步，怎么可能恋爱呢？

人们经常讥笑想做坏事却又害怕的人说“有贼心没贼胆”，我也曾听到英俊的表叔向怀疑他有外遇的表嫂辩白说：“哈哈，我呀，纵有贼心，也断无贼胆。”而稚嫩如我，非但没有贼胆，连贼心也还留在娘胎里尚未娩出哇！我承认，我对洪彤不失好感，但我对她真的没有别的想法，至少暂时没有，因为我的心智还不健全，造物主还没教会我为一个女孩心动。然而，在同学们的传闻中，我居然已经与她“好上了”。这让我在啼笑皆非的同时，急切地盼望上帝给我一个澄清的机会。

八

机会终于来了。

三个月后，洪彤等五位重点培养对象填写好入团志愿书，提交支部大会讨论表决了。游戏规则是从五人中表决出三人。这就是说，有两人要惨遭淘汰，颇有些“两桃杀三士”的意味。所有团员都有投票权。不过，讨论时，普通团员一般不发表意见，只在无记名投票时显现自己的意志。只有我们三个支委恃宠而骄，敢于亮明自己的观点，在一定程度上左右局势。

讨论到洪彤时，我注意到大家都在屏息凝神地观察我，看我采取什么态度，仿佛坊间传说的虚实在此时可以得到验证。我知道，所有的与会者都在等着一场好戏上演，而我是绝对的主角。开场锣鼓已经响起，我没法躲闪，更没法退却，只有硬着头皮打马向前，来一个令众人瞠目结舌的精彩亮相。我其实很想再次为她点赞，但鬼使神差，说出口的却是：“洪彤同学学习成绩优秀，自我要求也比较严格。但最近我发现，她身上的确还存在资产阶级的娇气,离团员的标准只怕还有一定的距离。”章支书大为吃惊,不知我为何突然立场反转。他对她的印象实际上也很好,所以在上次支委会上支持我。他问我:“这样说有何依据?”我在脑海里拼命搜索,终于想起“有一次打扫卫生时,她从头到尾都戴着手套”。我反问章支书:“这说明什么?”然后一针见血地指出:“说明她本质上还是怕脏呀!”真是一刀命中要害啊,章支书及一众团员觉得我列举的这一事实很难推翻,都默认了我的看法,殊不知我的看法有多违心!

正式投票时,我还是给她画了圈,内心希望别人也能和我一样口是心非。但投票结果却是她以一票之差出局。我悲哀地想到,肯定是我的态度影响了一部分同学,让他们选择的天平发生了倾斜。我的本意只是想撇清我与她的关系,让谣言不攻自破,但客观上却导致她失去了应得的选票,出乎意外地输给各方面表现远不如她的另三位同学。我不能不因此而产生沉甸甸的负罪感。然而,大错已经铸成,我已经没有力量挽回或补救了。

当初为了证明自己“不怕脏”而顺利入团,我曾经采用一种极端的方式。如今,为了证明自己并没有和她“好上”,我又采用了另一种极端的方式,结果阻碍了她顺利入团。我在洗白自己的同时,抹黑了她。虽然这绝对不是我想要的结果,但这一结果却是由我一手造成的。我为什么会这样做呢?我一遍又一遍反省自己、拷问自己,就像托尔斯泰小说《复活》中的聂赫留朵夫那样试图进行道德的自我救赎。当时,我没有意识到,我的这种极端行为恰好折射出我所生活的那个极端时代的某些特征，带有鲜明的时代烙印。

第二天，在教室走廊上遇到了洪彤。我们照例是不打招呼的。但以往她的脸上总是布满阳光，还会带着一缕微笑，这天却乌云笼罩，阴沉欲雨。经过我身边时，她一反常态地直视着我，那眼神真是复杂啊，我觉得其中有困惑，有怨恨，有讽刺，甚至还有鄙薄。我知道，有人已经把一切的一切都通报给她了。通报时很可能还添油加醋。她信了，把我当成了嫉妒她的卑鄙小人，认定我之所以阻挠她入团，是为了压制她这个学习上的劲敌，剥夺她进一步发展的空间，以避免对我的学霸地位形成更大的威胁。如果她真的这样想的话，岂不冤哉枉也？我想拦住她，向她做一番解释，可是，周边有好多双监视着我们的眼睛，我怎敢贸然与她对话？何况，这又怎么解释得清呢？回望她娇小的身躯在走廊上渐行渐远，我有一种想哭的感觉。

十年后，我在北方一所大学的中国古代文学专业攻读研究生。回乡省亲时，我去看望了班主任老师。问起高中同学的近况，她告诉我，洪彤在一所医学院教书，目前还待字闺中。热心为她牵线的亲友不少，她提出的先决条件中有一条比较特别：对方不能是“学中文”的。我听后良久无语，内心则默默祈祷：但愿我当年的愚蠢行为不要给她造成难解的心结，让她“恨”乌及屋，对所有学中文的男生抱有成见。我期望有一天能当面向她道歉，哪怕她早已释怀。但山长水阔，那一天至今仍渺不可及。

广播站新来的通讯员

一

一九七二年，十六岁的我高中毕业了。高考制度早已被取消。除了少数同学因为家中已有多人插队落户而可以幸运地分配到工矿外，其余同学的唯一去向便是农村这片“广阔天地”。不过，这年新出台一项仁政：年龄不满十八岁的可以暂时留城，待年满后再行发落。这让我紧张多时的父母松了一口气。也许两年后依然无法幸免，但至少赢得了缓冲的空间。两年里，形势会发生怎样的变化，有谁能逆料呢？此前，又何曾有人想到，伟大领袖毛主席的亲密战友、我们无限崇敬的林副统帅竟然会叛逃出国，坠亡在蒙古温都尔汗，和“大叛徒、大内奸、大工贼”刘少奇一样，成为不齿于人类的狗屎堆？

我度过了一段无所事事的闲散生活。打弹子、跳房子、踢毽子等小儿科的游戏早已被我这曾经的团支委所唾弃。从县中图书馆蹭来的十多部中外小说，包括托尔斯泰的《复活》、柯切托夫的《叶尔绍夫兄弟》以及杨沫的《青春之歌》等等，都已阅读过多遍，主要情节甚至人物对话已记得滚瓜烂熟，再也没有浏览的兴趣，即使是一目十行的浏览——管理县中图书馆的杨玲老师曾经对我格外垂青，不仅私下里恩准我课余去翻看禁书，还默认我悄悄将它们带出。一开始我难免做贼心虚，但想到孔乙己说的："窃书，那是读书人的事，能算偷吗？"也就坦然了。再说，我将这些被打入冷宫的禁书少量携出，不等于让它们重见天日吗？但随着杨玲老师的调离，我再也无缘从事孔乙己的勾当了，所以，家里的藏书就像先天不足的侏儒长到一定尺寸后便戛然而止，不再增高了。

无书可读，这是我当时感到最悲哀的。为了消磨时光，我除了在牌桌上与发小尔苏、克健等鏖战外，就是去离家不远的县图书馆阅览室翻阅各类报刊了。报纸上的新闻千篇一律，主题不外乎"以阶级斗争为纲"，"坚持无产阶级专政下的继续革命"，"将无产阶级文化大革命进行到底"，不独可以举一反三，简直可以闻一知百。可读性稍强一点的是《人民画报》《解放军画报》以及来自与我们有着"用鲜血凝成的革命友谊"的邻邦的《朝鲜画报》，虽然在两国的社会主义大地上到处莺歌燕舞、姹紫嫣红，让我如同进入了遥不可及的理想世界，但图文并茂倒是真的，尤其是画面上战机穿云破雾、战舰劈波斩浪的壮阔场景，总能使渴望投笔从戎、建功边塞的我热血沸腾，想象自己就是那威武刚强的空军或海军战士。

这一天，我刚在阅览室坐下，便听到有人招呼，一看，竟是高中班主任徐老师。我以为这是一次巧遇，谁知不然，她是专门来这里找我的，因为听同学说，我待在这里的时间比较多。她开门见山地问我：愿意以通讯员的身份去县广播站担任助编工作吗？如果愿意的话，她的丈夫可以为我介绍。

这……这……这简直是喜从天降啊！一瞬间，我产生了两点怀疑：其一，自己是否听觉有误；其二，此刻是否身在梦中？县广播站，那是全县的最高新闻机构，是发布最高指示、传送红色电波的地方，我居然可以去那儿担任助编工作？这真是我连做梦也不敢想的好事啊！它发生的可能性，近似于癞蛤蟆吃到天鹅肉，荒地里掘到金元宝，穷乞丐娶到七仙女。我使劲掐自己的大腿——哎哟，好痛啊！原来不是梦境。见我神色发愣，徐老师又重复了一遍。我这才相信，天上真的掉馅饼了，而且刚巧掉在我嘴边，我的嘴又正好张着。

徐老师的丈夫在县委宣传部工作，是全县闻名的大笔杆子，也是我崇拜的对象之一。据说，县广播站播发的重要稿件都要经由他审阅，所以，他的推荐意见是举足轻重的。徐老师说，她给丈夫看了我高中阶段的几篇作文，她丈夫认为我在写作上很有潜质，就此荒废掉非常可惜，便想到为我提供这样一个进修提高并发挥作用的机会。“这纯粹是出于爱才之心哪！”她如此向我强调。

我第一次体会到什么叫知遇之恩。在后来的人生旅途中，我也有幸遇见多位恩师，但最先向我示范这个词、并给予我最深的震撼的却是徐老师的丈夫——张圣明老师。在我欣然表示“愿意”的第二天，徐老师便通知我，可以去县广播站上班了。

二

正式上班那天，张老师亲自护送，把伯乐的职责履行到极致。看得出，从站领导到普通工作人员，对他都非常尊敬，而他也绝无领导架子，平易近人到让对方完全忘却其身份的地步。临走，我听到他轻声对站长说："此生很有天赋，好好培养的话，将来必有所成。"我猜想说的是我，心里暖暖的，暗自思忖如何才能不负他的厚望。

张老师走后，站长对我交代说："通讯员以接受培训的名义来站助编，这种做法早就有了，但以往来站的，都是已从事新闻报道多年，且有稿件在省台甚至中央台播发过的，只有你还是一张白纸，不过，也好，毛主席说过，一张白纸上可以绘出最新最美的图画。你要尽快熟悉业务，进入角色。培训的时间向来是灵活的，从一个月到一年不等，全看通讯员的表现。站里给通讯员发生活津贴，有经验的每月 24 元，像你这样完全没有经验的，很抱歉，每月只能领到 18 元。"

18 元？这对我来说，已经是天文数字了，即使分文不给，甚至反过来要我交一点培训费，我也会十分乐意，现在，居然给我如此高额的报酬，哪里还用得着"抱歉"？我明白，如果表现不好，也许刚领到一次 18 元就该灰溜溜地离开了，我可不能这么狼狈，一定要在这儿待到最长时限——一年。不为别的，就为这每月 18 元的津贴，我也要好好待着呀！

站长领着我逐一参观了编播组、播音组、技术组、后勤组等部门。编播组是我要工作的地方，所以我观察得非常仔细。专职编辑总共有三位，分别是老李、老杨和小陈，其中小陈还兼任播音员。他们都是大学毕业生，不过，老李是大专，老杨和小陈是本科。编播组长由资历最深的老李担任，但老杨明显不太服气，站长介绍老李时特意点明他是"编播组长"，我清楚地听到老杨鼻腔里发出了嗡嗡的声音。对我这个新来的通讯员，我感觉他们的态度不冷不热，就像旧时钱庄里独当一面的管事，见多了来来去去的学徒，早就不当回事了。只有老李说了句："你的作文写得不错，还是有基础的。好好跟着学吧！"

我更感兴趣的是播音组。县广播站除了转播中央台和省台的节目外，还有两档自办节目，即"本县新闻"和"本县快讯"。那都是由县广播站的播音员播送的。他们的普通话都很标准，声音也都很有磁性、很具魅力，至少在当时的我听来是这样。但我一直只闻其声、不见其人，而今能见到他们的真身，并且将长时间与他们近距离接触，我心情之激动，只怕远远超过了今日那些意外得遇范冰冰、杨幂、李易峰、鹿晗等当红明星，并获准与他们合影留念的年轻粉丝们。我早已从声音分辨出他们是两男两女，却猜不出他们的年龄。此时才得知，他们的年龄颇为参差，从二十多到五十多不等，并不都是我想象中的俊男靓女。其中的老古，不仅衣着简朴，而且形象如同他的姓氏一样散发出一种古旧、甚至有些酸腐的气息，与他广播里热情洋溢的声音极不协调。我曾经在公判大会上听过他领呼口号——那时，播音员的另一职责就是在全县性的大会上负责字正腔圆地领呼口号——因为距离远，我只看到他的一个轮廓，满以为是王心刚那样的超级帅哥，因此乍见真人时，我多少有些失望。

一一参观和晋谒完毕，站长指着编播组办公室最角落的一个位置对我说："以后你就坐在这儿。"然后又意味深长地说："希望你能坐得久一些。"这是表达一种良好的愿望，但也隐含着激励与鞭策，它的潜台词是“干不好就给我卷铺盖走人”。这层意思我能听出来。因此，上班伊始，我在兴奋之余，也感到压力山大。

三

站长没有为我确定具体的指导老师，我便只好“转益多师”了。最先遇到的困扰是称呼问题。老李、老杨好办，我非常自然地尊称他们为“李老师”“杨老师”。有点难办的是大家口中的“小陈”。他刚走出大学校门不久，面相看上去还很稚嫩，又性格活泼，口无遮拦，实在没有老师模样。从礼数上讲，我也应该以“老师”相称，但不知怎么搞的，我就是叫不出口，往往“老师”一词在口腔里高速旋转多时，却没有足够的离心力将它推送出去，最后又一头扎回肚子里。那么，直呼其名？或许他也不会计较，但我总觉得有失礼貌，毕竟他是师傅、我是学徒哇！至于像其他人那样叫他“小陈”，就更不合适了。哎，都怪我不够洒脱，才把对他的称呼问题弄得这么复杂。

后来，我采取的办法是，干脆什么也不称呼，每当要向他请教或汇报时，便直接走到他办公桌前。脚步有意踩得很重，制造出鞋底与地面的摩擦声，以吸引正在改稿或写稿的他抬起头来，注意到我正含笑面对着他。有时，他过于专注，根本没发现身边久久站立着拘谨的我，这是我感到最尴尬的时刻，顿觉每一秒钟都被无限拉长到看不见边界，中间横亘着难以跨越的万水千山。我不得不从喉咙里发出轻微的干咳声，想将他的注意力由稿件转移到我身上。但就因为太轻微了，仿佛一粒尘土吹落在广袤的原野上,完全无法作用于他的听觉。这时,我简直要崩溃了,只好加大音量再干咳两声,或者用颤抖的手扯扯他的衣袖。等到他终于惊觉到我的存在时,我已在时间隧道里穿行了整整一个世纪,精疲力竭、冷汗淋漓了。

编播组的任务是为本站的自办节目提供稿件。稿件分为两种类型,一类属于“编写”,即根据来稿进行缩写或改写。另一类属于“采写”,即本站编辑亲自外出采访撰写。老李让我先熟悉编写,待得对新闻稿件的一般面貌了然于胸,并初谙其写作路径和写作技巧后,再尝试采写。他说这叫“循序渐进”。

在上班后的一周内,我突击阅读了《新闻写作入门》《优秀通讯报道汇编》等参考书籍,还重点钻研了本站三位编辑联合编写的《通讯员必读》,努力使自己尽快“脱盲”。我反复琢磨,如何才能不着痕迹地将文学写作转换成新闻写作、文学语言嬗变为新闻语言。理论上的要领倒是不难掌握,问题是一旦付诸实践,就左支右绌、力不从心了。

根据老李的安排,我试着编写一组本县新闻。可供采择的稿件有十多篇,加起来超过两万字,而所能容纳的篇幅只有六千字左右,这就需要先筛选再删改了。筛选时要着眼于其“思想性、时代性、典型性、示范性”等等要素,我把初选的结果送呈老李过目,他表扬我“眼力不错”。但删改就没这么简单啰——不是大刀阔斧地砍掉成段成段的文字就完事了,既要看准部位,“以无间入有隙”,一刀下去,不至于伤筋动骨或血肉模糊,而且还要抹掉刀砍斧凿的痕迹,看上去天衣无缝的样子,正所谓“天机云锦用在我,剪裁妙处非刀尺”也。说得更加明白些,前后段之间的过渡与衔接全靠编辑加工。这还不算棘手的，更要命的是，稿件的创意很好，但文字不光拖沓冗长，还完全不踩在语言节奏上，这就要重起炉灶改写了。语言彻底换班，原意却不能改变。没有巧夺天工的手段，是难以做到圆满的。可惜这种手段正是我所缺乏的。

如果让老李或老杨操刀的话，这样一组新闻，半天时间就编写成了。尤其是老杨，往往笔不停挥，文不加点，一边编写，一边聊天，轻松得犹如闲庭信步。看他编好的稿子，啧啧，主题集中、内容丰富、特色鲜明固不待言，语言也是流畅而又精确的。我将它与通讯员寄来的原稿一一加以对照，仔细揣摩老杨如何删又如何改，试图从中看出些门道来。倒是有不少感悟，但轮到自己操刀时，却不知从何处下手了。勉力砍杀一番，竟把材料砍得七零八落，很难连缀成浑然一体的模样。至于语言，尽管推敲打磨了许多遍，仍觉过渡不够自然，表达也不够贴切。整整一天时间过去了，我绞尽脑汁，也没能编写完成这组新闻。晚上主动留下来加班，苦熬至深夜，才算大功告成。

第二天早上，我心怀忐忑地将自己小试牛刀的成品交给老李审阅，就像《红楼梦》中初学写诗的香菱无比恭谨地请黛玉修改自己的习作一样，肃立其侧，静候御批，连大气也不敢出。我观察老李的神色，时阴时晴，时忧时喜，自知结果还不算太坏，于心稍安。但他两条卧蚕似的眉毛忽然蹙起，久久未能熨平。我的心一下子提到了嗓子眼儿，赶紧闭合双唇，以防它跳出体外。暗想可能有点糟糕了，至少他对我现有的编写水平不太满意。终于，他把视线转向我，开始进行点评。大到全篇立意，小到某个标点，他一一剖析其得失、判别其正谬。他并没有像时人那样习惯性地伸出毒舌，把我的改笔说得一无是处，反倒鼓励我说："第一次编稿就能达到这种水平，说明可塑性还是很大的。"然而，"文章千古事，得失存心知"，从他刚才的评点中，我已意识到自己与一个职业编辑之间的差距有多大——目前还只是在大门边上晃荡，离登堂入室还早着呢！

评点完毕，他让我返回座位——办公室里那张最小、最旧、最边缘的桌子。它从样式到规格都与我中学时代的课桌十分相像，时时让我意识到自己身份的卑微：别以为进了贾府就是主子了，你只是人家临时雇用来打杂的，其实也并不是真的需要你，上头有人发话了，才赏你一碗饭吃，你千万别指望能和主子一样作威作福，没看到焦大吗？当年还救过主子的命，就因为发了回酒疯，照样被塞了一嘴马粪。正因为在这一点上如此清醒，所以，我从不敢托大，总是压抑本性，把身段放得很低，除了羞于称小陈为"老师"外，说话的语气都是极谦逊、极收敛的。我听最年轻的那位女播音员告诉我，去年有个来站培训的通讯员就因为口出狂言，又不拘小节，没待满一个月就被辞退了。前车之鉴啊！我觉得最好的自保办法就是像刚进大观园时的林黛玉那样，不要多走一步路，不要多说一句话，而且还千万不能像她那样动不动就使小性子，要使也只能在心里和自己过不去，莫让别人瞧出来。

因此，躬身退回座位后，我一直端坐着，等候老李再度赐教。一小时后，他招手让我过去，将他修改后的那组新闻稿发还给了我。两相对照，我心悦诚服地连声称谢。他改动的地方很多，有的甚至整段重写，而几乎每一处改笔都要比我高明。我发现，他着力最多的就是磨平我原先想要臭显摆的文学性，相应的强化稿件本该凸现的新闻性。他的字写得真不漂亮，但手中那支笔杆已被握出凹痕的英雄牌钢笔却仿佛具有点铁成金的神奇功效，一经它点化，原来平平淡淡的文稿就满篇生辉了。我很想借机表达一下自己如长江大浪一样滔滔不绝的仰慕之情，却又觉得这有阿谀奉承之嫌，何况此前从无类似经验，一时也把握不准如何措辞才合乎分寸，所以，最终只是自认为还比较得体地说了句："谢谢！我一定以您为标杆，继续勤于学习，勤于实践！"当然，说这番话时，我是觑准了老杨不在场的。

四

大约经过五六次实战训练，前后花费将近一个月时间，我已基本上具备了编写"本县新闻"的能力，我交给老李的稿子上，改动的痕迹越来越少，点评的时间也越来越短，到最后只剩下一个字："行！"不过，我自知，我编写的稿子虽然已可直接播发，但从精益求精的角度看，尚有进一步提升的空间，尤其是与老杨比。时间一长，我就发现，业务能力还是老杨最强。同样的新闻来稿，经他编写的，无论境界还是语言都要高一个层次。这就像一样的食材，到了不同的厨师手里，有的会烹制成至上美味，令人大快朵颐，有的则弄得味同嚼蜡，令人难以下咽了。而在我看来，老杨就是那类已神乎其技的厨师。至若老李，厨艺固然比我不知要精湛多少倍，但较之老杨，似乎还差了那么一点点火候。还有小陈，大胆妄评一下，我则觉得他的技艺还不够稳定，时常出现波动，状态好的时候，较之御厨也未遑多让，仿佛不费吹灰之力就能做成色香味俱全的满汉全席；状态欠佳的时候，就有点粗制滥造，沦落为乡村菜馆掌勺的了。因此，三位编辑中，我最佩服的还是老杨。

幸运的是，老杨外出执行采写任务时，主动提出带我同行。他没有征求老李的意见，便直接对我说："明天我要去石岗公社采访，你跟我一起去吧？"这正是我求之不得的。编写关已经闯过了，采写关我也想早日跨越。自从老李惜语如金地吐出那个"行"字后，我一直就企盼着早日派我外出采访。我清楚，限于能力与身份，我不可能单独领命外出，必定要先当几回小跟班，积累起一定的经验，站领导才会将我放飞。我最想跟随的就是老杨。但老李是编播组长，日常的工作安排都由他决定，我当然不便贸然表达自己的愿望。毫无职场经验的我，毕竟读过不少古代及现代的世情小说，并非全然不懂人情世故。而今，老杨的提议恰好吻合了我的期望，我岂能不当即答应？

但转过身来，我却看到老李的脸色阴沉沉的，大概是因老杨的僭越而不快。也是，不请示老李就安排我随行，的确有点擅自做主的意味，而类似的事情，我猜以前可能也经常发生。老李对这个不把自己放在眼里的下属想必既恼火又无奈。但这就让夹在中间的我为难了。左右都不能得罪，这可如何是好？已经答应老杨了，自然不能反悔，但老李这边也必须摆平。下班时，我有意磨磨蹭蹭，待得办公室里只剩下我和老李两人后，我小心翼翼地说："李老师，我明天要不要跟杨老师去呢？我听你的。"老李脸上的乌云散去了一些，但还看不出转晴的趋向。他先是不表态，见一旁侍立的我无所适从、满脸焦虑的样子，终觉不忍，便放我一线生路说："既然他点名要你去，你就跟着去好好向他学呗！这个人，哼！"他欲言又止，或许是觉得向我这个小小的通讯员发泄对老杨的不满反显得他胸襟狭窄。

我想，"哼"字后面牵引着的应该是"就是喜欢自说自话"或者"就是习惯发号施令"之类的苛评。能够硬生生一刀斩断它，说明老李还是很有克制力的。并且也还识大体、顾大局，不想让他与老杨的矛盾公开化、表象化。这让我增加了一些对他的敬意。我不知下面该说些什么，忽然福至心灵，冒出一句："其实，在我心目中，您才是最好的老师！"话一出口，我就直想抽自己的耳光。哎哟喂，什么时候变得这么市侩了？他是一位好老师不假，但凭什么要加上一个登峰造极的"最"字？你呀，怎么一进入社会，没学会别的，先学会油嘴滑舌、虚情假意了？

但老李却受用得很，转瞬间，他脸上便云开日出了，故作谦虚地说："呵呵，咱们教学相长嘛！"这一方面抬举了我，另一方面也乐滋滋地将我奉送的高帽子戴在了头上，并不觉得我的话有违心或夸大之处。我由此发现，文化人大多是自我感觉极其良好，对别人的溢美之词来者不拒的。正因为这样，多年以后，当听到别人对自己的高度评价时，我总要警惕地扫描他几眼，看看他是否像我当年一样言不由衷。不过，即使察觉到其中的夸饰成分，我也并不反感，因为我知道对方这样做，一定也是迫不得已。

对话过程中，我看见老李端起茶杯想喝水，但茶杯倒悬至160度以上，他仍没喝着，大概杯中已是"弹尽粮绝"了。他站起身来，我估计是去屋角取热水瓶。理智告诉我，应当抢先一步拿来热水瓶为他续水，但情感上我却又排斥自己这样做——我不认为替有权左右自己命运的人端茶倒水是“服务意识强”的表现，相反倒以为这是一种近乎奴颜婢膝的行为，非堂堂正正者所宜从事。我曾经读到过李白的两句诗，篇名不记得了，意思是“安能摧眉折腰事权贵，使我不得开心颜”。老李虽然够不上“权贵”的级别，毕竟也握有遣散我的权力，只要他对站长说一声“这个新来的通讯员不太上路子”，我就会像李白当年那样被放逐了。但越是有这层利害关系，我越是不能“摧眉折腰”。而抢上前去为老李续水，在我的潜意识里，就是摧眉折腰的表现之一，大丈夫不为也。这时，我被分裂为逆向而行的两个小我，一个坚持理智一端的世俗考量，一个固守情感一端的文人本色，两个小我势均力敌，苦苦博弈，使我僵在原地，动弹不得，而老李这时已从容地完成了为茶杯续水的动作。

五

采访目的地距离县城三十公里，我和老杨骑自行车前往。这是我们所能利用的唯一交通方式。站里除了检修广播线路所需的两辆轻型摩托外，没有一辆机动车，站长外出，也只能用双脚驱动两轮。但站里为经常外出的正式职工配备了公用自行车，三位肩负采访任务的编辑也在其列。所以，老杨出行是有“公车”的。在自行车尚未普及到千家万户的当时，能拥有这样的公车，差不多也可以算是特权阶层了。我这个通讯员则是不具备享用公车的资格的。站里也没有多余的可以用来调剂的公车，所有的公车都是名下有主的。而且，公车私用的现象非常普遍,他们上下班都骑公车,这几乎就等于今天的“专车接送”待遇了。所以,我和老杨外出采访那天,尽管老李和小陈都留守,但他们的公车要用于上下班通勤,我就不方便向他们借用了,而他们也没有主动借给我的意思。

我只有自己想办法借用自行车了。那时,借一辆自行车的难度恐怕要大于今天借一辆小轿车。我家没有自行车,亲戚中只有表姐购置了一辆“永久”,爱惜得每骑一次都要仔细擦拭半天。当她骑着簇新的“永久”穿街走巷时,会吸引来无数羡慕嫉妒恨的目光,酷似今天飙着法拉利从大街上呼啸而过的主儿。表姐在县教师进修学校当老师,上班地点距离县城足足有三公里,这是她省衣节食购买这辆豪车的原因。我想来想去,唯一有望借给我自行车的非表姐莫属了。但如果把自行车借给我,她就要耗时耗力地步行去上班了。这让我又羞于启齿。但借不到自行车,第二天就无法跟随老杨外出采访,我只能觍颜向表姐求助了。表姐倒是非常爽快,一听借车原因就把钥匙递给了我,不过再三叮嘱我小心谨慎,避免发生刮擦事故。

我骑着表姐的豪车踏上了采访之路。相形之下,老杨的公车既非名牌,又显陈旧。加上他不修边幅,头发乱蓬蓬的状似鸟窝,倒像个陪同甲胄公子出游的仆人。我当然不愿反仆为主,所以脚下不敢太多用力,生怕骑到他前面去。一路听老杨说些乡邦文化故事,不知不觉间就抵达了石岗公社。下车时,老杨似乎不经意地说:“你的家境不错嘛!”我知道他误会了,同时也明白他对我的座驾比他豪奢还是很有几分在意的,连忙言明它的真正主人,撇清自己与“官二代”“富二代”均不沾边。老杨哈哈一笑说:"'豪杰生于闫阎,英雄起于草莽',我也是平民子弟。"这既是对我的鼓励,也多少带有自负之意了。而我自是乐闻此言,因为我注意到其中隐含了一种我所期望的身份认同感。

石岗公社的通讯员张大为早已在公社大门前迎候,远远的一看到老杨,就奔跑过来,握住老杨的手久久不放,就像电影里受尽日寇蹂躏的根据地人民见到挥师前来解放他们的抗日武装力量那样,差一点就热泪盈眶。向老杨倾泻过热情后,他又过来问候我。让我万万没想到的是,他竟然称呼我"晓风老师"。这真是折煞我也!看他的年龄已在三十开外,而他也不至于眼拙到看不出我还是个黄口孺子,却以"老师"见称,这是怎样一种姿态啊!我使劲摆手,要他以后径呼我的姓名。他一脸严肃地说:"那哪成?你是从县站来的,那就是我的老师!"我赶紧声明说,自己只是在县站接受培训的通讯员。他说:"能被县站选中去培训,那必有过人之处。我怎么就没被选上呢?所以,还是应当称你老师,以后你可要像杨老师一样多多提携我哟!"果然,这之后,凡是与我说话时,他始终一口一声"晓风老师"。连老杨出面制止也不起作用。我捉摸不定这是真的特别谦恭呢,还是一种老于世故的表现呢?只是凭本能觉得他也确有过人之处,至少在待人接物方面功力非凡。

时间已近晌午,张大为领我们去公社食堂用餐。他掏出饭票,为我和老杨一人要了一份红烧肉、一份青菜,而他自己只要了一份青菜,说是这两天胃痛,忌食荤腥。红烧肉可是我家饭桌上的稀客,我喜滋滋地伸出筷子去。老杨却硬将自己碗里的红烧肉拨给张大为一半,说自己的胃也不好,无福消受。张大为又倒回老杨碗里，两人展开了一场旷日持久的拉锯战。最后，张大为用筷子夹回了最小最油的两块，算是一种妥协。我看到他把肉含在嘴里，许久不愿吞咽下去，仿佛在一点一点咂摸它的滋味。当他下决心做出下咽的动作时，脸上现出惋惜而又幸福的表情，把我都看呆了。用餐完毕，老杨要付给他餐费，他坚拒不受说："你这是看不起我！如此尊贵的客人来了，我招待一顿便饭还不应该吗?"两人又僵持了好半天。在两次礼让的过程中，初出茅庐的我一直充当着不知所措的旁观者，但看着看着，心里很有些感动，也有些心酸。

后来，老杨告诉我，张大为名义上是公社的专职通讯员，脱产从事通讯报道的组织与写作，身份却还是农民，原先所属的生产大队按"壮劳力"给他记工分，公社再每月给他发放十元钱的补贴。两块收入加起来刚好够养家糊口。大队一级也有通讯员，却是兼职的了，只能给他们一年补贴几百个工分。全县的农村通讯员都实行这一体制。张大为对这份工作相当满意，也非常珍惜。老杨他们每次来采访，他都要招待一顿饭。那时是没有"公务接待"一说的，招待费需要他自掏腰包。这无形中就加重了他的生活负担。看他焦黄的脸色和瘦削的面庞，明显是疲劳过度和营养不良的样子。

六

我们这次要采访的是石岗公社的水利工程。数九寒冬，朔风凛冽，骑车前往水利工地的途中，我亲身体验到了"风头如刀面如割"的况味。但在奋战着一万多名"河工"的水利工地上，乍看却呈现出一派热火朝天的景象，铁锹飞舞，人流穿梭，有毛主席诗词中所描绘的“万马战犹酣”之势。

毛主席曾经以无产阶级革命家的高瞻远瞩指示我们：“一定要兴修水利”，他亲自主持制定的农业八字宪法“土、肥、水、种、密、保、管、工”，“水”排在第三位，重要性不言而喻。我县濒江临海，每年都有新的水利工程上马。严冬枯水季节，往往是水利工程的高潮期。农民来水利工地干活，俗称“出河工”，悉由各公社派遣，属于指令性计划，县里不给任何报酬，而由生产队结算工分。伙食由食堂统一供应，但组织方只提供蔬菜，口粮必须由河工自带。这是张大为向我介绍的。想到每年有这么多河工响应伟大领袖的号召，不畏严寒，不辞劳苦，积极投身于新一轮兴修水利的战役，我不由得为之热血沸腾，心潮澎湃！

然而，细一观察，我的心却慢慢揪紧了。在零下二度的气温下，许多河工赤脚穿着草鞋，脚跟都皲裂了，以致挑着担子走起路来一拐一拐的。这是轻伤不下火线啊！我更加钦敬了。但又想，他们为什么不穿上袜子和球鞋呢？这样一脚水一脚泥的，他们该有多难受哇！换成我，恐怕一刻也坚持不下去。再看他们的服装，绝大多数人都松松垮垮地套着颜色灰黑的旧棉袄、旧棉裤，有的已经撕开了或大或小的口子，露出了里面的棉花，让我想到“鹑衣百结”这个通常用来形容生活在旧社会的贫苦农民的成语。也有个别人没穿棉装，就裹着一身黄绒衣。这绒衣似乎是早年的军用品，已磨损得斑斑驳驳，全然无法抵御刺骨的风寒。所以，绒衣的主人，一个我意想中的当年的志愿军战士，身体好像一直在微微颤抖。这究竟是怎么回事呢？是他们没有条件为自己准备最起码的行头，还是故意穿成这样以表现艰苦奋斗的革命精神呢？我无从判断。

我走到他们中间，更近距离地观察他们。于是，我惊讶地发现，他们中的很多人并不像我想象中的那样“豪情满怀”“干劲冲天”，而是一副无精打采、有气无力的样子，无论是挥锹挖泥的，还是挑担运泥的，都不慌不忙，动作迟缓，根本看不到你追我赶、争先恐后的场面。他们的精神状态给我的整体感觉就是懒洋洋、疲沓沓、软绵绵。这又是怎么啦？社会主义建设者难道应该是这样的吗？我拦住一位运泥的河工，采访他说：“我是县广播站的记者，请问你是主动请战来工地的吗？”他用打量外星人的眼光看着我说：“主动请战？那是吃饱了撑的。咱这号饿得前胸贴后背的人会干吗？生产队派咱来，咱只能来！不来的话，工分就没了，一家老小喝西北风去？噢，这位小记者，你能不能给咱反映反映，最好给咱补贴点粮食，干这么重的话，不填饱肚子怎么行？”话里话外都透着不满——严重到他都不想加以掩饰的不满。他的话似乎解释了河工们出工不出力的原因，但我听来却觉得很不是滋味。

这时，一个身不沾泥的干部模样的人发现了我，便把那位“黄绒衣”领到我跟前说：“记者同志，你还是采访一下这位退伍军人吧，他在河工中更有代表性。”黄绒衣搓着瘦骨棱棱、满是泥浆的双手，浑身都是不安，一字一句斟酌着说：“能亲身参加战天斗地的水利工程，我感到无比光荣。我们要发扬一不怕苦、二不怕死的革命精神，大干苦干拼命干，向毛主席他老人家交一份出色的成绩单！”他努力抑制自己身体的抖动，但因为暂时停止了体力劳动，反而不由自主地抖动得更加厉害。他自己也意识到这可能有点出乖露丑，说完便匆匆离去。那位带队的干部尴尬地笑了笑，圆场说："他当年在朝鲜战场上踏冰卧雪，留下了身体发抖的后遗症，记者同志不要见笑，报道中也就别写进去了。"

我还想再找几位河工聊聊，带队干部劝阻说："你看，大家都正忙着干活呢，顾不上接受采访，再说，他们都是没见过世面的老实巴交的庄稼人，给你这大记者突如其来一问，就都懵了，免不得胡言乱语。要不，收工后，我替你找几个能说会道的，你采访采访他们？"此时，一直在远处观看这边动静的老杨跑了过来，揽住我的肩膀，不让我再问下去。他对那位干部说："我带来的这个初生牛犊，喜欢打破砂锅问个究竟。其实，有些事情是问不清楚、说不明白的，你说是吧？"带队干部喜遇知音，笑逐颜开。老杨说："我想向你了解的是，这一工程的工期有多长？总共投入多少人力？中途遇到哪些困难，又是如何克服的？"这些话题都是非常轻松的，带队干部有条不紊地一一解答。我提出能否去看一看河工们的食堂和宿舍，带队干部为难地说："这可没有什么好看的，免了吧！"他将求援的目光投向老杨，因为他已经看出决定权都在老杨那里。老杨善解人意地一摆手说："那就不去看了，我们打道回府！"我觉得这一环节不该省略，却又不敢违拗老杨，怏怏跟在他身后撤离工地。

我理解中的采访不是这个样子的。它应该更加深入，更加细致，接触更多的人群，询问更多的问题，而不是这样蜻蜓点水，浅尝辄止。离开工地后，我鼓起勇气问老杨："我们今天是不是有点偷工减料啊?"老杨没有正面回答我的问题,只是说:"这篇稿子明天晚上就要播出,时间太紧,只能如此。"陪同我们采访的张大为岔开话题说:"两位老师,我家就住在这附近,去喝杯热水再返回县城吧?"在工地上盘桓了一两个小时,滴水未沾,我们确有口干舌燥之感。老杨抬腕看看手表,时间是下午三点,晚饭前赶回县城尚有余裕,便答应了他的邀请。

张大为家住的还是草房,却不是杜甫当年漂泊西南时寄身的铺有"三重茅"的那种,郭沫若在新近出版的《李白与杜甫》一书中说那种草房"冬暖夏凉,比瓦房还要考究",只有地主老财才能住上。张大为家的草房,房顶上的茅草却只有薄薄的一层,而且已经发黑了,说明它已年久失修,不知大雨如注时是否会像杜甫一样哀叹"床头屋漏无干处""长夜沾湿何由彻"? 堂屋内的陈设也很简陋,除了一张陈旧且不规则的八仙桌外,就只有几条板凳了,比家徒四壁稍强些。

张大为对着大田里劳作的男女高喊了一嗓子,一个中年妇女应声从人群中闪出,然后急匆匆地向这边走来,两个在田埂上玩耍的男孩也一蹦一跳地跟在她屁股后。张大为说:"这是我的婆娘和儿子,还有 个大的,是女儿,在镇上读小学。"哦,难怪啃,他有三个孩子要负担! 张大为吩咐他的婆娘说:"这是县里来的领导,你赶快烧水,再炒点花生。"婆娘迟疑了一下,顾不得擦去额头上的汗水便忙活起来。灶间里很快便响起拉风箱和炒花生的声音。花生是干炒的,端上来时黑乎乎的。婆娘道歉说:"家里没有沙,就炒成这样了,要把领导的手弄脏了,罪过,罪过!"

花生只有浅浅的一碗，且大小很不均匀，婆娘再次致歉说："家里只有这些了，领导将就着吃。"张大为嫌她多嘴多舌，瞪起眼睛训斥说："不说话，能把你的舌头给绞了？快回田里干活去吧！"我端起盛水的粗瓷大碗喝了一口，哟，甜的，里面加了白糖。我不当家，却也粗知柴米贵，城镇居民每月每户计划供应四两白糖，农村户口则要到过年时才配给几两。所以，花生和白糖都是稀罕物，只有到春节前后，我才能让花生的香味弥漫进口腔。两个男孩站在门边，目不转睛地盯着碗里的花生，不断重复着咽口水的动作。我想抓一些给他们分食，意念刚动，老杨已经先行一步了。然而，小的那个还没来得及剥开第一颗花生壳，张大为已从他手中一把夺过，骂道："你这条小馋虫，难不成是饿死鬼投胎？还不赶紧跟你娘到田边野去？小心我揍你！"小男孩哇的一声哭了。老杨连忙上前，把自己碗里的糖水给两个孩子各喂了两口，又不顾张大为的阻挠，把剥好的花生塞进他们嘴里几粒。张大为厉声喝道："还不快滚?!"两个孩子吸溜着鼻涕，欢天喜地地奔着老娘耕作的农田去了。

我们再也没有心情多坐，吃了几颗花生后便告辞了。有生以来，我第一次对花生食而不知其味。或者说，第一次觉得花生的味道复杂得令人无法形容。这也是我印象最深的一次吃花生的经历。张大为客气道："吃了晚饭再走吧?"但他并没有强留，因为他知道，无论从哪一角度看，这都不具备现实的可能性。他只是在履行一种必要的礼节。当我与他握别时，我瞧见，老杨趁他不注意，将一张五角的纸币偷偷压在粗瓷碗底下。按县广播站食堂的饭菜价格来推算，一份红烧肉、一份青菜，再加一碗米饭，价格大约在两角五分左右。

七

起草这篇通讯报道的任务责无旁贷地落在我肩上。我连夜奋笔疾书。白天发生的一幕幕在我脑海里交相映现，让我时而震惊，时而感动，时而忧伤。我明白，报道必须是正面的、符合主旋律的，重点是宣传模范人物的模范事迹，把榜样的力量传递给广大群众。但说真的，在短暂的采访过程中，我并没有发现什么"高大全"的模范人物，也没了解到可歌可泣的模范事迹。凭空塑造一个，倒也不难做到，这点文学底子我还是有的，可那还叫新闻吗？我也知道，这篇报道必须能起到鼓舞全县民众斗志的作用，所以，我看到的一些现象，比如许多河工没精打采之类的，是不能写进稿子的，一定要有所筛选、有所提炼。那么，就只能渲染他们如何不怕冻、不怕苦、顶风冒寒、持续奋战了。我秉持的原则是，有损河工形象的材料可以舍弃，但绝不能随意改造和任意拔高。这样，我就无异于作茧自缚，把写作空间弄得非常狭窄，快天亮时才勉强杀青。

老杨拿到稿子后，边看边改边点评。我原先拟定的题目是"不畏严寒修水利，江海儿女逞英豪"。由于所处的特殊地理位置，本县子民习惯于自称"江海儿女"，而把脚下这片沃土叫作"江海大地"。老杨挥笔改为"江海儿女多奇志，战天斗地逞英豪"，同时添加了一个副标题"石岗公社水利工地纪实"。对这一修改，我非常佩服。毛主席诗词中说"中华儿女多奇志"，老杨把它衍化为"江海儿女多奇志"，不失为神来之笔。但他接下来的改动，却有好几处是我无法接受的——

首先，他在描写劳动场面的部分，加上了“干劲冲天”等明显有悖事实的形容词，说河工们“人人精神抖擞，个个斗志昂扬，胸中回荡着以丰硕的劳动成果向伟大领袖毛主席献礼的激情”。这从何说起啊？

其次，他把“黄绒衣”拔高为令人景仰的模范人物：“这个当年在抗美援朝战场上与美国侵略军殊死拼搏的钢铁战士，如今又在水利工地上大显身手。他不停地挥动铁锹，汗水湿透了衣背，他干脆脱去棉袄，只穿一件昔日令美帝闻风丧胆的黄绒衣，带领河工们干得热火朝天！”这也距离事实太远了吧？

第三，我在报道的最后提了一条建议：“希望各级领导给予河工们更多的关心，想方设法改善他们的生产与生活条件，使他们吃得饱、穿得暖，更加斗志昂扬地为社会主义建设添砖加瓦！”老杨把这些内容一字不留地删除了，还在边上打了一个大大的×。

其他还有一些改笔也是我认为不妥当的。我斗胆试着与老杨商榷：“不是说真实性是新闻的生命吗？这样写是不是……与真实性原则有抵触呢？”我尽量把话说得委婉些。老杨大度地笑了笑：“你说的没错，教科书的确也是这么讲的。但在具体实践中，真实性应当要服从于革命性，或者说服从于革命事业的整体需要。所以，我们在采写这类报道时，要着眼于大局，而不能拘泥于小节。我也是慢慢才明白过来的。”我依然非常困惑：“可是，新闻报道难道也要像文学作品一样源于生活、高于生活吗？”老杨还没回答，坐在邻近位置的老李为他帮腔了：“老杨说得对，你就别坚持了。也许你一下子理解不了，但以后会懂的。”后来，我真的懂了，但那时我早已离开了新闻战线，转事古典诗词研究了。

连老李也这样看！他可是非常较真的人，而且平时好像和老杨还有那么一点嫌隙，很少能说到一块儿。编辑组讨论稿件时，两人总是意见相左。在我印象里，他俩只有分歧，没有统一，每次都唇枪舌剑，互不相让，争执到最后，就像两只眼睛充血、恨不得一口把对方啄死的公鸡，以致站长不得不出面调解："两位大编辑都请冷静一下，毛主席教导我们'要团结，不要分裂'……"但这天在真实性与革命性孰轻孰重的问题上，两人却是如此统一。此前，他俩本已达成一种默契：老李教诲我时，老杨绝不吱声；老杨指导我时，老李也绝不插话。像今天这种情况还是首次出现。这意味着什么呢？老李想主动与老杨修好？似乎不是，因为说完之后，老李仿佛就意识到自己不该介入，而迅速埋头于厚厚一摞待处理的稿件中，不再望向我和老杨，倒是老杨想挤给他一个笑容，但笑容还没来得及舒展，老李已扭过头去，老杨只好费力将它扼杀在含苞待放状态。唯其如此，我的理解是，老李出来说话，是因为对我的"冥顽不灵"忍无可忍，急于教导一番，乃至不自觉地破坏了过去的默契，而并没有声援老杨的主观故意。不过，"老杨说得对"，这毕竟是前所未有的一种肯定式的表达，老杨听来还是愉快的，便想投桃报李，破天荒地示他以笑容了。

八

我呕心沥血写成的通讯报道如期播出了，却已面目全非。

播音员精神饱满地说:“下面播送由本站通讯员晓风采写的通讯……”这是我的名字第一次在广播中出现,第一次通过红色电波在全县范围内传扬。也可以说,这是我公开发表的第一篇署名文章。但我却一点也兴奋不起来。兴奋的是我的父母以及所有听到广播的亲人。

这是一个有线广播独领风骚的时代,即使在最荒僻的乡村,也必须“家家户户通广播”,这是中央下的死命令。街头、村头、田头,凡是有人群出没的地方,都安装着高音喇叭,为的是“把毛主席和党中央的声音及时传送到亿万人民中间”。在其他媒体、包括纸质媒体暂时缺位,而收音机又尚不普及的情况下,有线广播是普通民众尤其是处于文盲和半文盲状态的民众获取资讯的唯一渠道,它反复灌输给民众的是“革命形势一片大好,不是小好,越来越好!”即使不爱听广播的人,耳朵也得每天接受广播的洗礼,因为无论你走到哪里,都不可能对高音喇叭振聋发聩的声音充耳不闻。“你听也得听,不听也得听”。这一家长强制孩子受教的蛮横用语,移用来形容这种情形倒是非常恰切。

那时,谁的名字要是出现在“本县新闻”中,不仅他本人,熟悉他的人听到后都会非常兴奋。所产生的轰动效应,简直不亚于今天被央视的“新闻联播”节目所报道。被报道的人固然风光得很,写报道的人也会在他的亲友圈里被刮目相看。我就是这样。

我提前把消息告诉了父母。他们早早地就守候在装有圆形小喇叭的堂屋里,当播音员用重音吐出我的名字时,他们竟然激动得老泪纵横，就像终于等到不肖子金榜题名那一天的古代翁妪。节目刚播完，响起了敲门声，进来的是隔壁邻居。母亲迫不及待地说："我儿子的文章上广播了！"邻居说："我就是来贺喜的。刚听到名字时，我还多少有些疑惑呢！后来一想，你儿子不就在广播站工作吗，肯定是他没错。真有出息！"又问："以后是不是就可以留在广播站，不用下乡了？"父母笑而不答。我本想纠正他说："我只是没有编制的借用人员，名分还是来站接受培训的通讯员，不可能留下来的。"但父亲这时朝我使了一个眼色，我便也缄口了。这等于默认了邻居的说法。

不一会儿，姑妈与表姐也来了。看到表姐，我本能地往父母身后躲，因为我实在愧对她——昨天在返途中，我因神思恍惚，撞上了路边的大树，人仰车翻。人倒是安然无恙，车却被蹭掉了一块油漆。我惊得魂飞魄散，宁愿被蹭掉的是自己同样面积的肌肤。还车时，刚好表姐不在家，我把车钥匙放在桌上，又对姑妈说了声抱歉就赶快逃离。表姐这会儿挟姑妈一同过来，毫无疑问是要大兴问罪之师。但出乎意料，她也是来表示祝贺的，要我再接再厉，让自己的名字频繁出现在广播中，为家族争光。只是在离开时轻描淡写地说："碰伤车子，就当是应付的代价吧，姐姐认了。不过，以后骑车时千万不能分神，碰伤车子事小，摔伤咱家的才子就事大了。"

消息不胫而走。小城里的居民大都闲得无聊，热衷于议论家长里短，传播各类道听途说的新闻，尤其是花边新闻。我这点事与"花边"毫不搭界，却也被一传十、十传百。第二天去上班的路上，几乎所有遇到的熟人都会说起："嗨，昨晚你上广播啰!”“哟,看不出你还是文曲星下凡呢!”“喂,广播里播你的文章,怎么也不通知我一声,害得我只听到后一半!”无须否认,听到这些,我内心是不免沾沾自喜的,稿子被无情删改的憾恨渐渐消释得无影无踪。

这之后的两个月里,又有两篇我采写的通讯稿播出,亲戚、邻居以及昔日同窗、儿时伙伴就都把我当成县广播站的正式工作人员了,直接反应是看我的眼光中多了一层敬意。小学同学尔苏在把我介绍给他的新朋友时说:“这是我的赤膊兄弟,在县广播站上班,担任助理编辑。”“助理编辑”这个头衔其实是我杜撰的。班主任徐老师当初的表达是“以通讯员的身份去县广播站担任助编工作”,“助编”说的是我的实际工作性质,而不是身份。然而,当大家都认定我已正式入职县广播站,而把我的否认视为一种谦虚或不诚实的态度之后,别人再问我在广播站具体干什么,出于日益膨胀的虚荣心,我便含糊其辞地说自己是“助理编辑”了。再往后,当站里有人来访时,我都不希望听到老李或老杨说我是“来培训的通讯员”,每当听到他们这样说,我就有些不爽,似乎身份被严重贬低了。当然,他们也绝不可能把“助理编辑”这一头衔安在我身上,所以,最好的结果是他们什么也不介绍,这样,来客就会误以为我也是编辑之一,对我执礼甚恭了。

公社一级的专职通讯员经常专程来站里送稿件,顺便联络感情,其中有几个和三位编辑都混得很熟,稿件被录用的概率也就比较高。张大为也来过一次,刚放下稿件,就拿起热水瓶为三位编辑以及我一一加水,照样称呼我“老师”,我竟也坦然承受了。谈完稿件，又闲聊几句，他就告辞了。走到办公室门口时，他回头对老李说："李老师，我还有点事要向您单独汇报一下。"老李便和他一起走了出去。回来时，老李手里多了一个小小的布口袋。老杨的脸色变得很难看。这时，张大为又在门口露面了："杨老师，不好意思，我也有事要打扰您"。老杨也走了出去。返回时，遮遮掩掩的，右手拎了个同样大小的布口袋。

张大为来后一周左右，我这个"助理编辑"居然也有人指名道姓找上门来了。那是一个春日的午后，门卫打来电话说"你出来一下，有个漂亮小姑娘要见你"。这会是谁呢？那时距离追星年代的到来还很遥远，何况我也只是一个刚发表了三篇通讯稿的小小文青，除了家人引以为傲、熟人偶尔称许外，没有任何知名度，更没有值得追捧之处。加上初、高中阶段都生活在"男女隔阂"的氛围里，与女同学绝无往来，所以，我猜不出有哪个"漂亮小姑娘"会专门来见我。

来的是姜凌风，一个亭亭玉立的少女。从小学到高中，她都与我同班。彼此都很熟悉，但升入初中以后，几乎就没说过话。关于她的情况，倒是时有耳闻。她比我要大两岁，所以已经下乡插队落户。落户地点离县城只有十公里远，但为了表示扎根农村、"与贫下中农打成一片"的决心，她很少回城。听说公社革委会主任对她比较赏识，正在培养她入党。而外面也有传言，说她与这位握有生杀大权的领导有染。但以我对她的了解，我相信她是清白的。嘿嘿，谁让她长得漂亮呢？"漂亮小姑娘"总是有人嫉恨的，而拉黑她的最好办法就是编造有关她生活作风的谎言。

那么，她这次突然来找我为的是什么呢？谜底马上就揭开了。原来，她也是来送稿子的。她郑重拜托说："这篇稿子能不能播发，在一定程度上关系到我的前途，请老同学无论如何帮个忙。"又补充说："我也是没办法才厚起脸皮来找你的。"说完，凄然一笑——请注意，是"凄然"而非"嫣然"。在她这个年龄、这般容颜，本应该笑得灿烂一些的，但我当时真的觉得她的笑带有几分苦涩，因而只能用"凄然"来形容它。

她没有提出去我的办公室坐坐，而我也没有邀请她。两人就站在大门前说了稿子的事。来来往往的人很多，凡是认识我的人都有意无意地看我们两眼，我犹如芒刺在背，一刻也不愿多留，表示"一定尽力"后就先行离开了。我知道这样做很没有礼貌，也会让她怀疑我的诚意，但我真的不习惯在众人注视下与一个从无联系的"漂亮小姑娘"对话。我怕站里的人产生误解，以为我小小年纪就开始泡妞，并且泡的是一个看上去比自己成熟的大妞。

我仔仔细细地读了姜凌风送来的稿件。那是一篇人物通讯，写的就是她所在公社的革委会主任，那个与她传出绯闻的领导。篇末盖有公章，这是对人物通讯的必然要求。看得出，她写得很用心，但写作从来就不是她的长项，语言的瑕疵就不去说它了，文体也非驴非马，介于通讯与散文之间。如果要采用的话，必须花大力气修改它。我既然已经答应帮她，这个那就不能吝惜力气了。从技术角度修改完毕，我又发现了更致命的问题：人物的事迹不够突出。这个问题就不是我所能解决的了，总不能为他编造一些惊天地泣鬼神的事迹吧？我只得将文字再润色一遍，然后把它编进了“本县新闻”，送给老李审阅。

我真心诚意地想帮老同学一把，因为她曾经那样强调这件事的重要性。但这篇稿子却被老李枪毙了！枪毙的理由很专业：“人物缺乏典型性和代表性。”这一点没错，可我不能辜负老同学的重托哇！我用哀求的语气对老李说：“我再修改一稿行不行？”老李斩钉截铁地说：“不行，基础条件不够。再说，宣传公社一级的领导，必须先送呈县宣传部审批，不是我们可以做主的。你不用多说了！”这已经有点愠怒的意思了。

我只能听任这篇我耗费了不少心血修改的稿子被处以极刑。此前因被亲友高看一眼而产生的良好感觉顷刻间便飞到了爪哇国去，就像变成了土地庙的孙猴子被二郎神识破而一棒打回了原形那样，这时，我空前强烈地意识到了自己的真实而又卑微的身份——一个新来广播站接受培训的通讯员！

抗洪救灾的日子

一

“江堤破了，兄弟们快撤啊！”

深夜，睡梦中依旧腰酸背痛的我被一阵急促的钟声惊醒，随即便听到隔壁老知青这充满惊恐的叫唤。我浑身一激灵，睡意全都甩到了爪哇国里，披上一件单衣便冲出屋去，跟在黑压压的人群后面，顶着狂风暴雨，仓皇撤往后面的第二道江堤。没有半点星光，也不见一盏灯火，要不是有几束手电筒的光亮刺破黑锅似的夜空，我简直怀疑自己跌跌撞撞地行走在鬼蜮。

这是我到新垦农场插队落户的第十天。两天前，我所在的一大队二连刚刚传达了县委关于防台抗台的紧急通知。听连长说，台风这个不速之客每年夏秋之交都会光临我们这个围垦而来的农场，所以，防台抗台工作必须像阶级斗争那样“年年讲，月月讲，天天讲”。但连长的神情一点也不严峻，反倒像箕踞在田头谈论张寡妇的风流韵事一般轻松自如。也难怪，建场十多年来，暴虐的台风从来就没能将洪水卷入江堤之内，让农工们苦心营建的家园陷入灭顶之灾。所以，大家也就松懈了，麻痹了，以为张牙舞爪的台风也不过就是一只美帝国主义那样的纸老虎,没什么可怕的。谁知,这回它却像潜藏的阶级敌人一样,终于露出了狰狞面目,以史无前例的凶残手段向我们反攻倒算了!

一路起先还安静。恐慌犹如一把巨钳紧紧地夹住了人们的声带,耳边只有连长“快走!快走!”的喝令声和台风摧枯拉朽的呼啸声。但随着逃难人群的不断扩容和从溃破的江堤中涌入的洪水的持续上涨,开始有人尖叫:“哇!江水已经淹到我的脚脖子上啦!”我也已感觉到水流对脚踝的撞击,但从小就能在河里扎猛子的我并不恐慌。让我惊骇的是一个女人撕心裂肺的叫喊:“呀!我的孩子掉了!”连长呵斥道:“掉了就掉了,瞎嚷嚷什么?”我正诧异连长怎么如此冷酷,想循声去找到那个女人,老知青却一把拉住我说:“没出什么人命关天的大事,当地土话里‘鞋子’与‘孩子’发同一个音。”噢,原来如此!这一插曲在很大程度上消解了我初历灾厄的紧张情绪,尽管这时尖叫声已经此起彼伏,近似于鬼哭狼嚎了。

我想到了银幕上反复放映的抗战故事片《地雷战》和《地道战》,那里面都有一个高度警惕而又视死如归的老村长发现敌情后,惊呼“鬼子进村了!”于是,男男女女顾不得拿上细软、拉上牲畜,便慌忙逃向村后的山林以躲避鬼子的杀戮。此刻,我们好像就在演绎“鬼子进村”的现实版,只不过,“鬼子”嬗替为洪水,后者的穷凶极恶与前者何其相似乃尔——刚刚经历过“批林批孔”运动,眼下又正被裹挟进“评法批儒”的政治热潮,我已经积累了撰写批判稿的丰富经验,其中的一点经验是,要将被批判对象与已有定论的历史渣滓加以比照并观,指出他们是“一丘之貉”。每当写到这儿，我习惯于很有文化高度和深度地加上一个词语，那就是“何其相似乃尔”。也许是应用频率太高的缘故，后来在日常生活中，这个词语动辄就从我的语言仓廪中滑向眼前场景，引导我寻找和梳理历史与现实、此境与彼岸的联系。

当我们上气不接下气地撤离到第二道江堤上时，洪水已经深及膝盖了。夜色比我临摹柳公权字帖时使用的墨汁还要黑，狂啸的风声中混杂进越来越多的孩子的哭吼，听来比先前更觉凄惨。雨势越来越大，粗制滥造的塑料雨衣根本无法抵挡雨水的侵入，背心与短裤都已经湿透，滑腻腻、凉飕飕地贴在身上，就像被包裹了一层令人毛骨悚然的蛇皮。刚才狼奔豕突时忘却的寒冷此刻开始由肌肤向骨髓一点点渗透，让我忍不住如同亟须屠呦呦发明的青蒿素来救治的非洲疟疾患者那样浑身颤抖。不光是我，我的那些知青兄弟姐妹们也状如碾米后的一个不可或缺的环节——“筛糠”。我清晰地听到近旁两位我还不知其芳名的女知青上下牙不停碰撞，发出食人魔吸血吮骨般令人恐怖的声响。稍远处的另几位女知青先还只是吞声饮泣，在相互感染下，终至大放悲声。连长又威严地训斥了：“哭什么？又没死人！扰乱军心，该当何罪?!”上纲到如此地步，女知青哭声也就戛然而止。但不解其语的孩子反倒哭得更厉害了，因为在他们听来，这凶神恶煞般的声音比洪水还要可怕。孩子的父母怕得罪一言九鼎的连长，啪啪啪地连扇孩子耳光，但这就好似扬汤止沸一样，瞬间便将孩子们的哭声推到了振聋发聩的高八度，而风声居然暂时被淹没了。

二

天色微明时，风雨大作的骇人声势有所减弱，但另一番令人伤心惨目的景象却跃入我们眼帘：洪水不仅彻底淹没了我们耕种的田园，而且正在吞噬我们居住的房屋，一片汪洋中，只能看到一个个茅草屋顶和原本不失高大挺拔的水杉树梢。杜甫晚年飘泊西南时哀叹："八月秋高风怒号，卷我屋上三重茅"，并由此萌生出"安得广厦千万间，大庇天下寒士俱欢颜"的人道主义情怀。如今，台风与洪水夺走的岂止是我们屋顶的茅草，而把我们赖以遮风避雨的住所整体都卷入了水乡泽国。怀着共产主义的远大理想，我相信日后终能重建广厦万间，可远水解不了近渴，眼下在风雨的侵袭下我们却得不到一点庇护，只能泯却性别的隔阂，紧紧围坐在一起，相互传递身体的余温，借以抵御大自然的风刀霜剑。"抱团取暖"这个21世纪的流行词，我早在它发迹的二十多年前就已深切体会到它的内涵。

天光大亮了。除了场部的两幢楼房还高昂着其不屈的头颅，犹如沦陷中的孤岛外，其余的平房都已不见了踪影，波涛翻卷的水面上漂浮着牲畜、垃圾、粪便和木质农具。一夜之间，我们休养生息的家园就成了水底世界！十八岁的我已经初具文人气质，不禁自我哀怜：背井离乡来到这里插队落户，好不容易安顿下来，却突遭洪灾，流离失所。命运为何要如此播弄我？难道是真的是"天降将大任于斯人"吗？家园何在？乡关何处？可惜我徒有多愁善感的文人情怀，却没有三闾大夫的超迈文思，不然也想写一篇以悲怆为基调的《天问》了。环顾围坐在江堤上的同侪以及那些拖家带口的农工们，人人脸上都写满了哀愁。

但我们的哀愁几小时后就烟消云散了。先是老场长来到我们避难的地段嘘寒问暖，说是县领导正在赶往我们农场的途中，不仅会带来大批救灾物资，还将现场指挥我们开展抗洪救灾斗争。老场长是我们农场的开创者之一，在那激情燃烧的岁月里，县领导极具胆略地做出了“向长江要地，向长江夺粮”的决策，老场长带领一大批热血青年扎营江边，围垦造田，硬是用铁手掌修筑起昨夜被冲毁的新一道江堤(我们此刻立足的则是原来的老江堤)。新江堤年年修缮，是我们抵御台风的第一道防线，本以为牢不可破，谁知……唉！想想也是，国民党号称固若金汤的长江防线，遇到了我们英勇善战的百万雄师，不也很快土崩瓦解了吗？然而，老场长却没有流露出一丝悲颓情绪，依旧充满火热的革命激情。他挥动那双战天斗地几十年的铁手掌，铿锵有力地说：“同志们，洪水可以冲毁江堤，但冲不垮我们的革命意志，也冲不垮我们战天斗地、重建家园的坚强决心！大家不要软弱，不要动摇，不要把眼泪轻抛！伟大领袖毛主席正在中南海看着我们呢，看我们能不能经受住这场五十年未遇的特大台风和洪水的考验！我们千万不能让他老人家失望啊！”说到这儿，他眼角沁出了泪花，却不是因为悲伤，而是因为想起伟大领袖远在千里之外的深情注视而激动莫名。

一番话说得我热血沸腾，与洪水作殊死斗争的豪情油然而生。我仿佛看到，在如同青松般屹然挺立的老场长身上，叠现着革命样板戏中李玉和、郭建光、杨子荣、洪常青等无数英雄人物的影像。我毫不怀疑，当第二道江堤出现缺口时，他一定会把自己当作沙袋，奋不顾身地跳进滚滚江流，而紧随其后的抗洪勇士中，必然有我瘦弱却坚毅的身躯。只是，我没有想到，他极具号召力和鼓动性的讲话中，竟会夹杂着歌剧《江姐》的唱词："不要把眼泪轻抛。"我记得它出自江姐临刑前的经典唱段"五洲人民齐欢笑"。因为这部深受全国人民喜爱的歌剧是根据是著名作家罗广斌、杨益言的小说《红岩》改编的，而原著又被定性为歪曲革命历史的大毒草，所以"妾身未分明"的该剧早已停演。老场长不自觉地将它的唱词挥洒到讲话中，岂非说明他对《江姐》已熟悉到"不思量，自难忘"的程度？这让我稍稍有点诧异。不过，我更喜欢的唱词是同一唱段中的"胸中万杆红旗飘"，多有革命浪漫主义的气势！相形之下，"不要"云云，终究是劝导之词，缺少了点力度。

县里的大领导也很快就亲切地来到了我们身边。虽然不免前呼后拥，却没有蹬着我想象中的高筒雨靴，而穿着一双沾满泥浆的草鞋，于是一下子就拉近了与我们的距离。他也讲话了，虽不及老场长慷慨激昂，却更有派头，也更见从容。他重点强调的是："在优越的社会主义制度下，一方有难，八方支援，所以，同志们一点也不用担心今后的生活。"他的话音未落，老场长便开始领呼口号："战天斗地，其乐无穷！""抗灾自救，重建家园！""毛主席万岁！""共产党万岁！""社会主义万岁！"口号声响彻云霄，以排山倒海之势把原有的哀愁氛围扫荡一空。

县领导的话马上便得到了验证，邻近的人民公社组织社员送来了热饭热水，火速驰援的驻军部队送来了军用帐篷。原来让我发愁的食宿问题，未费吹灰之力就得到了解决，让我深感生活在社会主义的温暖怀抱里是多么幸福！想到世界上还有三分之二的人民生活在水深火热之中，我更加觉得应当义不容辞地肩负起解放全人类的使命，让红旗插遍世界的每一个角落！县领导要去别处慰问了，临别前与围得里三层外三层的灾民们一一握手，我拼命挤上前去，激动的心情毫不亚于欢呼跳跃在天安门广场等待毛主席接见的红卫兵小将。哎，予生也晚，在红卫兵挥师北京觐见领袖的那个更加火红的年代里，我这个还没有生活自理能力的"红小兵"只能从银幕上观看那热烈得近乎疯狂的场面。如今，眼前的现实场景，若论规模，根本无法与其相比并，但热烈和真挚的程度却有过之而无不及。

县领导听说我是刚来农场十天的知青时，目光中现出爱怜之色，转过头去对陪侍的老场长下达指令说："这批知青可以让他们先返城休息调整，等到洪水退尽、初步恢复生活生产秩序后再回来。"老场长点头不迭，建议说："是否就让他们搭乘运送救灾物资的卡车即刻返城？"县领导马上表示同意。于是，我的兄弟姐妹们如蒙大赦，一个个作雀跃状。我内心也掠过一阵无法抑制的喜悦。但转瞬我便想到：沧海横流，方显出英雄本色，如果我就此撤离，在本质上与临阵脱逃有什么区别？不，不能一走了之，尽管这是组织的安排。我要在革命的大风大浪中锤炼自己，和农工们一起坚守在抗洪救灾的第一线，像上山下乡口号中所说的那样，"滚一身泥巴，铸一副铁骨，炼一颗红心！"我满怀豪情地向县领导和老场长倾诉了自己的愿望。县领导再次用力握住我的手，连称："好苗子！好苗子啊！"他要老场长保护我的安全，并时刻关注我的成长。这等于批准了我请战的要求，就像少剑波终于同意小常宝加入小分队，冒着枪林弹雨去征讨座山雕盘踞多年的威虎山！啊！我太幸运了，下乡伊始，就得到了置身风口浪尖、接受党和人民考验的机会！

两位一同来农场的兄弟犹豫片刻后，也表达了愿意与我并肩战斗的决心。我们昂首挺胸地站成一排，恨不得像将要去突入重围杀开一条血路的敢死队员那样咬破手指，歃血宣誓。可惜日理万机的县领导无暇检验我们的赤胆忠心，匆匆鼓励两句后便率众绝尘而去。

三

那是一九七四年八月。刚刚跨进成年人门槛的我，和农工们一起投身于波澜壮阔的抗洪救灾斗争。其实，洪水退去前，我们只是在江堤上监视它的动静，全然无力左右它的动向。那时还没有方便食品，救灾粮并不是十分充裕，而湿柴也很难点燃，食物似乎总是半生不熟，而我们也常常半饥不饱。但这一点也不影响我的斗志，“劳其筋骨，饿其肌肤”，这是必经的阶段嘛！五天后，一直与我们对峙的洪水屈服于我们钢铁般的意志，躬身退走一半。我们便潜入仓库抢运被淹没的物资。十天后，洪水全部撤去，一路丢盔弃甲，泥泞的地面上狼藉不堪，就像电影画面上被日本鬼子掳掠过的村庄。我们回到了自己一度被侵占的家园，致力于清洁、整修和重新扮靓它的事业。

那是一段在我的记忆屏幕上永远不会消逝的日子。虽然艰苦，犹存欢乐；尽管劳累，不失亢奋。令人感动的故事每天都在我身边真实地发生，既催我奋进，也激发着我的文思。插队前，我曾经以通讯员身份在县广播站工作一年，已能较熟练地驾驭通讯报道这一文体。我觉得，应该把身边这些可歌可泣的故事及时写成通讯报道传播出去，让全县、全省乃至全国人民知道有这么一方热土，有这么一群在热土上挥汗如雨、抗灾自救的英雄儿女。这是我的责任与义务！

那么，从哪一个角度切入才合乎政治风尚，容易得到媒体的青睐呢？有了！时下不是正在开展评法批儒运动吗？毛主席和党中央要求我们多读一些法家著作，我已经认真研习了法家代表人物荀子的《天论》，他所提出的“人定胜天”的思想，不正好在我们的现实斗争实践中得到了验证吗？没有比这更好的角度了！我挥笔奋战了两个通宵，写成了六千字的长篇通讯，题为《“人定胜天”的现实实践——××县新垦农场抗洪斗争纪实》。这是我有生以来第一篇呕心沥血之作，每一字每一句都认真推敲、仔细打磨。比如，文稿中原有“洪水滔滔，我心依依”二句，修改时，我感觉“依依”一词似乎有些小资情调，应该换成更能体现“革命大无畏精神”的措辞。易为“耿耿”如何？好像又有点生硬。于是，我搜索枯肠，依次以“潮潮”“锵锵”“澎澎”“坚坚”“恬恬”等联绵词与“洪水”相组合，都觉得不太妥当。最后，还是恪守“修辞立其诚”“不以辞害意”等古训，把这类很难侍弄的抒情语悉数删除。

我斗胆把稿件寄给了省人民广播电台。这类通讯稿是需要盖上单位公章的。场部掌管公章的文书听说这篇稿件将投往省台时，打量我的眼光中分明包含着“蚍蜉撼大树，可笑不自量”的轻蔑意味。他一边盖章一边感叹:“年轻人,心比天高啊!”我微笑不语。谁知,一周后省台竟在黄金时段播出了这篇报道,原先默默无闻的新垦农场的名字伴随着红色电波在江苏大地上久久回荡。最先听到报道的是每天都收听省台的老场长。他一开始不相信自己的耳朵,等到播音员再次念到他的大名时,他才确信自己连同毕生为之奉献的农场一起成为全省的新闻热点。后来,他说这是他连做梦也没有想到的事情,当时的心情简直比洞房花烛夜还要激动。

我没有收音机。当我接获通知赶到场部会议室收听节目重播时,会议室里不仅坐得满满当当的,而且洋溢着一片节日的喜庆气氛。当熟悉的“本省新闻联播”的音乐响起时,大家开始全神贯注地凝听,每当提到老场长的名字时,人们便由衷地发出欢呼声。老场长兴奋得脸上的每一道皱褶都被熨平了,连连自谦说:“哎呀,这小子太美化我了!”说着,便将目光聚焦到我身上,目光中满是赞许。众人的视线也像探照灯一样向我扫射过来,其包含的内容是复杂的,有好奇,有佩服,有羡慕,也有嫉妒。我很想站起来像武林高手那样对大家拱一拱手,但又觉得那是江湖做派,不足为法,便带有几分害羞地对他们扬了扬手。我比大家、包括老场长听得都要仔细,因为那是我用心血凝成的东西。但文字转化为电波的最初的喜悦很快就被遗憾所取代——原稿的内容差不多被删节了一半,以致中间有些文字显得很不连贯。另外,原稿中有两处提到我们的连长,而播出稿却只字未及。虽然我知道这是为时间所限,却仍然感到极大的遗憾,甚至还有一种亲生骨肉惨遭腰斩的深深的痛楚。

第二天出工时，连长宣布调整我的工作，让我去给仓库保管员“打下手”，而不用再去大田里干活。我问“为什么?”连长眼睛一瞪说：“服从分配！哪来那么多为什么?”仓库保管员拉拉我的衣袖解释说：“连长发话了，你是个难得的秀才，应该让你干轻活，好省下力气多写些文章，为咱们农场扬名。”哦，原来这是对我的一种照顾，或者说一种奖励。我如果拒绝，那就会被视为不识抬举了。罢，罢，从命吧！

作为回报，我当晚又奋笔疾书，写成一篇题为《不畏天命，人定胜天——读荀子〈天论〉有感》的理论学习文章。这是省台播发的那篇通讯报道的姊妹篇，其中也理论联系实际，提到了新垦农场的抗洪救灾斗争，还巧妙地将上次被删削掉的连长的名字镶嵌了进去。两篇文章有三分之一的重合率，要是放到三十年后，肯定是不符合学术规范的行为，但在当时我却根本没有怀疑这种做法的合理性。我把文章寄给了省报，心里却担心它会石沉大海。已经侥幸一回了，冥冥中的造物主不可能老是阴差阳错地把幸运的光环套到我身上。但我真的得到了这种幸运——文章也被刊登了，而且几乎是原封不动地刊登了。我顿时成为整个农场的明星人物，在我们连队的许多老农眼里，我几乎就是文曲星下凡了。而我们的连长也成为走到哪儿都有人指指点点的农场名人。连里分瓜果时，我应得二十斤，连长掌秤时，秤杆翘上了天。我掂了掂重量，嗨！足足有五十斤。

我不敢沾沾自喜，内心却还是颇有几分得意的。除了归因于上苍的眷顾外，我还从中总结出一条经验，那就是，文章要被新闻媒体的法眼看中，就必须紧跟形势，把握时代脉搏，感应时代潮汐。得意之际，我没有、也不可能意识到这样的应景之作，其实就像惊艳一现的昙花那样毫无生命力。

文章发表一周后，老场长亲自来到我们连队，抽调我到场部担任“理论辅导员”。这是专门为我量身打造的一个岗位，它不属于干部序列，也不享受干部待遇，却可以像干部一样在场部上班，不必再经受风吹日晒，在一望无际的大田里累死累活。它的工作内容有两块，一是到各大队进行理论宣讲，二是为场领导起草理论讲话稿，并撰写宣传农场新变化、新面貌的通讯报道。这正是我所喜欢的工作。本来，我已下定决心，要通过艰苦的劳动来磨炼和改造自己，但日复一日的单调而又繁重的农活，却使我的决心渐渐开始动摇，并质疑经受这般磨炼与改造的意义。现在有机会得以解脱，我委实暗自庆幸。这并不意味着对“广阔天地炼红心”的初衷的放弃，而是在另一更高的层面上坚持与实现理想。于是，我愉快地接受了这一任命，在插队三个月后，被突击提拔为场部机关的一个身份有点模糊的编外干部。

看到我人模狗样地坐在明亮的场部办公室里，农工们感慨说：“还是有文化好啊！”知青伙伴们的议论则是：“还是会甩笔杆子好啊！”关系比较密切的还半真半假地说：“写文章有没有什么秘诀？给兄弟们传授传授！”二十年后，我看到了希望工程的宣传口号：“知识改变命运。”在我的青葱岁月里，知识未必能改变命运，有时甚至从反向来改变命运，但我却凭借文章改变了命运——那两篇错承省城媒体垂青的文章成为我命运转变的契机。写作时我好像并不抱任何功利目的，但它们带给我的

“实惠”却让我对人生的因果有了初步的认知。

四

抗洪救灾的过程远比我预期的要长。被洪水浸泡过的粮食大量发生霉变，尤其是受灾最为严重的三大队。县里的财力有限，在洪水退去后便中断了救灾粮的供应，原先给困居在江堤上的我们送饭送水的公社社员，自己也未能挣脱贫困线，依然缺衣少粮，所以不可能给我们提供更多的支援。一切还要靠自救！三大队部分灾民选择的自救方法是：盗伐江堤两侧的树木，然后用它与附近需要打家具的公社社员换取粮食果腹。三大队负责防护的那一段江堤上已经出现了好多个白花花的树桩。这无异于自毁长城呐！消息传来，老场长大为震怒，赶紧召集革委会成员商议对策（“老场长”是大家对他的职务的习惯性称呼，标准化称呼则应该是“革委会主任”），最后决定向三大队派遣整风工作组，用铁腕手段迅速刹住盗伐歪风！

工作组一行七人，由革委会刘副主任领衔。其中，两位是场部机关的干部，三位是积极要求进步的知青，还有一位就是身份介乎干部与知青之间的我。据说，刘副主任圈定的名单中本来没有我，老场长审批时将我替换了进去，因为他已把我列为重点培养对象，觉得我不仅要经历与大自然的斗争，还应当经历与用心险恶的阶级敌人的斗争。现在，盗伐树木、破坏江堤的阶级敌人已经在三大队冒头了，我应该参与把他们揪出来的行动，并借助典型案例，对广大革命群众进行路线教育。此外，他让我加入工作组的另一用意，是希望我能将这次整风斗争的经验提炼总结出来,用通讯报道的形式加以宣传推广。这真是用心良苦哇!

三位知青中有两位是女性:张桂萍是四大队的卫生员,与我同时插队,且都来自县城。但毕业于不同的中学,因而此前从无交集,工作组集体出发那天才初次谋面。据说她与刘副主任有亲戚关系,所以能在前任卫生员远嫁他乡后得以补缺。虽然已不在田间劳作,她的肤色却仍是黝黑的,看上去与贫下中农结合得很好的样子。孙红梅则是畜牧大队的饲养员,来农场的时间要早我一年。我与她曾经见过三次面,都是在调到场部机关工作以后。

第一次见到她,是我奉命去畜牧大队采访她的养猪事迹。去之前,我已大致了解到其事迹的要点:主动要求承担又苦又累又脏的饲养工作,是饲养员中唯一的女知青;母猪产崽时,她不顾自己感冒发烧,通宵看护在猪栏里;春节时放弃回家探亲的机会,独自留守农场,是以场为家的典范。这确实不易做到。但要写成通讯报道,还缺少亮点与特色,必须进一步挖掘与补充细节材料。因此,一见面我就直奔主题,要她提供生动感人的细节。但她却不愿配合,赤红着脸恳求我说:“我只是做了自己该做的,真的不值得宣传,你就别费心思了好吗?”为了完成任务,我只得一反本性地软磨硬缠,到最后她都快被我逼哭了,却还是紧咬牙关。一无所获的我,真觉得要是她生活在战争年代,肯定能成为赵一曼、刘胡兰那样的巾帼英雄。看得出,她不是做作,而是真的低调,真的不想被树为典型。她说:“有些事情其实被夸大了:那天我感冒了,但并没有发烧。另外,我只是除夕夜留在农场，初一就回家与父母团聚了。”这种坦诚在渴望进步的知青中是不多见的。尽管无功而返，我却不能不对她刮目相看。

我想放弃这篇报道，老场长却执意不肯。我只得借助生花妙笔来虚构一些细节了。我知道，她的事迹其实比较平凡，报道稿恐怕只有县广播站才会采用。所以，写作时我就按照县广播站的宣传口径来措辞。不知她从何处得到了消息，竟专程跑到场部来阻止我。那是我们第二次见面。她这次的态度更坚决了，说稿子发出去前，必须经她本人审阅同意，否则便是侵权。这种维权意识在当时也是很难得的。我便将初稿递给她，请她当场审阅。她说“不用看，反正我不同意!”这就有点蛮横了。但她还是将稿子接了过去，一目十行地浏览了一遍，称赞说：“到底是农场第一笔杆子，文采绝佳哇!”我还没来得及陶醉，她的语气便急转直下：“不过，里面的人物已经不像我了。所以，我有权把这篇稿子收回，免得谬种流传!”说完，袖起稿子就走。走出几步后，回望我说：“其实我也是想收藏你的文章，好学习提高自己的写作能力。大队部偶尔也会要我写些文字材料的。你可能不知道，我一直把你当榜样呢！那张省报我也收藏着。”

第三次见面是我更加意想不到的。清晨，我刚起床，还没来得及梳洗，就听到有人敲门。开门一看，居然是她。我请她进屋，她不肯，说“就讲两句话，还要赶回去上工”。却又迟迟不愿启齿，似乎有什么难言之隐。我有点着急了，万一被人看到我和一位女知青在门前默默相对，只怕会引起猜测与误解。她终于开口了:“你听到关于我的谣言了吗?”我说:“没有。”这是真话。我反问她:“什么谣言?”她又迟疑多时,汗湿的头发贴在前额,把脸色衬得通红通红。见我有些不耐烦了,她才吞吞吐吐地说:“有人造谣说我有一个在部队当兵的对象。这两天有好几个人问起这事,我以为谣言已经流传很广了,或许也会传到你耳朵里。这才……”我明白她的意思了。但我不明白的是,她为什么要一头汗水地专门跑到场部来向我辟谣呢?我以后纵然还要写关于她的报道,也绝对不会提及此事啊!她也未免多虑了吧?我暗自嗔怪她的多虑,也就不愿多想她此行的动机了。

从这三次接触中,我感觉到了她的淳朴与坦诚。工作组里有这样的知青同伴,我想应该是一件不坏的事情。而另两位知青也都“言笑晏晏”,一看就是良善之辈。至于刘副主任和两位机关干部,我到场部工作后常打交道,觉得很好相处。因此,我相信,这是一个既有战斗力、也有凝聚力的集体。

五

整风工作以抗灾自救为旨归,而以查处盗伐事件为抓手。在声势浩大的整风动员大会上,刘副主任作了杀气腾腾的讲话。他把盗伐树木的行为上升到破坏抗洪救灾斗争、对抗无产阶级革命路线的高度,定性为积极斗争的新动向,要参与盗伐的农工即刻到工作组自首,争取从宽处理。会场上一片寂静,面如菜色的农工们,据我观察,神态自若的寥寥无几,大多如惊弓之鸟般惶惑不安,似乎台上刘副主任每怒吼一声,他们就浑身颤抖一下。

一周过去了,没有一个人来向我们自首,也没有一个人像我们所号召的那样检举揭发。大队干部一个劲儿摇头,感叹群众觉悟太低,但他们自己却提供不出任何线索,倒是反复强调农工们原来都很本分,要不是受灾如此严重,绝不会有人铤而走险。刘副主任马上警告他们:“小心你们的阶级立场。”干部们不再吱声,却没有谁给予我们实质性的帮助。我们只能采用守株待兔的愚蠢办法,每天晚上轮流潜伏在江堤上。又一周过去了,没有阶级敌人自投罗网,而我们已疲惫不堪,只好取消埋伏,稍事修整。但敌人真是狡猾啊,就在我们撤离的第二天,江堤上又出现了三个新鲜树桩。显然,他们又伺机盗伐了。

我们都被激怒了——这是公然向我们挑衅啊！我们发誓一定要斩断阶级敌人伸向社会主义财产的黑手。在敌情分析会上,大家一致认为蹲守的方法不可取,应当改变斗争策略,先偃旗息鼓,麻痹敌人,然后不定时突袭。果然,三天后深夜两点,盗伐的阶级敌人被犹如神兵天降的我们逮了个正着。哇！谁能想到啊,在军用手电筒的强光下现形的竟然是三大队一连的张旺！这可是全场有名的大力士啊！据说,这个膀大腰圆的汉子能肩挑三百斤的重担一气走上十公里。一开始他也想拔腿逃跑,但手电筒的耀眼光束已使他无所遁形。刘副主任大喝一声:“张旺,你逃不出无产阶级专政的天罗地网!”他顿时如同被打断了脊梁骨的癞皮狗似的,魁梧的身躯却一点点萎缩下去,直至瘫倒在地。

我们把他押解回工作组驻地,连夜进行审讯。说真的,我们一点也没有严刑拷打他的想法，我们中间也没有谁适合充当打手的角色。但他拒不肯交代同伙，咬定是他一人所为，而事实上他纵然力大如牛，也绝不可能一人完成从砍伐到运输再到交易的全过程。刘副主任光火了，下令说：“把他绑起来！”我和另一位男知青面面相觑，情知这是我俩推托不得的活计，便一人一边扭住他的手臂往下摁。摁到一定角度后，我从地上捡起麻绳套住他的脖子，但接下来该如何动作我就全然不知了。张旺倒是非常配合，用被我松开的那只手臂抓住绳子往自己身上绕，三绕两绕，也就成了五花大绑的形状。我用力给绳子打上结，心里却再清楚不过，张旺要挣脱捆绑实在易如反掌。他只是不敢反抗，也不想反抗，否则轻轻一拂，我这个手无缚鸡之力的书生恐怕就会立足不稳了。刘副主任对我俩的表现有些不满，厉声告诫说：“对阶级敌人不能心慈手软！”却始终束手站立在我俩身后，不肯加以示范，两个机关干部也保持着“动口不动手”的君子之风，只是呵斥助威而已。看来，只有靠我俩来实际运用专政手段了。我俩互相使了个眼色，一齐发力，把他掀翻在地，并各自踏上一只脚。他哇哇叫唤，似乎痛苦不堪。

一直在旁观战的大队支书悄然离开了屋子。半小时后，伴随着一阵号啕声，屋门被推开了，一个蓬头垢面的中年妇女领着四个衣裳褴褛的孩子跌跌撞撞地走了进来。看到正在遭受践踏的张旺后，妇女不顾一切地扑到他身上哭吼道：“孩子他爹，都是我们拖累了你啊！要不是为了填满这五张嘴，你哪里会干这种没皮没脸的丑事哇！”她转身抱住刘副主任的大腿说：“青天大老爷，要杀要剐，照着我这贼婆娘来，你就放过孩子他爹吧,我腰子坏了,不能下地干活,一家老小全靠他挣工分养活啊!""腰子坏了",是当地人对肾病的一种通俗说法,看她焦黄而又消瘦的面容,很可能是尿毒症患者。这时,最小的那个孩子又上前抱住她的大腿说:"娘,我饿!我饿呀!"她反手给孩子一记耳光:"饿你个头!要是你爹去坐牢,你就等着当饿死鬼吧!"四个孩子一起放声大哭,张旺默无反应,但两行清泪也沿着这个平日力能扛鼎的七尺男儿的国字脸涔涔而流。此前一直隐身在幕后的孙红梅和张桂萍把孩子拉往隔壁的灶间,一边为他们生火做饭,一边偷偷抹去眼角的泪水。刚刚还批评我俩心慈手软的刘副主任,此时令人不易察觉地轻叹了一声,然后对我俩挥挥手说:"先放他回家吧,过两天再狠狠收拾他,谅他也不敢潜逃!"已是灰头土脸的张旺,就像已被押上刑场等待枪决的囚犯突然听到免死令那样,一骨碌从地上爬起来,顾不得甩掉身上的绳索,便老鹰抓小鸡似的挟持着自己的婆娘欢天喜地而去,留下四个孩子在工作组的灶间里把肚子撑成西瓜模样。

第二天,刘副主任说要去县城办点事,骑着自行车就上路了。孙红梅追上他说:"我陪你一起去吧!"见他不肯答应,她便贴近他耳边说了几句话。他立马转变了态度,而孙红梅也就顺势跳上他的自行车后座,直奔五十公里外的县城而去。第四天,他们回来了,带给大家一个特大喜讯:县里临时调拨两万公斤救济粮,指名道姓,发放给正在开展整风运动的四大队。噢,原来他们是办这事去了。不难想象,他们为了把事情办成,一定多方奔走,求爹爹告奶奶。在这个大面积遭灾的年头,县里的粮食也不宽裕哇!刘副主任没细说过程,晚饭也没吃就一头扎在地铺上睡着了。

发放救济粮那天，刘副主任站在高高的粮垛上，就像开封府的包龙图给遭逢黄河决口的宋代饥民开仓赈粮那样，既难掩忧色，又威风八面。张旺也来帮忙了，一手拎起一袋五十斤重的大米，轻松得好似拿着棉花卷。刘副主任咬牙切齿地对他说："你给我老实改造，不然小心无产阶级专政的铁拳砸烂你的狗头！"张旺如小鸡啄米般点头说："再也不敢了！"我私底下问刘副主任："盗伐的案子就这么结了？"刘副主任眼睛一瞪说："你还想怎么样？"然后又质问我："你看张旺像阶级敌人吗？"

盗伐事件就这样不了了之了，整风运动却没有就此结束。我们继续留在四大队，但工作重点却转移到指导生产自救上。再到农工家走访时，看到他们捧着的粗瓷大碗里，不复为野菜掺和着玉米粒，而出现了米饭面条，我们内心都非常欣慰，觉得整风整到了实处。江堤上再也没有出现过新鲜的树桩，张旺领着一群人将老树桩挖出，在原处栽种上葱绿而又茁壮的树苗，他向我们保证说："我会守护它们长大成材的。"刘副主任感慨说："'衣食足而后知礼义'，这话说得不错哇！"一直在植树现场督工的我，忽然大逆不道地对"阶级斗争一抓就灵"的口号产生了一点不应有的怀疑。

六

工作组自身的伙食也非常清淡。米面是不缺的，下饭的却只有品种单调的蔬菜，半个月左右才去十公里外的集市上买回两斤肉打打牙祭。这倒不是受制于经济条件，而是想与正在忍饥挨饿的农工们同甘共苦。不，同甘共苦其实做不到，我们只能做到不与他们的生活标准拉开太大的距离。炊事工作主要由两位女知青承担，我基本上过着饭来张口的地主少爷般的生活。偶尔想抢着洗碗，也总是被孙红梅一把推开。

尽管在一个锅里搅马勺，我和孙红梅的个别接触却很少。事实上，此时此境的我，虽然已经是小英莲眼中“十八岁的哥哥”，却一点也没有与女性交往的愿望。在我内心深处，始终盘旋着挥之不去的大学梦，始终怀揣着成为一个工农兵学员去占领社会主义高等教育阵地的理想。要获得被推荐上大学的资格，我必须积极争取进步，必须有冠盖同侪的突出表现，必须心无旁骛，必须遏制其他所有世俗的欲望。我无法否认，像伟大领袖所要求的那样，我真诚地希望在农村这个广阔的天地里“炼一颗红心”，但我并不希望炼成无限忠于革命事业的红心后长期留在农村。虽然口头上也喊“扎根农村干革命”，其实却没有扎根的想法。我不怀疑自己的真诚，但我已渐渐开始怀疑自己如此拼命表现进步和刻意展示羽毛是否多少带有某种功利色彩？我朦朦胧胧地感觉到自己好像也不那么单纯，至少没有自我认定的那样单纯。然而，无论如何，对未来的大学生活的憧憬与追求，已扼杀或者说滞缓了我青春期的情感萌动。所以，身边的任何一位女性，在我眼里都被抹去了其性别特征，而不再对我具有吸引力。孙红梅亦然。

刘副主任分配我们两人一组，赴三大队下辖各连队的夜校进行宣讲。他指定我与孙红梅搭档。那天，宣讲目的地是最偏远的三连，需要步行四十分钟。我们走在高高的江堤上，先是一前一后，渐渐的，她就撵上我有意加快的脚步，与我并肩而行了。已是初冬时节，江风很有几分肃杀与凄厉，我感觉到的只是“高天滚滚寒流急”。没有与年轻女性同行的不安与兴奋，因为我仅仅把她当成工作伙伴。也几乎没有语言的交流，因为一开口江风就直往喉咙里灌。宣讲过程中，我发现她连打哈欠。结束后问她怎么回事，她直言相告：两个机关干部很喜欢打扑克，这几天晚上都到她和张桂萍住处缠着她们“争上游”，直到深夜还不肯罢手。她知道这是违反工作纪律的行为，却又不忍拒绝，因为在风平浪静的日子里，他们很难打发这寂寞的夜晚。我惊呆了：如果让眼里容不得一粒沙子的刘副主任得知那还了得？她也明白这一点，所以要我保守秘密。

但我却没能保守住这一秘密。刘副主任几次发现两位机关干部晚上不在房间里，问他们的行踪，说是去江堤上巡查了。刘副主任半信半疑，因为再没有盗伐事件发生，已经完全没有巡查的必要了。他把我叫去，劈头就问：“你知道他们晚上去哪儿了吗？”我当然回答“不知道”，但神色却很不自然。刘副主任目光如炬，立刻发现了其中的诡异，加大嗓门说道：“你可是入党积极分子，如果对党组织有所隐瞒的话，后果会非常严重！”我的软肋被击中了，只好放弃防守，乖乖说出实情。于是，刘副主任马上召开了内部整风会，对参与打牌的四人进行了严厉的批评，并责令他们好好反省。

当刘副主任大发雷霆之怒时，孙红梅用不满的眼神斜觑了我好几次。我暗自惊呼糟糕，她一定把我当成了可耻的告密者。她当时告诉我说，他们四个人是订立了攻守同盟的，因此除了我，没有其他外人知道这件事。现在，刘副主任知道了，我怎么可能逃脱告密的嫌疑？这下子，不仅孙红梅，其他三人大概也会对我怀恨在心了。入党并进而获得推荐上大学的资格，都是需要群众基础的。没想到一次被迫的告密行为，就将我好不容易夯实的群众基础给彻底动摇了！但我哪里是去主动告密啊？又哪里有出卖同志的主观故意啊？我觉得自己真是跳进黄河也洗不清了。

然而，除了孙红梅外，其他三人对我的态度并没有发生丝毫变化。莫非孙红梅没有向他们指认我这个告密者，激发他们的同仇敌忾之心？而孙红梅本人也只是不再向我请教理论问题而已，并没有对我横眉怒目。我不想蒙受不白之冤，在忐忑不安中度过了三天之后，我终于尾随她走上江堤，想向她说明事情的原委，并请求她的原谅。她制止住我说："你什么也不用解释了！这些天我一直在观察你，我看到了你脸上一直浮现的歉疚与自责的表情，于是我猜想你一定有不得不然的苦衷。我不会怪罪你，也希望你不要背上思想包袱，影响我们的革命友谊。"原来她并没有记恨我！我顿然觉得她的胸怀要比我宽广。

七

为期半年的整风运动已接近尾声，抗洪救灾这场持久战也已取得了决定性的胜利。三大队农工的温饱已不再成为困扰我们的问题。工作组准备离开了。离开也就意味着解散，大家将各自回到原先的岗位，不免都有些离别的惆怅。这时，两件好事接踵而来，引起了大家不同的反响——

一件是我光荣地加入了中国共产党，实现了自己梦寐以求的愿望。入党介绍人之一刘副主任与我谈话时，教导我要谦虚谨慎，戒骄戒躁，更加严格要求自己。我一字一句、一笔一画地记录在新买的红皮笔记本上，表示以后要常常温习。他还透露说，老场长对我寄予很大希望，想把我逐步培养成他的接班人。我不敢说自己志不在此，只是反复感谢组织的信任。紧握双拳站在党旗下宣誓过后，大家纷纷向我表示祝贺，但在张桂萍和另一位男知青眼中，我看到了竭力遮掩却遮掩不住的失落。前来看热闹的三大队的几位知青则在一旁叽叽喳喳地议论，我听不清他们议论了些什么，但想来与我有关，瞧他们的神色，似乎不是褒奖，而是与之相反的东西。

另一件是孙红梅填写了招工登记表，将要被招收到地级市的车床厂去当一名车工，从此彻底告别"你耕田来我织布""你挑水来我浇园"的农民生涯。这就更让知青伙伴们羡慕甚至嫉妒不已了。她来农场插队还不到两年啊，肯定有什么家庭背景！不少人这样猜测。还真让他们猜着了。刘副主任悄悄告诉我，她父亲就是洪水淹没农场时前来慰问的那位县领导。上次去县里申请救灾粮时，要不是她父亲出面协调，事情根本就落实不了。所以，"她对农场的贡献很大呀！"我想起来了，她在阻止我向县广播站寄发有关她的宣传报道时，曾经说过："你寄过去也不会发的。"我笑问："你怎么知道？"她肯定地说："我就知道！"我没听她的，还是把稿子寄过去了，却被她不幸而言中，真的没能播出。我向熟悉的编辑打听原因，说是县领导干预了。我当时纳闷得很：县领导怎么会干预有关一个女知青的报道呢？现在想来，该是她父亲发话了，他赞成女儿保持低调。

但这种低调，是不是在为今日的招工离去作必要的铺垫呢？我不敢判断。不过，我对他在多个场合号召知识青年“在农村扎根一辈子”的姿态产生了那么一丁点反感，开始明白领导们讲的与想的做的往往有些脱节，如果把领导的话全部当真，那就像今天以前的我一样幼稚了。

我向她表示祝贺。她说：“我的心情很复杂，既向往城市生活，又留恋这里的一切。如果你希望我留下来的话，我可以考虑。”她用探询的目光望向我，似乎含有某种期待。我不傻，却故意装傻说：“干吗留下来？几乎所有人，包括我，都巴不得早点离开呢！你千万别干傻事。”她有点失望地说：“那好吧。请问我可以给你写信，继续保持我们的革命友谊吗？”我狠下心回答说：“只怕我没有时间回复。”然后直视着她惨白的容颜，非常礼貌、非常郑重地祝她“前程似锦”。

我知道，今后我不会和她再发生任何联系，但她却会给我留下深刻的记忆，因为她也教会了我许多。我后来曾经设想，如果我和她在另一种环境里相遇，两人之间会不会在感情上擦出火花？答案是不会。即使排除为前途计的世俗考量，即使我不再把男女情事看作影响事业进步的一种障碍，我恐怕也不会对她产生怦然心动的感觉。我欣赏她的沉稳、宽容、低调，但我喜欢的女孩的性格特征应该是开朗、活泼、俏皮，甚至有几分刁钻。而且，而且，我不知道该不该说，她那过于圆润的脸庞，与我的审美标准也不是十分吻合。所以，我对她只有敬重，不会存任何非分之想。更何况她出身于高干家庭（在我等草民百姓眼里，县领导已是“高干”），而我是平民子弟，门第间的鸿沟也难以填平。还有，她马上就要到繁华的城市中去安身立命，而我离开农村的日子还遥遥无期，老死此处也未尝没有可能。这诸多因素，使我深觉与她“一刀两断”为宜，这才表现得如此冷静——在她看来，则该是冷漠、冷血了。

送别她那天，农场举办了抗洪救灾庆功大会。作为抗洪救灾积极分子，我也有幸受到了表彰。从老场长手里接过奖状时，我看到了远处高高的、长长的江堤，不禁想起了在江堤上始而困居、继而固守、其后又设伏、巡查的日子。但已没有了当初的惶恐、激动、亢奋与疑惑，有的是曾经沧海的历练和与之相联系的淡定。江堤上有一个身影正踽踽而行，不时回头向伫立的人群挥手，那该是正走向城市的孙红梅。我叩问自己：什么时候我才能从这里走向大学呢？如果真有那一天的话，我又会不会像她这样频频回首，流露出无法割断的留恋之情呢？

干校轶事

一

一九七五年九月，我意外地得到了去县干校接受理论培训的机会。

通知书是老场长亲手交给我的，他说："该让你去充充电了。县里分配培训名额时，老是漏掉我们新垦农场。我电话里抗议了好几回，才为你争取到这个机会，你可要珍惜啊！"我颤抖着双手接过通知书，就像唐僧从太宗手里接过去西天取经的通关文牒，既深谢皇恩浩荡，又倍感任重道远。我知道，此去虽然不可能像唐僧那样取到真经前要经历九九八十一难，但前方的学习道路上肯定会遇到几只气势汹汹的拦路虎，想把你逼退，如果不将它们降服，那就有可能半途而废，到不了"理论的自由王国"了。我还知道，老场长正等着我表态呢，于是，以宣誓般的庄严神态和铿锵语调，掷地有声地说："请场长放心，我一定把马克思主义的理论武器带回来，就像——"

我差点就要吐出"唐僧"的名字，但它在舌尖打滚之际，我忽然想起，"唐僧"是封建小说《西游记》中的人物，红色革命接班人怎么能用他来比喻自己？再一想，不对呀，好像伟大领袖也曾在文章中用《西游记》的故事打过比方，我印象最深的是“孙悟空钻进铁扇公主的肚子里”。既然领袖并不把它当作封建糟粕，我又何必忌讳呢？正要大着胆子按原来的思路说下去，又想到，伟大领袖岂是我等小民可以攀比的？同样的典故，伟大领袖用，那肯定是“化腐朽为神奇”，我用，也许就成了“散布封建毒素”或“死死抱住封建毒草不放了”。还是小心为妙！最终，我说出口的是：“就像去延安抗大学习的内地革命青年一样！”老场长捻须微笑，这是他心情愉快时的习惯动作。他哪里知道，我脑海里的意念在片刻间已千回百转。哎！插队一年多，怎么长出了这么多心眼？

那时，“反击右倾翻案风”的斗争已经在全国拉开了序幕。作为农场的理论辅导员，种种迹象已让我感到，矛头所向是重新出山不久的邓小平副总理。在“山雨欲来风满楼”的氛围里，人们除了必要时说些批判的套话外，大多噤若寒蝉，生怕一不小心便祸从口出，即使是我这样涉世未深的十九岁的青年，说话也慎之又慎。有时我也暗笑自己：不知从什么时候起，脑袋后面就多长出一双眼睛，嘴巴两边也各添了一个把门的。这中间的过程，或许可以写成一部变形记。

县干校在县境最北端的黄海之滨，我插队的农场则在县境最南端的长江之畔。两者之间的直线距离就有将近一百公里。嘿！谁让我的故乡号称全国第二大县，幅员如此辽阔呢？在路网很不发达的二十世纪七十年代中期，从农场到干校，最便捷的交通方式是，先搭乘拖拉机到达十五公里外的新港镇，然后换乘两趟公共汽车到达县城，再从县城乘坐直达班车抵达赴干校的最后一站新余镇。剩下的五公里就需要你迈出有力的革命步伐,一步一个脚印地来跋涉了。当然,如果身边刚巧有干校往来运输粮草的卡车经过,驾驶员会主动招呼肩扛行李的你上车。但这样的幸运只会落在少数人头上,而且,这少数人为了表明自己磨炼革命铁脚板的意志和决心,也往往拒绝驾驶员的好意,继续用脚步来丈量祖国大地。我就属于对这种幸运说"不"的少数人。

干校要求自带铺盖和洗漱用品。好在时值初秋,溽暑方退,棉被是用不着的,带上一领草席、一条毛毯就够了,倒是可以轻装上阵。但草席无法折叠,只能卷成一个长筒,横放在由毛毯和换洗衣物混合成的行军背包上。行军背包是特意请一位曾在部队服役的农技员帮助打的,我希望能打成电影《南征北战》中"小山东"急行军时的模样。但他已退伍多年,技生了,折腾半天,背包还是没棱没角的,一点也不方正,背在身上也就全无"小山东"那样的英武之气了。这让我感到非常遗憾。尤其是它的上方还横亘着一条长筒状的草席,无论从哪个角度看,行走中的我都像一个移动的十字架。加上一手提着《歌德纲领批判》《费尔巴哈与德国古典哲学的终结》《法家著作选读》等理论书籍,一手拎着装有脸盆、牙缸等洗漱用品的网线兜,连我自己都觉得颇有几分滑稽。

更要命的是,自从担任农场的理论辅导员之后,我就彻底脱离了繁重的体力劳动,即使在机关干部人人参加"双抢"、个个挥汗如雨时,我也因奉老场长之命赶写通讯报道而得以幸免。平时又把业余时间用于临帖与看书,自我隔绝了所有的体育健身活动。所以，插队一年多了，虽不至于像孔老二的弟子那样“五谷不分”，但的确“四肢不勤”，体质虚弱。这样，五公里的负重步行，对我来说，就与红军的两万五千里长征相仿佛了。想想红军革命老前辈，不仅要爬雪山、过草地，而且前有围堵、后有追击，吃的还是草根树皮，却从不打退堂鼓，革命意志坚如磐石。而我生活在和平环境里，行走在一马平川的道路上，口袋里还掖着一个随时可以充饥的白馒头，但才走出三公里就已经腰酸腿疼，汗流浃背，气喘吁吁，直后悔刚才没有搭车。我和革命先辈的差距该有多大呀！惭愧啊！

我一边咬牙坚持，一边不断自责，身体的劳损与精神的折磨相伴而行。当我拐过一个丁字路口，远远看到干校朴素而又不失庄重的大门时，真的感觉已抵达体能承受的极限。我料想，在别人眼中，我绝对不是一个“关山度若飞”的红军战士，而是一个溃散的国民党逃兵。

二

报到后，我拿到了一份学习计划和学员名单。学员是来自全县各地的青年理论骨干，总共五十人，分为五个小组。我所在的小组由六男四女组成，每人的性别、籍贯、年龄、所属单位、现任职务等基本情况一一标明。我注意到，其中有一男三女来自江苏生产建设兵团旗下，而其籍贯分别是南京、苏州、无锡、常州。哦，都是大城市下放的知青——江苏生产建设兵团有两个下辖农场位于我县境内，即南通农场和环本农场。

南通农场毗邻我所在的新垦农场，但彼此几乎没有任何交集，因为不仅隶属关系不同，规模大小也悬殊：隶属于县农业局的新垦农场只有五千名农工，而隶属于江苏生产建设兵团的南通农场则有四万名兵团战士。如果说后者犹如一艘巡洋舰的话，那么，前者充其量就是一条小舢板。在我们眼里，其实还有一点差异：新垦农场的知青都是当地“土著”，来自县城和县域内其他集镇。南通农场的知青则由省城南京及苏南各大城市汇聚而来，从衣着、口音到举止、谈吐，都与我们这些“土著”有着明显的区别，用两个字来说出我们的直感，那就是“洋气”！

如今，我所在小组居然编入了四个“洋气”的大城市知青，这不能不让我感到吃惊。而更让人吃惊的是，在我的名字后面，还赫然标注着“组长”二字。天哪，我怎么会被指定为组长？我，我，我实在缺乏领导他们的信心与勇气呀！

说实话，我这个在小县城长大的青年，像我的左邻右舍一样，很有些阿 Q 的脾性，一方面，自以为见过点世面，瞧不起“未庄”的乡下人；另一方面，看到来自大地方的“假洋鬼子”，又不免被他的派头唬住，多少有些自卑。小时候，表婶从上海回乡省亲，一看她那身毛皮行头，再一听那口夹杂着无数“阿拉”的洋腔，我的身体先就不自觉地矮了半截。接下来对话时，舌头又短了半截，吐字都含混不清了。所以，我是很不喜欢与大城市的人接触的，因为他们的眼神会不时提醒我“你出身于小地方，怎么也抹不掉与生俱来的土气”。和我一样，在新垦农场插队的本地知青，偶尔在江堤上与南通农场的外地知青相遇时都有些英雄气短，一旦因对方挑衅而发生口角，都会退避三舍，而不敢撄其锋芒。

插队第五天，老知青说邻近的南通农场晚上放映露天电影《卖花姑娘》。这一消息让我们这些新来的知青无比振奋！在我们心目中，没有比《卖花姑娘》更感人的电影了。虽然大家都已经看过两到三遍了，但再看十遍百遍，也不会餍足，哪怕每次都会哭得天昏地暗。我们相约收工后跟随老知青们去南通农场再度享用一顿精神大餐。生怕错过放映时间，晚饭没吃就上路了，毕竟距离也有十公里呢！路上，老知青就提醒我们，千万不要招惹那儿的外地知青，要是他们前来寻衅，你们就乖乖躲到一边去，或者干脆装出一副笑脸来，“强拳不打笑脸人”嘛！我们也听说南通农场有不少好狠斗勇、恃强凌弱的外地知青，喜欢欺负乡民和本地知青，还常干些偷鸡摸狗的勾当，暗自祈祷今晚不要遇见他们。

我们饥肠辘辘地赶到目的地时，电影已快开映了。我们没带板凳，只能站在操场的后方。身后慢慢又聚拢了不少人。忽听得一个操着吴侬软语的苏州女知青对我的同伴说：“你个头太高，挡住我的视线了，能不能站到后面去？”同伴没有理睬她。这时，一声惊雷在我头顶炸响：“哪来的一群土鳖，敢到老子的地盘上来蹭电影，还不给我滚！”回头一看，一个娇小的江南美女身边，矗立着一尊杀气腾腾的怒目金刚。同伴自幼习武，不为所动，照样稳稳站立，正所谓“艺高人胆大”也。

一向惧怕斗殴的我却预感到不妙，想将同伴劝走。但已经走不了了。怒目金刚一把揪住同伴的衣襟，挥拳就打。同伴刚要还击，老知青闻声赶来，挡在他们两人中间，一边向对方连声说：“得罪了！得罪了！”一边不由分说地拉起同伴就走。金刚高叫:“兄弟们,快来助阵,一起教训土鳖!”黑暗中,我们看到,许多影影绰绰的身段像鬼魅一样朝着喊叫处跳跃而来。老知青见状惊呼道:“快跑!”然后拔腿就逃。我紧随其后,一路狂奔。

同伴虽然心有不甘,亦知客场作战,寡不敌众,只好也怏怏撤退,但不愿如我辈般抱头鼠窜,硬撑面子装作闲庭信步的样子,双脚却迈得很快,到后来,眼见追兵越聚越多、越来越近,他便再也顾不得体面,和我们一样落荒而逃了。而这成为他英雄史上的一个污点,后来,他到旧金山的唐人街上开馆授徒时,对此是讳莫如深的。

这一“死里逃生”的经历,让我对外地知青既心生厌恶,又心存恐惧。现在,我所在的理论学习小组就有四位外地知青,他们将与我朝夕相处,共同度过为期一个月的学习培训生活。而且,我还被任命为他们的组长。从面子上看,这倒是为本地知青扳回一局,但历来睥睨本地知青的他们会老老实实地接受我的管辖,对我俯首称臣吗?我不能不感到担心。因此,从报到的那一刻起,我就背上了沉重的思想包袱。

三

不过,能被指定为组长,我还是有错承厚爱之感的。小子何德何能,蒙此纶命?同组的学员都要年长于我。那四个外地知青都是“老三届毕业生”,最小的也要长我六岁,而且都已拥有一官半职,级别最低的也官拜“连长”。初唐诗人杨炯说“宁为百夫长,胜作一书生”,“百夫长”不就是今天的连座吗?这个职位在杨炯眼里比书生强多了。而我,花名册上注明的身份是“理论辅导员”,似乎也非一介白丁,实际上却是老场长自封的名号,没有官方认可的行政级别,就像玉皇大帝随手赏赐给孙悟空的那个未入流的“弼马温”一样。所以,无论资历还是职务,我都居于劣势。

那么,校方或者校方的上级部门为什么会独独垂青于我呢?我想不外乎两个可能:其一,我是本县子民,抬高一步,可称为“本土人才”,丑化一点,可谓之“地头蛇”;而来自建设兵团的那几位都是外来户,参加这次培训属于“搭伙”性质,善于把握主客关系的上级领导大概不想让他们喧宾夺主。其二,这次举办的是理论骨干培训班,“理论”是核心词和关键语,而我的头衔恰好是“理论辅导员”,听上去有那么点专业的意思,似乎是成天在理论王国里转悠的,加上县广播站的确也几次播出过我的肤浅的理论学习心得,在本县的理论骨干中算是小有成果的。让我当这个组长,说明我已进入了领导的视野。

但受宠若惊之余,我旋即便产生了难以胜任的忧惧。推辞是不合适的,那叫不识抬举。只有勉为其难了。我思量再三,觉得在组内的第一次亮相很重要,“狭路相逢勇者胜”,一定要在气势上压倒他们,让他们下车伊始就领教我的少年老成、我的理论功底、我的文字修养,从而心悦诚服地接受我的管束。对!就像参加各路高手齐集的武林结盟大会,出场时如果不亮两手绝技震慑群雄,如何能成就英名,安然坐上盟主宝座?必须让那几个很可能自视甚高的外地知青一开始就对我刮目相看,并从此不敢小觑本地知青,明白英雄不问出身、豪杰无关地域这一道理。

我精心准备了第一次小组会的开场白。然而,带有点黑色幽默意味的是,那四位外地知青因为通过建设兵团转寄的入学通知书没能及时送达,竟不约而同地迟到了。我的开场白获得了预期的效果,但我希望的听众却没有到场！另五位组员都是土生土长的本县人氏,有的和我一样是插队知青,有的则是回乡知青。在他们面前,我倒是表现得非常自信。然而,就像某位功夫日进的拳师,摆下擂台专候几位传说中藐视他的高手,制服他们的套路已练得无懈可击,没想到他们在你大展拳脚时却没有露面,任你将双拳舞得像万花筒一样令人眼花缭乱,也只能唬住那些初入江湖、技艺未精的年轻后生。

说真的,当时一看,那四个让我打怵的主儿一个也不在,我甚至犹豫是不是该把这经过千锤百炼的开场白先尘封两天,等他们报到后再甩出。但那样还叫开场白吗？场子早已摆开了呀！那五位组员也已经使劲鼓掌过了。我只得不见兔子也撒鹰了！但心底那个失望啊,就像用尽搏虎之力,却只撂倒几只草鸡。

四人中第一个来报到的是南通农场的陈谦。那是开学后的第二天下午,我们分小组讨论报刊上猛批的“资产阶级法权”,讨论地点就是我们男生的寝室。我刚抛出那块“引玉”的砖,敲门声响起了。打开门,进来的是一位斯文的眼镜男,正乃陈谦也。看样子不像个插队知青,倒像个机关干部。噢,对了,他也在场部机关工作呢,我从花名册上看到他的头衔是组织干事。这可是很有点权力的,至少也是接近权力中心的。他也一样肩扛行李，却是气定神闲，不见星点汗珠。我诧异了：莫非他看似文弱，而实内力深厚，或者身负“凌波微步”之类的独门功夫？幸好接下来的一问一答很快就解开了我的疑惑——有组员问：“你是走来的？”他答：“不，搭了趟顺便车。”原来如此。哦，用今天的话来说，他倒是一点也不装。

我忽然心生歹念，想让他小小的出乖露丑一下。于是，他刚放下行李，我就开始将军了：“请先作个自我介绍，并谈谈学习打算吧。”他淡然一笑，徐徐说道：“在下陈谦，来自南通农场。这次有幸与各位理论高手同窗论道，非常高兴。我的理论基础比较薄弱，今后要向各位多多学习讨教。我想，只要自己不懈努力，一定能在大家的帮助下，迅速提高自己的理论水平，不辜负组织的信任与期望。至于具体的学习计划，等我思考成熟后再向我们年轻有为的组长及各位同学汇报。”

他始终面带微笑，说得那样从容不迫、那样不卑不亢、那样滴水不漏，一下子就把我给镇住了。这个开场白不见得比我的精彩，但它却是在毫无思想准备的情况下的急就章，不像我早已成竹在胸。我自忖，如果让我处在同样的境地下，有可能就会乱了阵脚，虽不致语无伦次，却不可能这般天衣无缝，也不可能这般善于拿捏分寸，更不可能表现出这样一种自在得如同云中漫步的气度。本想让他出乖露丑，结果反倒助他扬威立万，衬托出自己的狭隘与浅薄。

而且，他或许也已经察觉到我的不怀好意。不是吗？他说的“年轻有为”似褒而实贬，是暗讽我年少轻狂呢！这种含沙射影的功夫又是我所不及的。我一直自恃成熟，和他相比，我哪有成熟可言？十足的幼稚！哎，第一回合的较量他就明显占了上风。“高手一出手，便知有没有。”我不愿承认，却又不能不承认，我恐怕不是他的对手。那么，要不要不自量力地继续挑战、继续较量下去呢？尽管自幼便好胜心强，不肯轻易言败，但也许是惺惺相惜，也许是因出师不利而产生了怯战心理，我突然就想休兵了。何必呢？与他本无积怨，只不过因为曾经在他的同类那儿蒙受过羞辱，就不分青红皂白地敌视所有的外地知青，这不是非常愚昧可笑吗？不正反映了一种“小国寡民”的心态吗？

四

四人中的三位女知青都来自紧邻干校的环本农场。距离最近，却因为通知书迟滞的缘故，反倒最后报到。三人联袂而来。据说农场给派了辆拖拉机护送，在当时也算是享受专车待遇了。一放下行李，她们就赶到我们宿舍参加小组讨论，比陈谦刚好晚了一小时。

我打量这三位我已在脑海中想象过无数遍的女知青。哦，看上去都过了含苞欲放的年纪，该是我的大姐了。脸上都似染上了一些岁月的风霜，却不掩其英姿勃勃的本色。而且，让我感到奇怪的是，尽管身居海滨，经年沐浴天风海雨，但除了其中的一位脸色黑里透红、与当地村民无异外，另两位的肤色都很白皙，尤其是显得最成熟的那位，白得几乎看不到血色，似乎终年蛰居在不见天日的地窖里，让我想到唐代那些被禁锢在高墙深院里而以红叶题诗传情的后宫佳丽。而她的神情中似乎也隐隐透着一丝幽怨，多少有损她的英风豪气。所以，三人中她是最不像战天斗地的兵团战士的。当然，也是最具有古典美女的风范而能诱发男人的审美热情的。

那时，“美女”这个称呼尚未沉渣泛起，我们也从不敢公开评论女性的容貌，私下妄议，也只是将其笼统地区别为“漂亮”与“不漂亮”两类。按照我们掌握的一般标准，古典美女应该属于“漂亮”的那类。至于“黑里透红”的那位，虽然有着难得的健康美，但我仍然只能遗憾地将她归入“不漂亮”的那类。还有一位，以我之拙见，则该介于“漂亮”与“不漂亮”之间了。当然，也有采用另一种区分法的，那就是“健康”“不健康”以及“亚健康”。这比较合乎时代潮流。但如果那样区分的话，革命小将们就有暗地里欣赏“不健康”的东西的嫌疑了。

说是“打量”，其实也只是匆匆一瞥，并非目不转睛地盯着看。我既不会如此失礼，也没有凝视年轻女性的勇气。在这之前，我与女性目光对接的时间从来不敢超过十秒。爱美之心未必亚于同龄人，但经历了中学阶段的男女隔阂状态，我在女性面前似乎比同龄人表现得远为羞怯。偶尔在会场上偷窥某位漂亮女性，一旦发觉她已注意到我的窥视，我的视线马上就会像刚潜入室内就被主人发现的窃贼一样惊慌逃窜。所以，我真的只是惊鸿一瞥。但一瞥便能得其仿佛，我的眼睛也够毒的了。

待她们三人坐定，我这个组长把刚才对陈谦的要求原封不动地强加给她们。我已经无意发难了，但如果不一视同仁而区别对待的话，那就不仅是对陈谦不公的问题了，他甚至有可能怀疑我专门向他挑衅，至少会认为我重色轻友，欺压男生，袒护女生。这是我当时的真实心理。箭在弦上，不得不发啊！

三人反应不一。在我眼里“不漂亮”的那个，愣怔了一下，率先自我介绍说：“我是来自环本农场三营二连的蒋雅芳，目前担任连长。姓名里有个‘雅’字，其实大家都看到了，人一点也不雅。我会珍惜这次机会，认真听老师讲课，虚心向大家学习，保质保量地完成学习任务。”话不多，却很实在，也很得体，看得出也是见惯了场面的。

接着发言的是处于中间状态的那位，但未曾开口，脸就羞成了一块鹅蛋形的红布。话也说得很不连贯：“我叫费子芬，是环本农场的新闻干事。我……我一定会好好学的，希望……得到各位同学的帮助与指导。我……我的话完了。”说话时她一直粉颈低垂，吐出“完了”二字后，终于抬起头来，一看大家的目光正聚焦于她，便又低下头去，而红布的颜色也变得更深更浓了。蒋雅芳替她解释说：“她习惯于用‘笔’而不是‘口’来说话，下次你们读了她的文章，就知道她有多厉害了。哈哈！”

我半信半疑，心理压力却减轻了许多。原来她们并非人人能言善辩哇！我把期待的目光移向漂亮的那位。进屋后，她就一直保持沉默，而且面无表情，眼睛也不知望向何处。两位同伴讲完后，大家报以热烈的掌声，她却寂然不动，仿佛神游在另一世界里。我提醒她：“轮到你了。”她依然像天外来客般全无反应。蒋雅芳着急了，猛拉她的衣袖，她才回过神来，惜语如金地说出六个字：“周靖，宣传干事。”我们静候她继续表态，她却就此打住，犹如老僧入定那样合上长长的睫毛，对尘世的一切都充耳不闻了。

我不甘罢休,进逼道:“能简单地谈谈学习打算吗?”她不予理睬。这就冒犯我作为组长的尊严了。我无法忍受这种公然的藐视,不禁拍案而起:“你这是什么态度?”她睁开一双似嗔非嗔的秀目,反问道:“你这是审问我吗?”眼角眉梢满是不屑。我热血直往脑门上涌,很想找到一句犀利而又无伤大雅的辞语加以讥讽,但搜遍枯肠也难觅佳句,一时语塞。而她也根本不给我回击的机会,话音未落便拂袖而去,让我想到一个成语:“桀骜不驯”。可这个成语通常是用来形容男人的呀!

全场静默。老练如陈谦也被这出人意料的一幕震懵了。最先回过神来的反倒是费子芬,她紧随周靖身后追了出去。然后,陈谦打圆场说:“周靖可能比较有个性,不习惯组长的提问方式,误以为是突然袭击。组长不要见怪,大家求同存异,慢慢加深了解。时间长了,就彼此适应了。我们继续讨论吧,下面我来谈谈对资产阶级法权的一点浅见……”这种扭转气氛、掌控场面的能力又让我自愧不如,我由衷地觉得他担任组长要比我更合适。

一会儿,费子芬拉回了周靖。我已意识到自己的失态,心想大丈夫能屈能伸,何必与小女子计较,便主动道歉说:“刚才是我态度不好,请你原谅。”她愠色稍解,也放低身段说:“对不起,我其实不是针对你……”这是什么意思呢?不是针对我,那么针对谁呢,在场的除了我之外,谁也没有开罪过她呀!但我当时无暇细想,我要履行组长职责,主导讨论的方向呢!我没有再强求她发言,但我多次貌似不经意地将探究的目光掠过她的脸庞。她的脸色真是白啊，但却白得接近于病态。噢，这该就是小说中所描写的“苍白”吧？另外，我还隐隐觉得，她刚才的过激反应，似乎也带有那么一点病态。总之，和她的两位同伴相比，她显得比较特别。如果要用一个词来形容她的话，也许只有“高冷”比较贴切。既高傲，又冷漠，这就是我对她的最初印象。

五

干校的培训模式是上午听课，下午自学或讨论。每周撰写一篇学习心得，并以小组为单位进行交流。在我看来，这是较长论短、展示自身实力的最佳时机，所以我在撰写第一篇学习心得时可谓挖空心思：既要显现真知灼见，又要展示丽词秀句。等到自我感觉已一字不可更易时，脑细胞已被绞杀得残存无几。我当仁不让地率先朗读自己的学习心得，声调极尽抑扬顿挫之致。我用眼角的余光扫描众人的表情，除了陈谦与周靖外，一个个好像都听得非常入神，而且颇有些钦佩的样子。就连擅长用笔说话的费子芬也伴随我朗读的节奏频频点头，这不正是赞许的姿态吗？我醉了，为自己这般有才。

然而，我的飘飘然的感觉并没能延续多久。蒋雅芳力推费子芬紧接着发表学习心得，说“让大家见见我们农场的女秀才的真章”。费子芬欲待退却，众人却一同起哄，她只得匆匆打马上阵，自谦说：“那我就狗尾续貂了。”嗓音依然很低，脸色依然很红，但哪里是什么狗尾哇？刚念了第一段，我就不敢存轻忽之心了。等到全篇读罢，我已羞愧得无地自容。这才真叫有才啊！不仅理论高度与深度都为我所不及，即便文字表达水平也非我所能望其项背哇。若论华丽，或许我犹有过之，但说到精准，我与她根本就不在同一层级了。而这类文章本来就无须华丽的，重要的是精准。我第一次痛感自己的文章原来是那么华而不实，痛感自己原来是一只不知天高地厚的井底之蛙。

就在我自愧自责之际，寝室门被推开了，门口站立着一脸冰霜的班主任和两个穿着黄军装却没有佩戴帽徽、领章的中年汉子。班主任叫道："周靖，请你出来一下。"周靖的脸色刷的一下就由苍白变成惨白了。但她稍稍迟疑了片刻，就调整好了情绪，一扫原先病恹恹、冷冰冰的形态，昂然走到门外，朝那两位汉子颔首示意，然后回头一笑说："别了，各位！珍重！"她原来也会笑！这是入学六天来，我第一次、当然也是最后一次看到她的笑容。她的笑容竟然一点也不惨淡，而如同春花般明媚灿烂，惨白的脸色也因此而泛起了潮红。她不再是我眼中那个高冷的不近人情的另类女人，不再给我一种违和感。她的笑容传递给我无限温情、无限友爱，一下子缩短了我们之间的距离，仿佛瞬间便跨越了阻断情感交流的万水千山，走到了一起。

她与两个汉子轻声交谈了几句，我们根本听不清他们说了些什么，只看到两个汉子的神色非常严峻，还多少夹杂着几分鄙夷。她又与班主任老师耳语了一番。班主任老师似乎有些犹豫，见她目光中充满了恳求之意，终于点头表示同意。然后，她就快步离去，而那两个汉子则一左一右紧随她身后，却一点也不像护花使者，而十足是押送囚徒的派头。我们一起追出门外，既是为了满足好奇感，更是出于同情心。但见她的背影反倒比平时挺得更直，步履不能说是虎虎生风，但也称得上矫健，全然不见大难临头的恐慌与颓丧。我甚至觉得，江姐走上刑场慷慨就义时或许表现也不过如此吧？我对她仅有的一点芥蒂涣然冰释，认定这是一个外表柔弱而内心坚强的女子。

班主任招呼我们回屋继续交流。知道大家心中的疑团在一点点放大，便解释说："周靖有事先回单位了。"我问："她还回来吗？"班主任答："恐怕回不来了。"我的心往下一沉。我不知道究竟发生了什么，但我感到她肯定出事了。这样一个弱女子，会出什么事呢？书写反动标语，对抗反击右倾翻案风运动？不会，她这几天里从来就没有发表过任何不当言论。

坑蒙拐骗或杀人放火？更不会，她哪像是这块料啊！恐怕让她撒个谎或宰只鸡也难。那么，乱搞男女关系？也不会吧，看她平日那凛然不可侵犯的样子，一般的男人哪里入得了她的法眼？我不敢说她一定冰清玉洁，但绝对不会是以色惑主、秽乱后宫的尤物，一如招来千古骂名的褒姒、妲己。

六

我实在想不出在周靖身上会发生怎样的作奸犯科的行为，但越是这样，便越想知道谜底。七天过去了，没见她归来，也没传来任何有关她的消息。向班主任打听，她一副讳莫如深的样子，只是摇头轻叹，似乎不胜惋惜。我料想，周靖离去前与她耳语的内容一定是拜托她不要向我们透露实情，为她留一点颜面。同时，我还敢断定，如果她并非蒙冤受屈而真的犯了错或犯了罪的话，也无关政治倾向，非涉阶级立场，否则班主任就不会替她隐恶了。我与陈谦讨论这件事,他虽也深表同情,却似乎已经看尽白云苍狗,见怪不惊了。他不愿多谈,却提示说“事情肯定属于私生活的范畴,而且肯定比较严重”。我知道,凭借他多年担任组织干事的经验,从种种蛛丝马迹来推断,他已察知内情。

我又分别向蒋雅芳、费子芬探听。她俩昨晚曾请假回了一趟农场,我猜大概是担心周靖的安危而回去打探虚实了。两人都面色凝重。不同的是,蒋雅芳守口如瓶,无论我如何逼供,都不肯透露半分底细,一口咬定她回去的目的是处理连队事务,根本顾不上了解周靖的事,而且,她相信周靖也不会有什么事,只是听到有人说起,周靖提前回去是工作需要,是奉命策划组织一次大规模的宣传活动。她要我“别担心,别猜测,把心思都用在组织好学习上”。哼!当我是黄口孺子啊?这么拙劣的谎言怎么哄骗得了我?当然,我完全理解她回护小姐妹的善意。费子芬则显然不及她老于世故,见我的关切表现得十分真诚,便把她所了解到的和盘托出——

周靖是六六届高中毕业生,今年已经二十八周岁了,却依然不愿谈婚论嫁。谁向她提起这个话题,她马上勃然变色,恨不得与之割席断交。大家都以为她是独身主义的信奉者,这辈子不会向任何男人敞开她的感情世界了。但半年前开始传出风声:她与全农场公认的大才子——宣传科长薛伟、也就是她的顶头上司关系不太正常,薛伟的妻子几次到农场领导那儿控告她勾引自己的丈夫,并曾当面辱骂她为“破鞋”。农场领导多次找她谈话,要她“悬崖勒马”,她却反告对方诬陷,而薛伟也矢口否认。因查无实据,农场领导只好将这作为一件悬案暂时搁置,而暗地里却安排保卫科长监视他们的动向。

费子芬说,周靖的性格全然不像她柔弱的外表,简直称得上刚烈,领导第一次找她谈话时,语气稍稍生硬了些,她就责问说:“你这是审问吗?请明确告知我触犯了什么天条,并出示证据,否则就是侵犯我的人身权利!”领导非常恼火,却又奈何她不得。真正东窗事发是在一周前:薛伟的妻子偶然发现已分居一年多的丈夫床底下藏着一只破鞋盒,而以前打扫卫生时丈夫从来不让她将拖把伸到床下,她凭本能感觉到这里面可能隐藏着她久侦而不获的秘密。果然,揭开包裹了三层的红布,暴露出的是周靖写给薛伟的十多封情书。这不正是她所需要的铁证吗?

她当天就把这些“不要脸”的情书交给了农场领导。说是情书,其实并没有任何出格的语言,比如“我爱你”“我想你”之类,大多是些互相安慰、互相鼓励的话语,彼此视对方为人生知己。结束时也不见“吻你”“抱你”一类的亲昵语,而是“愿革命友谊永存!”唯一有超越友谊嫌疑的是,“昨晚又梦见你了,梦中的你可是有点贪婪呢!”“贪婪”用在这里,很可能就是指男女情事了,而领导也正是这样解读的。他们和薛伟的妻子一样认为这几乎就是赤裸裸的流氓语言了。

于是,领导当即派人来干校将“犯有严重生活错误”的周靖带回审查。他们料定周靖这回绝对无法抵赖了。谁知不然。她依旧针插不进,水泼不入,拒不承认她与他之间有任何不轨行为,只是友谊比一般的同事要深厚些而已。这既不违纪,更不违法。她对“贪婪”的解释是“用词不当”，本意是想说他干工作过于拼命，总想把更多的任务揽在自己身上。另一边，被隔离在别处审问的薛伟，虽然事发突然，根本来不及与她订立攻守同盟，但说辞却与她如出一辙。或许，他们预感到早晚会有这一天，而早早就商量好了对策，并统一了口径。薛伟还说，自己婚后一直与妻子感情不和，对方生性多疑，神经质到不仅捕风捉影、甚至还指鹿为马的地步，在认识周靖之前，他已向她提出离婚了。

“这倒不假。”费子芬说，薛伟是老五届大学生，分配到农场工作不久阑尾炎发作，急送医院手术，而他现在的妻子就是当时的护士。住院期间，她疯狂地爱上了他，而他，一个遭发配的清华高才生，在这荒凉之地和孤寂之时，深为她的热情所感动，不待她发起凌厉的攻势，便答应与她结合了。但婚后两人性格与志趣的差异却日渐凸显，一个好静，一个好动；一个爱看书，一个爱打牌；一个温和，一个暴躁。这本倒可以互补，尚无大碍，“和而不同”的夫妻也比比皆是。问题在于，她见不得他与其他任何女性交往，看到他与别的女人搭话，回家都要盘问半天。加上结婚六年还没有怀孕，她的危机感便与日俱增。于是，几乎每天都要在家里排练“盘夫索夫”的越剧脚本，尤其是在周靖从基层连队抽调到场部担任宣传干事以后。薛伟再也无法容忍了，协议离婚不成，便与她在同一屋檐下分居了。而这又让她更加坚信他“外面有人了”，她毫不犹豫地把侦察和打击的目标锁定在周靖身上，必欲除之而后快。

但她心目中的铁证却又被周靖和薛伟联手推翻了。案件再次陷入了僵局。就在领导不知如何转圜之时，一个关键证人出现了：周靖的同屋出于嫉妒心理，揭发说她这一两个月经常干呕。领导觉得有戏，两天前强令她在保卫人员陪同下去医院体检。结果，查出她已怀有三个月的身孕。真相大白了！可周靖执意保护薛伟，死活不承认孩子是他的，硬说是在一个月黑风高的夜晚，路遇歹徒，惨遭强暴。但薛伟这时却供认肇事者就是他——他酒后失德，不顾她的反抗，强行占有了她，并威胁她不许声张。这又是意在保护她了。

办案人员虽然痛恨这种偷鸡摸狗的行为，但他俩此时的表现也让他们唏嘘不已。一开始打算严惩不贷的农场领导，态度也有所软化。建设兵团是实行半军事化管理的，如果按照薛伟的供词，是要将他送交军事法庭审判的。最后，领导网开一面，所作的审查结论是："两人在工作中产生了感情，一时失控，发生了不正当的男女关系。"处理意见是，两人都削职为民，分别下放到砖瓦厂和养猪场劳动改造。

但对这一结果，薛伟的妻子很不满意，扬言要去建设兵团总部上诉，连带控告农场领导的包庇罪。她还四处放风说，领导之所以对他们的腐化行为如此轻描淡写，是因为也与周靖这个"臭婊子"有染。费子芬说，因为她不依不饶，领导感到压力很大，有可能会进行复议，加重处罚力度。

在叙述的过程中，费子芬始终满脸忧色。说到动情处，眼角泪光闪闪，仿佛她自己就是故事的主人公。我原本自以为不乏想象力，但这个不该发生的故事，它的丰富性和复杂性已经远远超出了我的想象。这一夜，我失眠了。黎明时好不容易睡着，却噩梦不断，先是梦见周靖以一条白练自缢，白练上书写着七个红字："质本洁来还洁去"；继而梦见薛伟，一个与梁山伯有些相像的白面书生，抱着周靖的遗体大放悲声："都是我害了你！你在黄泉路上等着我，我要和你双双化蝶！"最后梦见自己成了看押他俩的办案人员，夜间想偷偷放他俩私奔，不想被农场领导发现，我自己也被关押了起来。铁窗外，薛伟的妻子狞笑着对我说："你这只童子鸡，原来也和周靖有一腿哇！"

七

第二天，我再也无法全神贯注地听课了，脑海里不断闪现出周靖惨白的面容。那时还没有"第三者插足"的说法，涉事的女方也还没被称作"小三"，对她们通行的称呼是更具侮辱性的"破鞋"。已经偷读过很多中外爱情小说的我，自然不会像主流舆论那样对周靖的行为深恶痛绝。虽然传统的道德观念告诉我，她是不值得同情的，但我怎么也驱逐不了内心对她的深深的悲悯。因为其中蕴含着不道德的成分，我不敢认为这是一个凄美的爱情故事，但我也绝对不会把它定性为一个卑鄙的偷情故事。我不可能赞美这个故事，但我欣赏构成这个故事的某些元素。尤其是故事的后半段，为了开脱对方、解救对方，两人都选择了牺牲自己，这是很吻合我对爱情的期许的。所以，我觉得他俩的感情即便不够纯洁，也足够真挚。唯其如此，我无论如何也不可能把她与传统意义上的"破鞋"联系在一起，而站在道德的制高点上对她进行鞭笞。

从费子芬那里，我得知故事还没有结束，极有可能朝着更加不利于周靖的方向演进。这不能不让我担心周靖未来的命运。三天后,我向费子芬了解事情的进展,她说没有听到新的消息,建议我去问蒋雅芳,因为保卫科长是她的同学。

我不想再去蒋雅芳那里碰钉子,但拗不过同情与好奇心理的双重驱动,还是觍颜求她据实以告。听说我已从费子芬处粗知梗概,她也就无意隐瞒我了。不过,对事情的最新进展,她也不太清楚,只知道周靖被发配到养猪场的第二天就病倒了,持续高烧不退。她忿忿地说:“都怪薛伟这个负心的男人!”“负心”?他能那么勇敢地担责,怎么可以谓之“负心”呢?我不解地问她:“何出此言?”于是,我听到了故事的另一个版本——

周靖有孕在身的事实被确认后,薛伟眼见已无可抵赖,便痛哭流涕地坦白说,的确是他所为,但却是在醉酒的情况下,挡不住对方的一再挑逗,才“一失足成千古恨”。这之前,她也曾多次引诱他,他都严守道德底线,不为所惑。这次,她的同屋出差了,她谎称自己过生日,把他邀去共饮,明知他不胜酒力,却逼他频频举杯。所以,他实际上是中了她的圈套。保卫科长冷笑着问他:那么,她勾引你的目的是什么呢?他说,大概因为我毕业于名牌大学,才貌双全,又得知我与妻子不和,便想乘虚而入,鸠占鹊巢吧?他长叹一声:“哎!也怪我革命意志薄弱,酒后失德,没能抵御住美色的诱惑。”

背景同样是“酒后”,且同样以“酒后失德”为逻辑起点,但两个版本演绎的方向却截然不同。两个版本,两个薛伟,一个多情而忠贞,一个负心而薄幸。我宁愿相信费子芬叙述的前一个,但理智却告诉我,蒋雅芳叙述的后一个也许要更加真实。

那么，费子芬为什么要遮蔽这残酷的真实呢？是不了解内情还是有意对其加以改造？我的判断是，她按照自己的爱情理想重新塑造了一个男主人公。她明明知道男主人公不是这样的，但她却真心希望他是这样的。所以，在向完全置身局外的我讲述时，男主人公的形象便被放大和美化了。于是，呈现给我的故事也就差不多可歌可泣了。

我不怪罪费子芬对我的误导。这种误导本身就包含着对真善美的向往与追求。但我更感谢蒋雅芳为我还原事实的真相，让我直面人性的黑洞。蒋雅芳还告诉我，离开关押处去养猪场报到时，周靖向保卫处长打听薛伟的下落。保卫处长忍不住说："你呀，真是傻到家了，人家都把你卖了，你还替人家数钱呢！"她顿时愣在那儿，追问他什么意思。保卫处长有心将她从爱情的幻境中拉回来，却又不忍彻底击碎她的美梦，欲言又止，只是说："人家已经和妻子破镜重圆了，再三向领导保证此生会和她长相厮守。"这已经很厚道了，薛伟前面编排她的那些刻毒言辞，他一概掠过不提。饶是如此，周靖也已经花容失色。第二天便一病不起了。本来，领导授意保卫处长日内带她去医院堕胎，见她病成这样，也只好推迟了。但专门指派两名女知青寸步不离地守着她，不光为照顾她的生活，也为防止她轻生。

蒋雅芳转述保卫处长的原话："那天，我带着两名手下来到她在养猪场的宿舍。那是紧贴猪栏的一间茅屋，不仅耳朵里成日是悟能兄的哼哼声，鼻孔里也充塞着尿骚味。他们以为这样才能改造她的思想灵魂。屋门破旧不堪，关与不关几乎没有什么区别。我们倒是有礼貌地敲了敲门，很久不见回应才闯进去。这时，我看到的她已经完全变样了：人瘦得脱了形，仿佛全身所有的水分都被蒸发了；脸色由原先的苍白变成了焦黄，就像冬天的干苹果，已经不是‘憔悴’这个词所能形容的了。而更糟糕的是，她还发着高烧，已进入半昏迷状态。”

“我们赶紧把她送往医院，却不是为了完成此行的任务——扼杀一个无辜的小生命，而是遵循伟大领袖的教导，‘救死扶伤，实行革命的人道主义’。吊了一天大瓶，她的神智刚清醒过来，就挣扎着要去手术室做掉那个孽种。而此前，她是宁可蹲监狱也要让他诞生的。我知道，是我摧折了她的精神支柱，让沉迷于所谓‘爱情’中的她看清了对方的真实面目而走到了精神崩溃的边缘。她的身体这般虚弱，怎么经受得了手术？我们好不容易才拦住她。但我们刚走，她就又自己一步一步向手术室挪去。走出不到十步，就摔倒在地。她没有力气站起来，便在地上爬行。爬呀爬呀，臂弯和膝盖都在水泥地上磨出了血，那简直就是一条血路啊！等到医护人员发现她时，她已经又昏迷过去了。这样，我们就不能不安排女知青看护她了。”蒋雅芳说，她的老同学在描述这一过程时，也为之黯然神伤，尽管他平日以冷血著称。

这一切的一切，不是小说，却胜似小说。我听后感慨良多，但其中最深刻的是“红颜薄命”！周靖不是为这一历史定谳提供了又一个活生生的例证吗？我曾经多少次为古典小说中霍小玉、杜十娘等遇人不淑的佳丽一掬伤心之泪，并因此而谴责自己未能站稳无产阶级革命立场，将封建毒素驱除出体内。现在，我则不能不为周靖的遭遇扼腕叹息，虽然出于同样的革命立场，我无法对她作正面的道德评判。

八

这天晚上，内心久久不能归于平静的我，独自漫步于干校外围的海堤，不知不觉走出五里之遥。星光黯淡，月影朦胧，四望空寂，只有海浪拍打堤岸的声响有节奏地传入耳膜。突然，迎面驶来一辆手扶拖拉机，车灯的光束将原先隐藏在黑暗中的景象一一推送到我眼前。于是，我看到前方约十米处，一对青年男女正相拥而坐，耀眼的灯光让他们就像两只受惊的兔子一样迅速分开。为了避开灯光，他们都把脸转向我这边。又一件让我如闻雷震的事情发生了：那个以手掩面的女子竟然是费子芬！而那个高大英俊的男子虽然身份不明，但一看就是在环本农场插队的外地知青。毫无疑问，他是费子芬的恋人，或者用当时的话说，他们之间存在着未予公开的恋爱关系。

我惊呆了！费子芬也惊呆了！我明知她已经看见了我，却装作没有看见她似的，掉过头来便走。我的心一路都跳得很厉害，仿佛不是我撞见了别人的秘密，而是我自己的隐私被暴露在光天化日之下。我很怕她叫住我，那样就太尴尬了，我自觉还缺乏坦然而又巧妙地应对这类场面的能力。还好，身后始终没有传来她平日听来柔和、此刻却会让我恐怖的嗓音。这一夜，我又迟迟进入不了梦乡。

我觉得，比较理想的状态是翌日做出若无其事的样子，照样与她有说有笑地讨论学习问题。本来，我与她在学习上已经建立了良好的互动关系，彼此都很有收益。然而真的在课堂上遇见她时，我却笑得很不自然，就像对她做过某种亏心事似的。嗨！真是天生缺乏作恶和作假的本领哪！她先有些不自如，但很快就恢复了常态。平时看上去比我更为羞涩，关键时刻倒是能稳住。下课后，她主动招呼我说，想一起研论一下“马克思主义关于无产阶级专政条件下继续革命的理论”。不过，等到教室里除了我俩之外空无一人时，她说起的却是另一话题，这也是我意想中的事情。

她故作轻松地问我：“昨晚在海堤上看到我了吧？”我不知该点头还是摇头。聪明的做法应该是使劲摇头，那样话题就继续不下去了。但我最终却点头了。她说：“那是我的高中同学，一起插队不久，我们就……相爱了。”她大大方方地说出了当时罕见使用的“相爱”二字，让我更加佩服她的勇气。她继续说：“但我们的恋爱一直处于地下状态，这是我们共同商定的。因为恋爱关系一旦公开，农场领导就会动员我们结婚，永久留在这里。那么，所有的招工、招生机会就都与我们无缘了。而我们，说真的，并不想在这里扎根，而渴望回到老家无锡去。我只比周靖小一岁，早该成为妻子和妈妈了，但为了实现回城的梦想，只能咬牙苦熬，但愿不要让我们熬到无牙可咬时。”

她解释昨晚的那一幕说：“我们一般十天左右才见一次面。我来干校学习快半个月了，他实在想我，就以急行军的速度跑过来了。我们有意走到离干校比较远的地方，以为不会遇见任何熟人，谁知天网恢恢，偏偏遇到了你这个小弟弟。我说的这些，你可能不懂，因为以你的年龄，是无法体会到我们的心境的。我之所以全都告诉你，是希望你能为我们保守秘密，因为这么多年来我们……真的很不容易！也许，明年我们就有机会走了，绝对不能功亏一篑啊！拜托啦！”

说到这儿，她已是珠泪欲滴。接着，又补充说：“其实，虽然人人都喊要‘扎根农村干革命’，但真正想扎根的已经越来越少了。这些年，大家的激情严重衰减。就说蒋雅芳吧，要不是领导硬要将她树为典型，她是绝不会考虑与当地农民结合的。而且看得出，她现在已经多少有些后悔了。否则，怎么会不愿生孩子呢？”

我闻言大惊。惊诧的程度甚至超过了昨晚的不期而遇。我早就知道，有不少女知青嫁给了当地农民，但我没想到蒋雅芳也在其中。她是那么干练，那么持重，同时又那么善良，她怎么可能与当地农民有共同语言呢？再加上生活习惯和思维方式的差异，她婚后的日子又怎么可能幸福呢？她真不该屈从于领导的压力啊！正如我曾经为周靖感到惋惜一样，此时我又深觉蒋雅芳不值。费子芬倒是非常理解她：“她实在没办法啊，她一直是女知青的标兵，从来不违背组织的意志，总是说‘我是一块砖，任凭党来搬’。组织要她在农场安家落户，而且为她物色好了人选，她怎么可能拒绝呢？”

我想起来了，蒋雅芳在讲述周靖的不幸时，曾经感慨说：“所爱非人啊！早知道对方是这样一种德性，还不如嫁给当地农民，至少可以免遭背叛。不过，那又会带来另一种痛苦了！”我当时以为她是泛泛而论，谁知其中也糅入了她自己的无法直诉的人生体验。我忽然意识到，蒋雅芳以及费子芬的内心世界和周靖一样是既丰富又复杂的，只是外在的表现形式不同而已。在这个特殊的年代里，她们其实都没有得到自己想得到的，至少在爱情生活上是这样。当然，前两人的遭际不及周靖惨烈，但透过她们看似平和闲静的外表，我已能触摸到她们心灵的悸动。

我向费子芬承诺，一定将昨晚看到的和今天听到的“全都烂在肚子里”，绝不对任何人提起，直到我们共同走进可以解密的时代。我甚至愿意发下毒誓。她阻止我说：“不必如此，我信得过你！”说完，她就毅然转身而去，略有些伛偻的背影在我眼里比周靖那天离去时还要柔弱无助。我脑海里突然鬼使神差般地冒出两个词：“大时代”与“小人物”。大时代的风云变幻与小人物的悲欢更迭是怎样息息相关啊！

很多很多年过去了，在县干校听了哪些课、看了哪些书、写了哪些学习体会文章，我已经记忆模糊，但同组的那几个外地知青，尤其是那三个女知青留给我的印象却没有在时间的风尘中湮灭。正是通过与他们的短暂的接触，我真正地长大了。我不知他们如今身在何方，但我会永远记住他们，记住他们如何引导我观察人性和思考人生。我希望他们和我一样珍视插队落户的那一段岁月，因为它虽然让我们经历了磨难，也让我们在磨难中变得坚强。

熊孩子的遭遇

一

上世纪六十年代中期，我刚升入小学四年级时，一场政治风暴开始席卷中国大地，以摧枯拉朽之势“荡涤一切污泥浊水”。我所在的苏北小城对政治运动的反应总是比大城市要慢一个节拍，等到教我们算术的黄老师振臂一呼，组建“金沙小学红色造反军团”时，“文化大革命”的熊熊烈火早已成燎原之势，而我四年级第一学期的生活已经结束了。

校园里很快就出现了铺天盖地的大字报，校长和副校长的名字相继歪歪斜斜地站立在大字报的中央，还被用红笔打上了叉。大幅标语也横亘于所有的白墙上，内容不外乎是“革命无罪，造反有理！”“舍得一身剐，敢把皇帝拉下马！”“打倒×××！”“砸烂×××的狗头！”“××不投降，就叫他灭亡！”我们读来并不觉得新鲜，因为从县中前些时印发的“红卫兵战报”上，我们早就看到了类似的口号，而红卫兵大哥哥、大姐姐们在街上张贴的标语也大同小异，黄老师他们不过是鹦鹉学舌而已——我知道，用这种带有贬义的成语来形容自己的老师很不合适，但这个成语却强行从我脑子里蹦了出来。我先还谴责自己对老师不恭，再一想，报纸上不是说要“破除师道尊严”吗？我这也算是向“师道尊严”的轻微挑战吧？

县中和镇中开始搞“停课闹革命”了。我们听说后无比振奋，亟盼这股浪潮能迅速波及我们小学。要是真能停课的话，那就太好了！我们这群贪玩的孩子，早就厌倦没头没脑的课堂提问和没完没了的家庭作业了，停课，就意味着这些灾难性的学习环节将远离我们，我们可以自由地玩乐，每天都能打弹子、跳房子、踢毽子、抽陀螺、抛铁环、扇画片，让所有的游戏在我们身边无限循环。我们想玩哪个，就像清宫里的主子挑选等待宠幸的一大群妃子一样，随便翻牌就是！那是何等爽啊！

然而，课还继续上着，一点也没有停的迹象，只是黄老师不再教我们算术了，取代他的是头发已经花白的袁校长，一个在我们眼中非常整洁、非常和蔼的老太太。这之前，除了我因为极偶然的机会，曾经与她有过一次个别接触外，我们班的其他同学大概只能在开学典礼上远远地瞻仰她。如今，她每天都夹着课本和粉笔盒出现在我们面前了。依然整洁，依然和蔼，却不见了既往不怒自威的那种气度。她对我们的称呼也变了，不再是“同学们”，而是“革命小将们”。哈哈，我们也成了革命小将！

原以为这样一个威武的称呼只有高高在上的中学生才有资格享用，我们这帮混沌未开的小毛孩是毫不沾边的。没想到过去我们敬畏若天神的袁校长竟然赐给我们一个革命小将的封号，一下子提升了我们的政治地位。我们不再是革命阵营外的旁观者，而是组成革命阵营的精兵强将了。这让我们不胜欣喜,但同时也多少有些困惑与迷茫:我们该不该起来“造反”,又该如何“造反”呢?

二

我们几个要好的小伙伴聚集在一起计议:既然是革命小将,造反是必须的。不造反,枉称革命小将也!那么,造谁的反呢?小伙伴中的尔苏一拍大腿说:“嗨!咱们眼前不就有现成的造反对象吗?”我连忙问:“谁?”尔苏说:“你呀,聪明一世,糊涂一时!袁××哇!”另一小伙伴叔平附和说:“对呀!大字报上不是说她是‘反动走资派’吗?怎么还让她来上课呢?这不是存心毒害革命接班人吗?从明天开始,咱们就在课堂上与她捣蛋,让她出尽洋相。”尔苏马上表示赞成:“对!就这么干!”但我却强烈反对:“不行!袁校长课上得挺好的呀!你们难道不觉得她的上课水平要超过原来的黄老师吗?同学们都还蛮喜欢她的,干吗要和她过不去呀?再说,她现在对咱们那么尊重,感觉都有点低三下四了,咱们怎么忍心再捉弄她?这……这不是欺负弱者吗?咱们行侠仗义之人,不能恃强凌弱哇!”

一番话说得振振有词,差点就把他俩说服了。我们仨之所以能成为拆不散、打不垮的“铁三角”,一个重要原因是我们都爱读武侠故事,什么“七侠五义”“小五义”之类的连环画,二年级时就快被我们翻烂了。现在,随着阅读水平的提高,我们已经不满足于连环画的幼稚与简单,开始四处找武侠小说看。我们多希望自己也能有一身盖世武功,路见不平,拔刀相助。当我们平日遇到街头小混混,惨遭他们戏弄,却不敢出手教训,而是夹着尾巴逃跑时,就更加渴望能成为打遍天下无敌手的一代大侠。所以,一旦我把这件事提到"侠义"的高度,他俩就很难辩驳我了。

他俩不知道,我不同意造袁校长的反,其实是有私心杂念的,因为她于我有恩。有哪位大侠不是快意恩仇呢?不管她是不是反动走资派,只要对我有恩,我就不能做损害她的事情。这与阶级立场无关。如果她真是走资派的话,我绝不会支持她复辟资本主义,跟着她走上资本主义邪路。但我不能在她"虎落平阳"的时候,对她加以暗算。那与落井下石无异,太有伤侠义之风了。我不想对他俩说出实情,不想让他俩误以为我顾念私恩而淡忘公仇。见他俩尚有疑惑,我又补充说:"既然'红色造反军团'还让她来给我们上课,说明她和我们之间还不是敌我矛盾,也说明她还有挽救的余地。咱们现在就急着给她上眼药不太合适吧?"他们都认为我言之有理,便暂时放弃了将袁校长作为第一个造反对象的想法。

不过,尔苏提醒我说:"她已经不再是校长了,而且现在也没有什么'校长'了。你没听到高音喇叭里说'夺权斗争已经取得了决定性胜利','一切权力收归红色造反军团'吗?学校的最高领导已经换成军团司令黄老师了。她如今充其量就是个普通老师,叫她一声'袁老师'已经算是很客气了。你还口口声声'袁校长',这可是容易让人怀疑你的阶级立场哇!要是给黄老师听到了,恐怕没有你的好果子吃。"他说得很有道理,我连连点头称是。的确,袁校长这个习惯称呼已经不合时宜,该彻底抛弃了。我忽然觉得,小伙伴们人小鬼大,都还是挺懂事的,至少在某些问题上还是有主见的。

近在眼前的造反对象被否决了,那就需要另外寻找了。我们将校内外认识的人一一排查过去,目标却始终没有出现。大部分似乎都是清白的,规规矩矩的,“听毛主席话,跟共产党走”的。个别有黑点的,早已被大哥哥大姐姐他们造过反了,像一只死老虎躺在那儿,你再去拳脚相向,也“胜之不武”。打死老虎的行为是我们所鄙夷的。怎么办呢?我们的接触面实在太窄了,我们的洞察力实在太弱了,竟然寻找不到扣动扳机的目标,就像刚刚入行的猎手来到被白雪覆盖得严严实实的原野上,四顾茫然,根本就没有一只猎物进入视野。突然,我想到了:我们不能被白雪一片的表象所迷惑,应该扒开雪层,探测狡猾的狐狸藏身的洞穴,然后将它们揪出来示众。

我把想法告诉了两位小伙伴,于是,我们又开始在那些貌似清白的熟人中进行侦查。如果能挖出一个隐藏得很深的阶级敌人,像流行的说法那样,“把他打翻在地,再踏上一只脚,叫他永世不得翻身”,那我们造反的功绩就彪炳史册了。我们都看过故事片《羊城暗哨》,没准在我们身边也潜藏着“梅姨”那样以佣人或其他更难识别的身份来伪装的美蒋特务呢!只是这类阶级敌人的蛛丝马迹太难发现了,我们睁大革命的火眼金睛,都快要睁裂了,也没发现所有的侦查对象中有谁行为异常,一个个“日出而作,日落而息”,有规律地过着再普通不过的平民生活。我们一无所获,并因此而大失所望!

三

我们曾经跟踪过一个经常在尔苏家旁边的垃圾箱里翻找

东西的流浪汉。这是我在少年时代的最大败笔，从来羞与人言。

当时，我们觉得他嫌疑很大，因为当他去垃圾箱里扒拉东西时，总是先紧张地左右张望。这是唯恐有人发现他的秘密、发现他在从事特务活动哇！我们几乎认定他就是特务组织的交通员，利用捡垃圾的机会来传递情报，策划反革命活动。一开始，我们打算在他取到情报后一拥而上，将他当场抓获。我们都商量好分工了，我和尔苏一人摁住他一条手臂，一定要摁得死死的，不给他拔枪的机会。叔平则以迅雷不及掩耳之势从他手里夺过情报——这是罪证，要防止他销毁。我们在电影里看到过，我党的地下工作者在陷入敌人的包围无路可逃时，都是一把将情报塞入口中嚼烂后狠命咽下。我们不能让他也这样做。虽然他绝不可能像我们的革命前辈那样机智、勇敢，但万一我们遇上的是个敢甩横撒泼的主儿呢？

然而，等到将要实战时，尔苏说出了他的担心："咱们年幼体弱，气力不济，要是摁不住他，让他拔出枪来怎么办？"我一阵头皮发麻，但还嘴硬："怕什么，最多……最多为革命牺牲呗！像刘胡兰一样'生的伟大，死的光荣！'说不定伟大领袖毛主席也会……为我们亲笔题词呢！"但说到后面，底气已经不足，声音也细若蚊吟了。这倒真是个问题呀！我们并不真的身怀绝技，如果他是训练有素的潜伏特务的话，即使赤手空拳，我们也肯定不是他的对手，何况他还可能有枪呢？想想吧，他举枪啪啪两下，我们就该一命呜呼，再也不能呼朋引类、啸聚街头，玩我们钟爱的各种游戏了。这可如何是好？想到这儿，我的说辞变了:“只是……只是我们现在抓他不太合适,应该放长线钓大鱼,看他取到情报后去交给谁,逮住他的下线,再顺藤摸瓜,破获整个地下组织,将藏身各处的美蒋特务一网打尽!你们觉得这个主意怎么样?”他俩一致叫好。我看到他俩刚才紧蹙的眉头舒展开了,而我自己心里也不再打鼓了。

那天放学后,我们又盯上了这个浑身透着诡异的流浪汉。他一如既往,在钻进垃圾箱前东瞧瞧西看看。我们赶紧侧身闪到墙角,不让他发现尾随其后的县城三大少年名捕。他在垃圾箱里翻呀捡呀,看到对他有用的东西就扔进麻袋里。距离太远,我们看不清他究竟扔进了些什么,但我觉得,这些都是他取情报时借以掩饰自己的真实意图的假动作,心里暗暗好笑:你这点小伎俩,能骗得了我们这些心明眼亮的革命小将吗?

他终于拎起麻袋走了,走不几步就回头看一眼,这是怕身后跟着尾巴呢!我们懂,所以装作若无其事的逛街的样子,当他回头时马上躲进商店里。我们的动作好快哦!身形之潇洒、飘逸,简直不亚于穿着夜行衣飞檐走壁的武林高手了。转过几条街后,他拦住了一个中年妇女,似乎要与她交接什么。哟!毒蛇就要出洞、好戏就要开场了!我们眼睛一眨不眨地聚焦于他们的一举一动。但那位看上去并不目露凶光的妇女只与他搭了一句话,动作也只做了一个,就是伸手往左前方指了指。这是什么意思呢?难道是流浪汉向她问路?不会吧?

两个人很快就散开了,朝着两个方向走去。我觉得应该分头跟踪,但我们总共才三人,如果分成两组的话,其中一组只有一人,太势孤力单了,这个人假如是我,我自觉难以胜任。危险就不去说它了，关键是很可能跟丢，那线索也就断了。想想电影里那些被敌特甩掉了的我军侦查员吧，一个个扯下帽子捏成一团，懊丧得就像三代单传的独苗在眼皮子底下被人拐走了一样。两个小伙伴也有同样的担心，觉得兵分两路非上策。哎！只恨我们没有能力调动警力，让公安叔叔直接介入，手头又没有信号枪，不然的话，把其他革命觉悟较高的小伙伴一并召来，就可以让这两个狗特务陷入人民战争的汪洋大海之中了。

我们决定还是一起跟踪流浪汉。一路上他看到垃圾箱就停住脚步，一头钻进去鼓捣。麻袋的体积不断膨胀，重量似乎也在持续增加，原先他拎在手上，现在则扛在肩上了。我认为他这是在使障眼法、摆迷魂阵，故意扰乱我们的视线。嘿嘿！狐狸再狡猾，也斗不过好猎手，你蒙得了别人，也蒙不了我呀！遗憾的是，除了捡垃圾外，他再也没有接触过任何人。每一个与他擦肩而过的路人，都没能逃过我们警惕的双眼，但只有极个别的看他一眼，大多数人都对他视而不见，而且，没有一个为他停住脚步，他也全然没有招呼他们的意思。几圈转下来，已是黄昏时分。在一片暮色苍茫中，他走进了一个桥洞，随即从里面取出一块木板挡住洞口。哦，这该是他平日的隐身之处了。

怎么办？要不要冲进去，搜出他还没来得及送走的情报，并捣毁这座反革命的巢穴？我们再次举行敌情分析会，在我的引导下，很快便达成了共识：不能贸然行动！因为他绝不会束手就擒，在打斗过程中，我们很可能被他击落桥下，坠入滔滔洪流，而我们当时水性尚不娴熟，弄不好就成了鱼虾腹中之物。

这是其一。其二是，我们手头没有搜查许可证，直接冲进去，算不算擅闯民宅？如果我们审问他，又算不算私设公堂呢？别看我们年幼，还是有点法律意识的。鉴于这两点，我们的决定是：尔苏、叔平两人蹲守在原地监视，如果他想畏罪潜逃，就上前扭住他，高声喊叫“抓特务”，周边的革命群众肯定会闻声赶过来助阵。不过，那样的话，功劳就不会由我们仨专享了。我的任务则是以一百米冲刺的速度跑往派出所，请求公安人员前来擒敌。

我气喘吁吁地向值班民警报告了我们的重大发现。两位民警用怀疑的目光打量着我，似乎不相信我说的都是真的。这让我非常恼火：我像个不良少年，会来报假案吗？借我十个胆子，我也不敢来欺骗公安哪！见我急得面红耳赤，他们答应出警。一路又向我了解有关细节，我绘声绘色地描述给他们听。听着听着，他们的眉头微微皱起，脸上又浮现出似笑非笑的表情。这不免使我心存忐忑。

等到我将两位民警叔叔领至小伙伴的蹲守处时，他俩望着桥洞相视一笑：“这不是×××的寝宫吗？我听着就像是他。这班小家伙，嫌我们不够忙啊！”其中一个便想后撤，另外一个拉住他说：“既然来了，就带着他们进去瞧一瞧吧，也好让他们吸取教训，今后不再疑神疑鬼。”这些话我们听不太懂，却意识到可能是哪里出了问题，但绝对想不到是自己误判。

桥洞里的流浪汉看到两个警察带着三个孩子鱼贯而入，不知自己犯了什么罪，吓得浑身发抖，连声说：“公安大爷，我可不敢诈骗孩子啊！”民警叔叔呵斥道：“谁说你诈骗孩子了？给我老老实实待着,别动!"桥洞里除了铺在地上的一床黑乎乎、油腻腻的被褥外,就是他从垃圾箱里捡回来的一堆破烂了。我们扑上前去,在被褥和破烂里找了又找,不仅没发现想象中的电台、密码本和定时炸弹,而且连一张写有字迹的纸条都没能找到。这就是说,他这里既没有潜伏特务常用的作案工具,也不存在什么需要传递的情报。原来一切都是我们的臆想!

民警叔叔并没有怪罪我们,只是说:"这个流浪汉已经在桥洞里安身两年了,没发现他干过任何坏事,绝不可能是伪装潜伏的美蒋特务。你们能保持高度的革命警惕,是值得鼓励的,不过,以后不要再自作聪明,弄出这类杯弓蛇影的事情来了。'杯弓蛇影'这个成语你们懂吗?"我们点头称懂,内心羞惭不已。

民警叔叔又问我们:"你们怎么会想到来抓特务呢?"我们支支吾吾地回答:"因为……因为我们也想造反,当一个名副其实的革命小将!"民警叔叔闻言哈哈大笑:"造反可不是你们孩子的事!等等,这里好像有点逻辑上的错误。对了,抓特务,当然是革命行动,却算不上造反。造反嘛,应该是针对当权者,就是那些手中握有权力,却不好好为人民服务,一心想走资本主义道路的人。你们呀,造反造到了一个流浪汉头上,这不是偏了方向吗?再说,你们是革命事业的接班人,现在的主要任务是先学好革命本领。所以,别再想着造反了好吗?"

那时,我们对民警叔叔是非常崇敬的。"我在马路边,拣到一分钱,把它交到警察叔叔手里边",是我们人人会唱、爱唱的歌曲。民警叔叔这样说,我当然不敢反驳,心里却还是有所保留的。我承认,我们对造反的理解产生了偏差,不能把所有的革命行为都视为造反,眼下这起抓捕流浪汉的事件更是闹了个笑话。但凭什么要剥夺我们造反的权力?凭什么要把我们阻拦在造反派的大门之外?要成为革命事业接班人,不能埋头学习,还要到革命的风口浪尖上去锻炼成长!不参与造反,就违背了毛主席他老人家有关革命青少年要"经风雨,见世面"的谆谆教导。所以,造反对象可以有选项,造反这件事本身却是没有选项的。我们必须造反!

四

消息不知从什么渠道反馈到了学校,许多人向我问起"抓特务"的事。问话的人都掩饰不住脸上讥笑的神情。连如今日理万机、一言九鼎的黄老师,在路上遇见我时也叫住我,问了个不亦乐乎。最后,他倒是表扬了我一番,但临去时他的笑容似乎也透着一丝嘲讽。我悲哀地想到,我们仨也许已成为全校师生的一个笑柄,我们的"英雄行为"正被他们用作茶余饭后的谈资。

我们仨的情绪一时有些低落,但并不沮丧。胜败乃兵家常事,何必计较一城一池之得失?想办法再扳回一局就是了。我们几乎每天都要在一起排摸新的线索。我牢牢记住了民警叔叔的话:造反的对象应该是手中握有权力而又什么什么的人,前提是手中握有权力。身边的人有谁符合这一标准呢?

我忽然想到了一个人,那就是尔苏的父亲。他是我们的副镇长,完全可以归入当权者的行列,平日走在街上神气活现的,不少市民怕他。但我马上就把造他反的念头扼杀了。因为那需要尔苏大义灭亲，而大义灭亲的事我自度做不到，也不能指望尔苏做到。此外，尔苏曾经说起，他父亲参加过抗美援朝战争，还得到过一枚二等功勋章。有着这样的光荣革命历史的人物，是不能把他打成走资派、列为造反对象的。因此，我没将一闪而过的想法说出来，以免造成尔苏的反目。

天无绝人之路哇！我又想到了一个人。这个人不是什么领导，但在我眼里，她手中握有的权力却大得很——她就是人民剧场的收票员姚××，我们平时都叫她"姚奶奶"。

我家就住在人民剧场旁边的小弄堂里，而姚奶奶则是我的邻居。她将近六十岁光景，体态肥胖，面色黝黑，不苟言笑，每当高坐在剧场大门栏杆内的椅子上履行收票职责时，总是沉下脸来，一副铁面包公的样子。县城里就这么一个剧场，所有的演出都在这儿进行，有的卖票，票价是生计艰难、家无闲钱的普通市民不敢问津的；有的赠票，赠送的都是有头有脸、吆五喝六的人物，引车卖浆或穿梭织布的普通市民是不在其列的。想来蹭戏的街头小混混不在少数，站在剧场门外看热闹的我，经常可以见到他们拼命把身体缩小再缩小，只恨没有学会古人的缩骨术和隐身术，不能让自己小于弹丸或隐于无形。然后趁姚××不注意时，悄悄踅到持票者的身后，想跟着溜进去。但还没等他们接近栏杆，像马王爷一样长着三只眼的姚××便大喝一声，如晴空炸响一个霹雳："哪里来的小毛贼，还不给我退下！"只见她原先眯成一条缝的昏花老眼此刻睁得比长板桥头喝退百万曹兵的张飞的"燕目"还大，里头放出比侠客口中吐出的宝剑还要锐利百倍的光来。小混混们闻声丧胆，一个个抱头鼠窜。他们背后都咬牙切齿地把她称作“座山雕”，却也奈何不了她，她的儿子就是派出所的副所长呢。

不过，“座山雕”这个称呼倒真是贴切得很。从形象上看，她和座山雕确有几分相像；她的职业特点是一动不动地高踞于椅子上收票，这和《智取威虎山》中的座山雕出场时总是半躺在虎皮椅上也没有多少区别；更重要的是，她收票时是那么威风，见到县里和镇里的领导连眼皮都不抬，仿佛把谁都不放在眼里。这与座山雕见到许大马棒的副官栾平时那样傲慢又有什么不同？再说，她的权力也不比座山雕小哇！收留不收留杨子荣假扮的胡彪全凭座山雕一句话，的确够牛的。而她呢，准入与拒入，也悉由她来决定，如果她开只眼闭只眼，那班小混混就可以分文不花地溜进去蹭戏，像获准落草的威虎山众匪徒欣然参加百鸡宴一样了。所以，你别说，这些小混混眼力真也不差，“座山雕”这个诨名从表象到本质都活画出了姚××的特征。

其实，很少有人知道，但偏偏我知道，姚××并不是真的大公无私、执法如山的，她也有徇私违规的地方，那就是偶尔会私下里将无票的熟人放进去，让他们站在剧场的后排白看演出。这也就是说，她不是对所有想蹭戏的人一视同仁的，只要与她沾亲带故，她就会在方便时网开一面。那么，我是怎么知道她的这一隐私的呢？因为……因为我本人就曾被她私放过，而且不止一次。

说来惭愧，在这个文化娱乐生活极度匮乏的年代，能到剧场里看一场演出，哪怕是低水平、低层次的演出，对我来说也是一种莫大的精神享受。买票，家里不会给钱；赠票，无论如何也赠不到我头上。唯一进入剧场的办法就是指望姚××开恩私放了。我父亲原来也在剧场工作，负责书写海报，后来才调到商业系统。所以，和姚××是曾经的同事，又结邻而居，抬头不见低头见，关系算是相当近乎的。当剧场里有我想看的演出时，我就缠着父亲去跟姚××打招呼。开演前，父亲会领着我候在剧场的入口处，当持票进场的人渐渐变得稀疏时，姚××会向父亲使一个眼色，父亲便一把将我推向前去，我嘴里含混不清地低叫一声"姚奶奶"，快步闪入剧场内。而姚××此时双目微闭，犹如禅修中的老尼一样对什么也视而不见听而不闻，根本没发现有个贼头贼脑、蹑手蹑足的小男孩潜入。这样的默契至少发生过七八次。

过去，我丝毫不认为这有什么不妥，还暗暗为自己身处近水楼台，比小伙伴们多出很多观看演出的机会而洋洋得意。如今，我成为有资格造反的革命小将了，思想觉悟在原有基础上大幅度提高了，再来审视这种行为，就觉得大错特错了。当然，错的主要不是我，我只是个不太懂事的小孩子，她呢，过的桥比我走的路还多，吃的盐比我喝的水还多，她应该通晓事理、深明大义啊！怎么能把党和人民交给她的权力用来徇私枉法呢？所以，她虽然不是当权者，却是握有权力、并滥用权力的一个黑典型！不造她的反造谁的反呢？

我把自己新发现的这个造反对象抛出来，请小伙伴们一起审议。不过，我略去了自己与她的瓜葛。哎！要把自己摆进去一起批判实非易事啊！经常说要"斗私批修"，"批修"不难，难的是“斗私”哇！我暂时还缺乏斗私的勇气和决心。小伙伴们都说我选得准，举双手表示赞成。说着说着，尔苏无意中透露出他也曾产生过混进去的想法，看到前面的小混混一个个丢盔弃甲，这才望而却步，没敢涉险，心里却不停诅咒她的严毅。听说她居然也有私放的劣迹，他立即摩拳擦掌，恨不得马上就把她揪出来游街示众。

我反对将她游街示众。一来罪不至此，二来嘛，揪她去游街，我还真没有那个胆量。只怕还没走到她跟前，看到她那张比座山雕还要阴冷的脸，两腿先就软了，等到她明白我们来找她的用意，圆睁起凶光毕露的三角眼，刷刷刷地射出毒箭来，我即使不屁滚尿流，也会浑身发抖了。一句话，我实在不敢与她正面交锋。我主张采用贴大字报的方式来揭发批判她。

我在小伙伴中还算有威信的，他们对我虽不至于盲从，却也难得违拗。这回他们对我的主张同样没有异议。于是，我们马上付诸行动。

五

写大字报需要毛笔、墨汁和整张的白纸，前两样东西我们手头有现成的，那是写大楷时必备的文具用品。问题是第三样东西，即整张的白纸，这我们可没有。那只好去买啰！我们拿出非常非常有限的零用钱来，将满把的钢镚儿掼在文具店的柜台上，比阿Q当年更有气派地嚷嚷道：“拿两张四尺整张的白纸！”“四尺整张”这个说法是我们事先打听来的，听上去显得比较专业。本来只打算买一张的，怕不小心写坏了，所以多买一张备用。

囊中羞涩啊！我和尔苏已经倾囊而出了，离两张的售价却还差一角。我们眼巴巴地看着全班的“首富”叔平，叔平不自觉地捂住了口袋，嘴里嘟囔说：“我也就剩下这一角了。”我们继续看着他，他终于撑不住了，猛下决心说：“好了好了，我干脆和你们一样当个一文不名的穷光蛋吧。”他说话喜欢用成语，不管贴切不贴切，狠着劲儿往外扔。比如，我们一起盯梢时，他指着流浪汉的背影说：“他这是欲盖弥彰啊！”这多少还有点靠谱。但接下来他又说：“哼！翻手为云覆手为雨！”这就完全离谱了。不过，“一文不名”用在这里，倒是挺贴切的。

店员是个看上去冷冰冰的中年阿姨，如果让叔平来形容的话，一定会说她与姚××“有异曲同工之妙”。她看也不看那堆钢镚儿一眼，语气生硬地问我们：“小孩子买那么大的白纸干什么？”我们本来不想告诉她，但又担心不说实话她不肯把白纸卖给我们，便回答说：“写大字报。”她大吃一惊，教训我们说：“小孩子不好好读书，写什么大字报？吃饱了撑的！不卖！”随即又感叹道：“这世道是怎么啦！”

我们既无法忍受她的藐视，更不能接受她不肯卖给我们白纸的无礼态度，便责问她：“为什么不卖？”她蛮横地说：“不卖就是不卖，哪来那么多为什么？”我们肺都快被气炸了，用燃烧着革命怒火的眼睛直瞪她。她根本不买账，气焰更加嚣张了：“瞪什么瞪？以为我会被你们几个小鬼头吓住？笑话！我家可是三代赤贫，根正苗红，谁也别想造我的反！”见我们中最软弱的叔平已不争气地泪水盈眶，她口气缓和了些：“我劝你们就别掺和了。干点正经事不好吗？真要买白纸的话，让你们家长或老师领着来。我们店里有规定，整张的白纸不能卖给小孩子。”

我们情知她是铁了心要卡住我们了。对这样蛮不讲理的人，我们实在束手无策，却又不甘心无功而返。还是尔苏反应比较快，色厉内荏地说了句：“与革命小将作对，绝没有好下场！”然后拉着我和叔平就走。走到店门外，身后传来了那个泼辣女人满不在乎的声音：“好吧，有本事你们去搬救兵，我等着你们这些小兔崽子！”

这是我们的又一次“滑铁卢”。我们当然不可能真的请来家长，只怕话还没说完，家长就会劈头盖脑地痛骂我们无事生非了，脾气火爆的尔苏父亲或许还会扇他一记耳光。请老师来也不合适，连这点小事都不能自己搞定，老师会怀疑我们是否具备造反能力，并进而怀疑我们作为革命小将的潜质。那么，下一步怎么办？没想到造反是件那么麻烦的事，几乎每一步都会遇到障碍。

我急中生智：应该去红色造反军团司令部讨哇！我们仨在小学生中带头写革命大字报，以实际行动参与造反，他们不是理当支持吗？果然，值班老师没听完我们结结巴巴的陈述，就慷慨地交给我们两整张白纸，还鼓励我们说：“忠不忠，看行动！自古英雄出少年，你们不能做‘文化大革命’的旁观者。我坚决支持你们书写大字报的革命行动！不过，你们的大字报主要针对谁呢？最好不要炒冷饭，而要能揭发出一些新的东西。”我就说了姚××营私舞弊的事情。值班老师听了稍有些失望：“我还以为你们发现了袁××新的罪行，可以为彻底打倒她补充证据呢！原来是校外的事情哪！也好，革命小将早晚要走向社会，参与清除社会渣滓同样是可喜的革命行为。不过，今后你们还是要更多地关注校内的阶级斗争新动向，防止袁××等反攻倒算。”我们觉得他提醒得对，只是校内我们暂时没发现有什么动静，包括袁校长，除了老老实实、战战兢兢地给我们上课外，没察觉出她有异常或不轨举动。

大字报的标题，我们反复斟酌，确定为：“揭发姚××利用权力营私舞弊的罪行。”强调“利用权力”，是想将她往“走资派”那边推近些，更显得我们造她的反是师出有名。“罪行”前面，一开始想加上“反动”两字，这也是当时的流行做法。但我觉得这可能有点夸大了，最后还是删去了。内容是我起草的，因为我既是知情人，又是语文课代表，作文比他俩要写得好些。写作手法不外乎扣帽子、打棍子、揪辫子，全是学来的。大字报的结束语是：“姚××必须向人民低头认罪！”“姚××不投降，就叫她灭亡！”他俩觉得气势磅礴、铿锵有力，却不知我这完全是照抄贴满街头的批判口号。

张贴大字报时又费了一番周折。因为我们个头太矮，站到凳子上也达不到理想的高度，必须借来梯子，才能张贴到我们看中的醒目位置——当然是在剧场的大堂里。而去哪儿借梯子，又是一个难题。但我们始终铭记毛主席“下定决心，不怕牺牲，排除万难，去争取胜利”的教诲，凭着满腔的革命热情，把一个又一个困难踩在脚下，终于让我们的大字报成功登陆于剧场大堂的正中央。

我们擦去一头汗水，脸上挂满欣慰的笑容，决定好好犒劳一下自己。买纸的钱不是省下来了吗？应该把它换成美食。我早就对光明食品店里的大桃酥垂涎欲滴了，怎奈要六分钱一块，而父母给我的零用钱都是一分两分的，好不容易才攒到一角，一下子要花掉六分，我有点舍不得。而今，这一角钱本来已经买纸花掉了，等于白白捡来的，用起来就不心疼了。所以，我提议去买大桃酥。这正中他俩下怀。尔苏兴奋地说："干脆一人两块，一次吃个够，彻底解馋！"但那样的话，他和我各差两分钱。叔平豪气冲天地说："全都由我来补贴，谁让我们是兄弟呢！"

口腔里盈满了大桃酥香味的我们仨，两小时后兴高采烈地返回剧场大堂，想好好欣赏一下我们的战果。但万万没想到的是，我们费尽千辛万苦写成的大字报已经被新张贴的墨汁淋漓的大字报覆盖掉了。天哪！是谁这么缺德，无情地遮没了我们的战果？这可是刚出摇篮的婴儿啊！在这个世界上仅仅亮相了两个小时，就被刽子手给扼杀了。它的命运是那样不幸！我感到一种深深的悲哀，却没有料到还有更大的悲哀在后面等着我。

六

如果能找到那个凶残的刽子手的话，我们仨恐怕会和他决一死战的。但那排几乎占据了剧场大堂整个墙面的大字报，落款是"工人造反兵团"，来头比我们署的"一群红小兵"要大得多。我们不知道去哪儿找他们，而且即使找到他们，他们只怕也会对我们这三个"红小兵"不屑一顾。看他们张贴的大字报的内容，与剧场及姚××毫无关系，都是炮轰原先的县领导的，贴在剧场大堂，是因为这儿地理位置好，人流量大，容易吸引眼球。但我们既然已经捷足先登了，他们怎么能凭借声势大、气派足强占地盘呢？

我们义愤填膺，却像买纸时遇到那个强悍的女店员那样苦无对策。快快回到家来，已是晚饭时分，父母和姐姐围坐在四方桌前吃得正香。往常他们都等在外疯玩的我到家后才开饭，今天可是有点特别。三姐起身想给我盛饭，父亲喝住她说："别管他！他现在能耐大得很呢，都知道写大字报，在外面逞英雄了，还用回家吃饭吗？"接着转过身来面朝我说："好你个忘恩负义的狼崽子！姚奶奶对你、对咱家这么好，经常放你进剧场开洋荤，你竟然把这事给抖落出来，上纲上线，信口胡勒，你这不是恩将仇报又是什么？"父亲的脸从来没有这么可怕，阴沉得仿佛可以挤出水来。而母亲以往在我犯错时总是会帮我开脱几句，此刻也一声不吭，默认父亲的责罚。

这种场面又是我始料不及的。我早已隐隐感到家人不会支持我给姚××写大字报，因为除了在南京读大学的大姐外，二姐、三姐偶尔也会溜进剧场蹭戏，这就是说，她们也曾受惠于姚××。所以，这件事我本来想瞒住家人的。我也明白没有不透风的墙，家人早晚会得知我的胡作非为，但没想到风穿墙的速度会这么快。后来，三姐告诉我，在剧场附近活动的左邻右舍很多，我们仨提着大字报一露面就被某位邻居发现了。他好奇地想看个究竟，当看到矛头直指姚奶奶后，他马上就去向姚奶奶通风报信了。姚奶奶听后嘿嘿冷笑不已。邻居主动请命说:“要不我去阻止他们?”姚奶奶一摆手:“由他们折腾去吧,几个毛孩子掀得起什么大浪?”一副见怪不惊、临危不惧的样子。

话是这么说,她却还是在父亲下班的路上拦住了他:“你家那小子有出息了,领头造我的反啦!”父亲听她备述细枝末节后,火冒三丈,一边道歉不迭,一边发誓会狠狠教训“这个逆子”。但自从我上小学后,他就再没体罚过我了,虽然老是和母亲嘀咕“棍棒出孝子”的古话。这次我让他丢尽了面子,他对我恨得牙痒痒的,但也没对我饱以老拳,只是采用“饿其肌肤”的办法,剥夺了我的“一箪食一瓢饮”,并罚我面壁思过。不过,在我面壁的三小时里,他说了我有生以来听到过的最狠的一句话:“我怎么生养了你这个不知好歹的孽种!”这让我感到非常伤心委屈。

这还不算完,第二天父母一起逼迫我写一封道歉信,亲手交给姚奶奶。哇!这不是让我自己打自己耳光吗?我不干!革命小将“头可断,血可流,革命尊严不可丢!”这是县中的高音喇叭里经常说的。但这时他们下最后通牒了:如果不这样做的话,“就不要再进这个家门了!”我很想说“革命小将不怕威胁!”但无家可归的现实恐慌却让我一时噤若寒蝉。我不能成为流浪汉,一旦成为流浪汉,就有数不清的危险、包括被误当作美蒋特务的危险随时随地在等着你了。那是多么可怕呀!

最终,我屈服了。姚××倒是表现得非常大度,看过我的道歉信后哈哈大笑,笑得那样狂放不羁,让我又想到了将假扮胡彪的杨子荣封为“九爷”时的座山雕。当时我还不知道她其实不识字,见她看得那么仔细,生怕她从鸡蛋里挑骨头。听到她的笑声后，才放下心来，而一旁陪同的父亲也如释重负般松了一口气。姚××豪爽地说："大人不记小人过，这件事就算了结了！"父亲赶紧问："那以后……"姚××心领神会，大手一挥说："想看戏的话，一切照旧！"父亲千恩万谢地领着我告退。

这仍然不算完。第三天下午上完课后，语文老师通知我去"黄司令办公室"一下。黄司令？我一开始有点愣怔，但很快便反应过来就是黄老师。黄老师已经很久没给我们上课了，但我们不时从广播里听到他激情澎湃的声音，与以往的温言软语判若两人。黄老师怎么会突然召见我呢？我不免有些紧张，但自我检点一番，好像最近没有什么顽劣行为，紧张的心情又有所缓解。

黄老师的办公室就是原来的"校长室"，袁校长曾经领我来过这儿。黄老师一脸严肃，一见我便问："昨天你去剧场贴大字报啦？"噢，原来也是为这件事啊，他的立场与父母不同，该当表扬我的造反精神了吧？我矜持地点了点头。黄老师当即拍案大怒："胡闹！你知道姚奶奶当年是地下党吗？她是为解放我们这座县城立下汗马功劳的，是我们都尊敬的老革命，造反怎么能造到她老人家头上呢？真是乱弹琴！工人造反兵团已经派人来学校抗议了，硬说你们是受我指使，企图扰乱革命斗争的大方向！你们给我捅了多大的娄子！你，还有另两个小混球，都给我写检讨！"

我这才了解姚奶奶的光荣革命历史。原来她不是占山为王的草寇座山雕，而是华阴山革命游击队里的双枪老太婆。解放后，要不是没有文化，她就不会是一个小小的剧场收票员了。

据说,是她自己选择了这个职业,因为她从小就爱听戏。而我,竟然在浑然不知的情况下,误将她当作造反对象,的确是大错特错。重新看待她私放街坊邻居进场看戏的行为,那都是出于阶级友爱哇!我愧悔莫及,真心检讨自己良莠不分、是非不明,做了亲者痛仇者快的事情。

七

一个月后,大字报的风波已经平息。我再也不敢轻举妄动、无端造反了。鉴于我曾经的鲁莽行为,黄老师他们似乎也失去了"孺子可教"的信心,我们仨又回到了原来的生活轨道上。

那天,我突然听到一个消息,地区文工团要来县城演出革命现代舞剧《白毛女》,所有的女演员都是踮着脚尖翩翩起舞的,而扮演大春的男主角武功既好,相貌也非常英俊。是很多少男少女的偶像。我不禁为之怦然心动。

这之前,地区京剧团也来小城演出过三天,每天的演出剧目都不同,但全是革命样板戏。每当听到剧场里响起激昂的旋律,估计是杨子荣快要"打虎上山",或者郭建光即将高歌"泰山顶上一青松"时,我心里就像有无数只猫爪子在挠似的。但情形已与过去全然不同了,我贴过姚××的大字报了,虽然她宽宏大量,表示不计前嫌,但我总还有那么一点自尊呀!何况我几次在路上遇见她,她都一改过去的笑脸相向,对我有些爱理不理,偶尔还从鼻腔里发出嗡嗡的声音,搞得满怀歉意的我连一声"姚奶奶"也没法叫出口。我感觉她并没有完全释怀,所以不敢造次像过去那样去蹭戏。心里那个悔恨就别提了！哎，揭发什么不好呀，偏要揭发这个，把自己看戏的后路都给断了，简直蠢到家了。可是，不揭发这个，我一个见识不多的十一岁孩子又能揭发什么呢？

《白毛女》在剧场演两天。尔苏第一天就去看过了，他父亲毕竟是副镇长嘛。听他的语气，这场演出精彩的程度不敢说是绝后的，至少也是空前的。他把大春的武功吹得个天花乱坠，还说“喜儿的脚尖功夫那真是盖了帽了！你要是看不到的话，会后悔一辈子！”话说到这份儿，我内心能不奇痒难耐吗？

当天晚上，我在剧场外徘徊多时，一次又一次鼓励自己“勇敢点”“勇敢点”！然而每当走近检票处，看到姚××的包公脸时，我便又心生胆怯而退回到一边。剧场里的音乐声时而高亢激昂，时而低回哀婉，我终于挡不住那匪夷所思的脚尖的诱惑，鼓足勇气、硬起头皮，轻唤了声“姚奶奶”，便想从她腋下钻进剧场去。这下子，让我终生引以为羞的场面出现了：她大喝一声：“站住！把票拿出来！”我嗫嚅道：“我……我……我没有票。”她声色俱厉：“没有票还敢往里溜？好大的胆子！难不成还想造反？给我滚出去！”

我已经看过不少武侠小说了，牢牢记住了那里面常说的两句话：“纵然用尽三江水，难洗今朝面上羞。”现在，我就深刻体会到了小说中那些豪侠人物因技不如人而受尽羞辱的心情。我在众目睽睽下讪讪而退。更不幸的是，我发现众目中有一双清澈的眸子属于我的同班女同学诸晓频。我拨开围观的人群，仓皇遁逃，就像《鹤惊昆仑》中报仇心切却不敌鲍昆仑的江小鹤。

我痛恨自己没有骨气乃至自取其辱，也怨恨姚××不守信义，耍两面派，当着我父亲的面说一套，实际又另做一套。这不是存心欺骗和戏弄小孩子吗？一个老革命怎么可以这样呢？不过，怨恨之余，我也意识到，说到底，我这是自食其果，怨不得别人的。

这是在那个特定年代里我这个熊孩子的又一次尴尬遭遇。

八

过了五天，我犹自痛感颜面丢尽时，黄老师又一次召见我，交给我“一个无比光荣的政治任务”：学校要召开批斗袁××的大会，为了充分体现革命小将的斗争精神，造反军团研究决定由我和另一位五年级的学生负责押送她上台。他说，之所以选中我，是因为我前两次的造反行为虽然没有看准目标，但热情可嘉、精神可贵，所以特别给我一次接受考验的机会。他还说：“你在同学中有一定威信，如果这次表现好的话，可以考虑任命你为即将成立的‘红小兵团’第三政委。第一政委是我，我要掌握大方向。第二政委也是老师。你这第三政委，就是最高学生领袖啦！”

这是平生第一次有人对我封官许愿。我不是个官迷心窍的人，当时不是，以后也一直不是。我也根本没有出人头地的想法，起来造反，是出于对伟大领袖的迷信，觉得革命小将应该积极响应伟大领袖的号召，并没有掺杂其他目的。所以，“第三政委”的官位对我几乎没有什么吸引力，但黄老师同时也说了，

“如果你不服从组织安排的话，那就辜负了伟大领袖的期望，将来很难接好革命的班了”。这对我是致命的一击。我不想让远在北京却明察秋毫的伟大领袖对我感到失望，只好答应下来。

可是，我从心底里抵触这一任务，因为我要押送上台的是曾经帮助过我的袁校长——

一年前，学校要给家庭生活困难的学生减免学杂费，班里大部分学生都提出申请了，我却没有申请。除了爱面子外，也因为我父母都有工资，条件在班里属于中等水平。母亲得知后却狠狠怪罪我，说要供我和三个姐姐同时读书，家里的日子也过得很拮据，既然有减免学杂费的好事，干吗放弃？她逼迫我第二天就向班主任补交申请，并且放出狠话：“这次如果不能争取到减免指标，你干脆就别读了！”但班主任却告诉我，申请日期已过，不再受理。

放学了，同学们如鸟儿归林般散去，我独自留在教室里掩面而泣，怕回家后遭到母亲责骂。袁校长刚好巡视到我们教室，见一个小男孩哭得很伤心，便上前询问原因。听我断断续续地叙完原委后，她把我领到校长室，拧了一把湿毛巾擦去我脸上的泪痕，还剥了一粒大白兔奶糖塞进我嘴里，安慰我说：“情况我都清楚了，你家确实也有实际困难，你把申请书交给我，我为你破一次例。你就等着好消息吧！另外，以后不要再为这种事哭鼻子了，可以直接找我来申诉嘛。记住，男儿有泪不轻弹！”后来，学校果真为我减免了四元学杂费。终日在缝纫机上忙活的母亲笑得很开心，还破例以超大手笔奖励了我一角钱。

我们学过的课文中有一篇叫“饮水不忘挖井人”。我认为袁校长就是我应该永远感恩的挖井人，所以，奉命执行这一任务，我的心理压力太大了，当晚我就噩梦不断。批判大会开始前一刻钟，我来到指定地点。被绞成阴阳头的袁校长已垂手肃立在那儿，看上去形销骨损，憔悴不堪，我一下子都没能认出她。体育老师充任批斗大会的总指挥，要我和另一位同学听到他的号令后，反剪袁××的手臂，精神抖擞地走上台去。我不敢面对袁校长，急忙窜到她身后，以免被她的视线触及。

体育老师训斥袁校长说：“批斗过程中，只许你老老实实，不许你乱说乱动，否则你的下场就悲惨了！”说到这儿，他稍稍降低了音调：“本来，黄司令不打算批斗你的，但上面觉得我们对你太仁慈，所以不能不举行这次批斗大会。”紧接着，他又将音阶提升到高八度：“革命小将们，伟大领袖毛主席教导我们说‘革命不是请客吃饭，不是做文章，不是绘画绣花，不能那样雅致，那样从容不迫，文质彬彬，那样温良恭俭让。革命是暴动，是一个阶级推翻一个阶级的暴烈的行动’。你们对眼前的走资派绝不能心慈手软！懂不懂？”另一位同学声嘶力竭地应道：“懂！”我也连忙响应，却已经慢了半拍，声音也不够洪亮。

主持大会的是黄老师。忽听得他猛喝一声：“把反动走资派袁××带上来！”喝声刚起，体育老师便给我们使眼色，我一咬牙、一跺脚，和同学联手将袁校长推搡上台去。台下有人叫喊：“她的头还不够低！”黄老师双目炯炯地扫视我俩，我别无选择，只得加大反剪她手臂的力度，同时腾出一只手来将她的头摁低再摁低。我明显地感觉到她瘦弱的身躯在不停地颤抖，我很想把手松开,哪怕只松开一点点、一会会,但我知道无数双眼睛正盯着我,我不能对她表现出丝毫温情,否则就动摇了革命立场,就不是伟大领袖寄予厚望的革命小将了。我很怕袁校长回头看我,认出这个杀气腾腾的男孩就是她去年帮助过的学生。等到批判大会结束,我已全身汗湿,而且也像她一样发抖了。

这天晚上,平时沾枕就能睡着的我,在床上像贴烧饼似的翻来翻去,久久无法进入梦乡。响应号召,不自量力地参加造反以来的经历,在我脑海里,既像纪录片一样完整,又像故事片一样曲折,它让我尝到的似乎并不是甜头,而是一个又一个苦果。我还不懂反思,只是朦朦胧胧地意识到,造反也许真的不是我们小学生该干的事。

自鸣钟敲过两声后,我终于入梦了。梦中的我遭凶徒一路追杀,险情不断。最后逃到了高高的悬崖上,不慎失足坠落。我狂叫数声从梦境中醒来,看到的是母亲无限关切的目光。

操场内外

一

我在苏北县城的老家，地理位置极佳：它在一条与大街相垂直的小巷内，距离闹市通衢只有几步之遥，却又掩映于绿树之中，听不到市声喧沸，真正应了今日房地产商打出的广告语：入则清静，出则繁华。我家的左侧是本城最高档的酒店——和平饭店。有谁能在和平饭店打一回牙祭，会津津乐道好几个月，恨不得张扬遍全中国乃至全世界。右侧依次是人民剧场和人民操场。就其所属类别而言，都是全城唯一的，绝无仅有的。这些吸引人的处所，我抬腿就到，享尽"近水楼台"的便利。

但和平饭店和人民剧场，我是难得光顾的。去和平饭店用餐的次数，不用扳手指头我也能算出来。噢，其实根本用不着算，到高中毕业前，总共去过三回，每一回的场景都在我记忆里镌刻着呢！那都是跟着父母去参加婚宴。能在和平饭店举办婚宴，在小城该属于非富即贵的阶层了。人民剧场去的次数要多一些，那是拜邻居姚奶奶之赐。姚奶奶是剧场的收票员，当剧场里上演精彩纷呈的革命样板戏时，她会偶发善心，让我免票入内过一把戏瘾。不过，后来我脑子进水，做了一件很对不起她的事，自我断绝了进场蹭戏的后路。

我去得最多的是操场，几乎每天都去，白天去，晚上也去，因为它是不分昼夜免费开放的——放映露天电影时除外。它是我少年时代的欢乐世界，在那里，我和小伙伴们尽情地玩耍，自由地释放自己的天性；在那里，我见识了许多人、许多事，清澈而又充满童真的眼睛中渐渐掺进了杂色；在那里，我一次又一次跌倒，然后重新站立起来，迈开前行的步伐，在这种周而复始的循环中茁壮成长。

操场的面积大约在二十亩，四周砌有一道高高的红色的围墙，我们习惯上称它为“红墙”。红色不是用油漆刷成的。因为构成墙体的都是红砖，所以看上去就是红彤彤的了。谓之“红墙”，原本并不带有某种革命的寓意，一如苏联的“红场”。只是就其视觉效果而言。但在那场革命如火如荼地兴起之后，“红墙”的象征意义便日益凸显了，或者说，它被小城的政界人物赋予了越来越多的政治内涵。红墙内，俨然成了一块革命圣地，所有的大型革命活动都在这里举行，以致严重挤压和侵占了我们这帮孩子的活动空间。本来在红墙内肆意游乐的我们这时只能像流寇一样在红墙外啸聚了。

操场内部划分为几个区域：最核心的区域是“灯光球场”。这是我们当时的形象化叫法，因为球场的上空安装有两排“太阳灯”，每当夜间举行篮球比赛时，灯光亮如白昼。球场没有看台，观看比赛的人必须自带板凳。“灯光球场”的西侧有一大片空地，那是用来举行各种大型集会的，比如庆祝大会、誓师大会、批斗大会、公判大会等等，每当伟大领袖毛主席下达“最新指示”,也在这里连夜传达给各界民众。空地的尽头,紧挨着红墙建有一个“司令台”,是集会的主办者,那些叱咤小城风云的政治新贵落座的地方。“灯光球场”的东侧,同样靠近红墙,安放着单杠、双杠和几张水泥乒乓球桌,供小城居民锻炼健身使用,但成日操劳生计及应付各种政治运动的大人们,既没有时间也没有兴趣亲近它们,所以,它们基本上为我们这些孩子所霸占。“灯光球场”的南侧竖立着两根水泥杆,那是放映露天电影时用以悬挂银幕的。北侧有一个沙坑,本来的用途是给人们练习跳高、跳远,使体育场也具备开展田径运动的功能。这一功能远未能得到发挥,沙坑的利用率却很高很高,因为孩子们把它视为最合适的摔跤斗殴的场所。沙坑备受孩子们喜爱还有另一个原因:它距离红墙只有一米,放映露天电影时,如果想翻墙混入场内,那么,它是跳墙的最好落点。

二

在我十岁之前,夜间的操场还是相对清静的,不至于骚扰周边居民的生活。隔三岔五地举行篮球比赛或放映电影,一般八点多钟就结束了,对早睡早起的小城人几乎没有任何影响。但十岁之后就不同了:随着革命运动不断向纵深推进,操场变得越来越喧闹、越来越扰民了。

不知有多少回,正值夤夜时分,我在梦中好不容易成为连挑十八条好汉的“冷面寒枪俏罗成”或“相扑天下第一”使得李师师芳心大动的浪子燕青,却被震耳欲聋的锣鼓、鞭炮声惊醒。我知道,这是伟大领袖又有最新指示需要立即传达了。那时,各级新政权的掌控者都向毛主席、党中央庄严保证:"传达最新指示不过夜!"如果最新指示在子夜三点通过红色电波传来,那么,三点十分左右,全城就会锣鼓喧天,鞭炮齐鸣。响应如此之快,效率如此之高,真让今天那些声嘶力竭地强调"执行力"却收效甚微的领导汗颜。我至今想不明白,当时实行的是怎样一种组织机制?锣鼓与鞭炮也许早已备好,并落实了专人进行敲打与鸣放,但上万人的游行大军如何能在半小时内就集结完毕,并有序进入红墙内的体育场?他们的情绪是那样饱满,激昂的口号声此起彼伏,掀起一波又一波的声浪,将锣鼓声和鞭炮声都完全淹没了。

第一次半夜听到锣鼓和鞭炮响起时,我先是震惊,继而得知原因后就无比兴奋了。不顾父母的阻拦,跟在两个姐姐的身后,循声奔向体育场。那里已是红旗招展,人潮涌动,万众同声欢呼"毛主席万岁"。不少孩子弯腰蹲在地上捡拾未能炸响的哑炮,我内心暗喜,揉揉惺忪的睡眼加入其中,但刚捡到一个,就被身旁的大孩子夺去。我不甘心地拉住他的衣袖,还没来得及与他理论,已被他一把推倒在地。大人们都全身心地浸润在聆听最新指示的喜悦中,根本就没有留心发生在他们身边的赤裸裸的抢劫行为,我只能独自向隅而泣,就像大字报上嘲讽的反动走资派那样——我在街头一知半解地读过各类大字报,最欣赏的是一句很有文采的结束语:"让反动走资派向隅而泣吧!"

后来,被惊醒的次数多了,我的兴奋感锐减,而厌烦感激增。我不解地问母亲:"毛主席怎么喜欢深更半夜发指示呢?

他晚上不睡觉吗?"母亲含糊地回答:"他老人家精神着呢！哪像你这个瞌睡虫!"我算了算,毛主席的年龄比爷爷还要大几岁,爷爷已经瘫痪在床上不能自由行动了,可他老人家不仅成功发起和领导了轰轰烈烈的革命运动,使得我们的红色江山永不变色,也使得我们免吃二遍苦、免遭二茬罪,而且还正在致力将全世界另外三分之二人民从水深火热中拯救出来！爷爷和他比也差得太远了吧？在对伟大领袖更加无限崇拜的同时,我对终年卧床不起的爷爷又多了一分嫌弃。

不过,敬爱的毛主席精力这样充沛,固然是全中国乃至全世界人民的福分,但如果他调整一下发布最新指示的时间那就更好了！对！最好调整到早上,那样的话,老师们要去体育场参加传达大会,我们就不用去上课了,也就可以少做一次家庭作业了。而更重要的是,我就可以多睡几个囫囵觉了。不光是我,我猜老师们大概也是有同样的愿望的。传达大会结束后,照例要绕城游行一圈,游行结束时已是东方欲晓了。老师们稍微打个盹,就得赶到学校来上课。所以,我经常看到他们上课时哈欠连天。以前喜欢拖堂的语文老师,好几次在讲到中途时昏昏欲睡,居然抱怨说:"下课铃怎么还不响?"

父母的眼睛里好像也多出了几根血丝。我毕竟是没有心事的孩子,被吵醒之后很快又能睡着。父母就不同了,醒来后很难重新入梦。那一夜,我躺在床上听到隔壁的母亲连声叹息。父亲问:"怎么啦？老像母猪哼哼似的?"母亲说:"昨晚外头又折腾个不停,吵得我头痛死了,就像钻到了老鼠夹子底下。今天人昏昏沉沉的,毛手毛脚剪坏了一块毛料,要赔人家十多块呢!”“十多块?”父亲倒吸一口凉气,责怪说:“你怎么这般不小心?嫌钱多了没地方糟蹋是不是?我看你是活腻了!”母亲不服气地说:“这能怨我吗?夜里睡不好,脑子就不够使,手也直哆嗦。哎,三更半夜的闹腾什么!”父亲呵斥道:“你还敢胡说八道?当心明天有人把你的舌头给割掉!”母亲不再争辩,但一会儿我便听到了她努力压低的啜泣声。

我的心往下一沉。母亲是服装店的裁缝,负责承接衣料加工的活计。每天从早到晚都忙得手脚不停,月收入却只有二十块左右,一下子就要赔掉十多块,家里的日子就会过得更加紧张。直接后果恐怕是下个月的餐桌上再也难得见到荤腥,我只能在梦里咂吧红烧肉和红烧鱼的滋味了。没想到这夜间的传达与庆祝活动,竟然会对我家的生计产生这样大的影响!于是,我就更加希望毛主席他老人家能够把作息时间改一改了。

声势浩大的庆祝游行活动依然不时在深夜举行,各种噪声仍旧铺天盖地地向我家及周围的邻居袭来。所幸的是,母亲的睡眠质量虽然没有得到改善,却因为格外小心谨慎并放慢进度的缘故,再也没有发生裁剪方面的失误。而以同一形式不断重复的庆祝游行活动本身也已经对我不再具有吸引力,所以,喧嚣声虽然仍会搅扰我的梦境,我却不会一骨碌从床上爬起,兴冲冲地去看热闹了。姐姐们的兴致也渐渐淡了下来,学着我的样子翻一个身,便又去见庄周了。

三

相对于庆祝大会和誓师大会而言,操场内更能吸引我的大型政治活动还是批斗大会和公判大会。后者的场面不见得比前者壮观，而且还没有制造热烈气氛的锣鼓与鞭炮声，但可看性却要强得多，因为有许多阶级敌人被拉到司令台前示众，他们有的戴着高帽子，有的被剃成阴阳头，有的脸上涂着墨汁，有的脖子上还挂着破鞋，真是丑态百出，令人捧腹。

主持批斗大会的几乎都是许司令。这个小城里的风云人物，原来是五一农机厂的工人，在小城里率先响应号召起来造反，又在大浪淘沙的过程中浮出水面，勇立潮头，击败了其他所有试图夺权的对手，一举成为小城的最高统治者。当时，各地的造反派大都在夺权斗争中分裂为旗鼓相当的两个派别：省城南京有“屁派”和“好派”，得名由来是，对当前形势的判断，一派认为“好得很”，一派认为“好个屁”。乍听“屁派”这个名称时，幼稚如我也觉得有点不雅。地区行署所在城市则是“拥派”与“轰派”，意思是对新成立的红色政权，一派“拥”护，一派炮“轰”。据说两派之间经常武斗，甚至动用了机关枪。“屁派”与“轰派”暂居劣势，已退守郊外，准备实施毛主席所提出的“以农村包围城市”的战略。听说有一部分荷枪实弹的“轰派”成员撤到了我们县城的第三蔬菜大队，想以此作为反攻的据点，弄得小城居民惶惶不可终日，生怕无端受到侵扰。后来很快被证实这是谣传，大家才于心稍安。而在我们县城里，却是许司令一派独大，没有谁能与他分庭抗礼，也就避免了武斗之虞。

许司令主持批斗大会前，都要先招摇过市。他通常穿一身洗得发白的黄军装，除了袖章、像章等“标配”外，最引人注目的是他腰间挂有一个皮制的手枪套，不知里面装的是勃朗宁还是左轮,但肯定擦得油光锃亮,搂起火来可以连续击发。这个令人闻风丧胆的造反派头目看上去却并不像个凶神恶煞。身材不算魁梧,但比较颀长,面目则称得上英俊,一点也不亚于后来扶摇直上的王洪文,是挺招女人喜欢的那一种类型。他的身旁,一前一后,两个充任保镖的彪形大汉寸步不离。其中一个我认得,就是街头守着大铁炉贴烧饼的马三,他又黑又壮,走起路来就像一座移动的铁搭。许司令总是采用这样的出场方式。说真的,后来看风靡一时的香港电视连续剧《上海滩》,我觉得,迷倒无数少女的许文强实在不如许司令会扮酷,至少他的跟班丁力远不及马三威武。

我第一眼看到许司令的感觉,当时没法用语言来形容。长大以后,读到司马迁的《史记》,里面描述还是街头小混混的刘邦看到秦始皇巡游的盛况,不禁感叹说:“大丈夫当如是也!”我当时产生的就是这样一种感觉。我何曾想到,没过几年,许司令就被作为“三种人”加以清算而锒铛入狱,坠落的速度与崛起一样迅疾。

为了预防我们这些小屁孩在会场上穿梭捣乱,批斗大会是把我们拦在红墙之外的。据说,这是许司令亲自下令的,因为曾经有个喜欢恶作剧的男孩使劲晃动走资派弯腰站立的高脚凳,害得这位年迈体弱的走资派摔成“断了脊梁骨的癞皮狗”,再也不能站立。但我们岂肯错过目击一长溜走资派在无产阶级专政的铁拳下出尽洋相的机会?这可比观看马戏表演精彩多了!怎么办?我们自有“鱼路”“虾路”——爬上红墙,骑在墙头上凭高眺望,就可以将批斗大会的场景尽收眼底了。

拱卫操场的红墙高约一点八米，很遗憾，我们无法像飞檐走壁的侠客那样一跃而上，也不能施展壁虎功轻松来去。我们的做法是，在墙垛上凿出几个等距离的凹槽，然后以凹槽为支点，手脚并用，一点点地向上攀援。我们充分发扬协作精神，有人在下面托，有人在上面拉。哼！别说这堵红墙，就是华山天险，我们也能把它踩在脚下！奋力爬上墙头后，我们之所以采用“骑”而不是“坐”的方式，是为了便于脱逃。当有险情发生时，只要挪动一条腿，就能沿着墙垛滑向地面了。不仅如此，骑墙还可以同时张望墙内墙外的风景，自由地切换镜头，比面朝墙内坐着灵活多了。我们不能保证所有的小伙伴都能规规矩矩的只看不嚷嚷，万一许司令讲话时，有人大声嚷嚷，既破坏了场内的秩序，又挑战了许司令的尊严，他一恼火，下令说：“把那班小兔崽子给我抓来”，那我们就得赶紧溜之大吉了，而骑墙正可方便我们开溜。

许多年以后，我研究苏轼诗词的时空艺术，对他《蝶恋花》中的“墙里秋千墙外道。墙外行人，墙里佳人笑”等句有一种特别的感触。它所描写的情景与我童年的经历完全不搭，却一下子唤起我对“骑墙”往事的回忆。又过了一些年，我翻阅到中唐文坛的一则轶闻：卢仝向他的老师韩愈哭诉说，隔壁有个恶少经常骑墙向他屋内观望，让他感到十分困扰。韩愈格外疼爱这个门生，发狠说要为他报仇，“立召贼曹呼伍伯，尽取鼠辈尸诸市”。读后，我觉得卢仝未免有些矫情，又不是偷窥你夫人的裙下风光，你那么紧张干什么？莫非你在家里藏了“小三”，刚好落在那个恶少眼里，他把这作为要挟的把柄？还有，韩愈也忒狠毒了一点，人家只不过骑墙而已，最多是看了不该看的东西，纵然有罪，也罪不至死啊！还要将他暴尸于市，也太拿法律当儿戏了吧？这样的人怎么能当刑部侍郎呢？再过了若干年，在工作中接触到不少习惯于“骑墙”的主儿，我都在心底暗暗好笑：这套低劣的小把戏我早就见识并尝试过了。

四

公判大会的主持人则不固定，但都是重新组建的公检法系统的头头脑脑。公判对象也与批斗对象有明显的区别：被批斗的是清一色的走资派，被公判的则包括各类作奸犯科之徒，成分要复杂得多，其中最多的是“现行反革命分子”。同时，公判对象一律五花大绑，背后还插着一块长长的白牌子，上书他的罪名与身份，如“强奸犯”“杀人犯”“纵火犯”等等，但没有一个戴高帽子的。此外，押送批斗对象的人一般都赤手空拳，而押送公判对象的则全副武装，枪上的刺刀在阳光的反射下闪闪发亮，晃得骑在墙头上的我们眼花缭乱。

我和小伙伴们一致认为公判大会比批斗大会内容丰富、形式活泼、风格多样，因而在我们这些小看客眼里更有看头。当我们听到台上宣布“判处×××、×××、×××死刑，立即执行”时，内心无比亢奋，恨不能赶赴刑场，亲眼看到这些十恶不赦的罪犯饮弹而亡。可惜当我们从红墙上溜下来时，囚车早已载着即将被打入十八层地狱的死刑犯呼啸而去。我们不知刑场在哪儿，无法早早等候在那儿。听说它是距离县城很远的一片茅草地，每当有人来此伏法时都戒备森严，以防有不知死活的“梁山泊好汉”前来劫法场，所以很难混进去。那儿又无墙可骑，我们即使费尽千辛万苦找到它的所在，也只能隔得远远地听到那清脆的枪声。我们还听说，枪毙犯人用的都是开花子弹，钻进犯人心脏后会炸裂成鲜花盛开的形状。这样血腥的描述，在那个见惯了血腥的年代，我们听了一点也不恐怖，反倒想一睹究竟而无限神往。

唯一让我骑墙观看时感到震撼的一次公判大会，是我在数十名罪犯中发现了我的美术老师。啊！这个公认的谦谦君子怎么也站在了那些恶贯满盈的罪犯当中？那些罪犯我们都素昧平生，所以理所当然地认为他们都是罪有应得，可美术老师平时是那样斯文，那样和蔼，怎么看都不像个坏人哪！我们仔细听主持人宣读判决书——原来，他“用极其卑劣的手段，抹黑伟大领袖，以发泄阶级仇恨”。具体情节则语焉不详，大概不宜复述，否则主持人也有借机损害领袖形象之嫌了。过后，我才了解到事情的真相：为了节约纸张，他将印有领袖光辉形象的旧报纸用来练习书法，墨汁涂黑了老人家神采奕奕的脸庞，他却浑然不觉。练习完毕，他将报纸作为垃圾扔了。这就构成了严重的现行反革命行为，任谁也无法为他开脱。再一查他的成分，好哇，地主家庭出身，这不是发泄阶级仇恨又是什么呢？他就是跳到“长江”里也洗不清了——我不赞成“跳进黄河”的说法，黄河的水浑浊得很，怎么能指望它漂白身上的污垢呢？

当时，我不知道细节，深感惊诧，但我绝不怀疑其中有什么冤屈。有亿万群众参与的无产阶级专政不会放过一个坏人，也绝不会冤枉一个好人。这个美术老师平日隐藏得太深了！要不是这次“自我暴露”，我们还会被他蒙骗下去。他的罪行让我想起了母亲常说的一句俗语：“知人知面不知心。”

就在我感慨连连时，忽然又有一个惊人的发现：那个“破坏军婚犯”不就是以前活跃在小城舞台上的“大春”吗？他的真实姓名我还是第一次从牌子上看到，但他饰演的“大春”在小城里却有很高的知名度。他不是专业演员，却热爱舞蹈，一直是小城文艺宣传队的台柱子。在他饰演过的角色里，“大春”是最受欢迎的。当然，小城宣传队没有能力排演《白毛女》全剧，只能演出其中的两个片段，即“杨白劳给喜儿扎红头绳”和“大春接喜儿出山洞”。“大春”的舞蹈技能用今天的眼光看其实也相当业余，但在当时却和许司令一样是不少小城女人梦中的偶像。小城上空悬挂着两颗本地制造和发射的新星，一颗是政治新星许司令，另一颗就是文艺新星“大春”了。

小城宣传队的演出是免费的，登不了人民剧场这样的大雅之堂，就经常深入到工厂、农村和街头。红墙内的司令台也曾经是他们的表演场所，我就是在这儿领略了“大春”的风采。然而，这个多少次在司令台上翩翩起舞的小城名人，如今却被捆成了粽子似的扔在司令台下示众！由台上到台下这一挪移，命运发生了翻天覆地的逆转，人生的咫尺荣枯在这里被诠释得淋漓尽致。

“大春”被宣读的罪状是：“勾引革命军人家属，企图破坏军民团结，毁我钢铁长城。”得到的惩罚是“判处有期徒刑五年”。回到家后，我听见姐姐们议论说：“他还是有点冤的，恋他的那个女人是县人武部干事的老婆，不管他在哪儿演出，她都跑去观看,还给他织了很合身的毛衣,也不知怎么背着丈夫织成的。一来二去,两人就好上了。但事情败露后,女人却硬说是他勾引了她。”我不太同意姐姐的说法,我知道她们此前对“大春”也是有好感的,所以不想把他说得太坏。但对破坏军婚的人,我是绝不会同情的。说实话,看到美术老师受审,我多少还有一些难过;“大春”被宣判,我却只有幸灾乐祸之感。谁让你以前风头太健呢!

五

当红墙内没有各种大型活动举行时,操场就成了我们这些孩子的天堂。那里留下了我们欢快的笑声,也留下了我们成长的足迹。

我在那片空地上学会了骑自行车。那是我十岁时的事情。小城里没有公共交通工具,来来去去,主要靠步行或自行车。自行车不是每家都有能力购置的,但骑自行车的技能,我们这一代孩子却都想掌握。这比我们的父辈要强——我们的父辈中,会骑自行车的少得可怜。尤其是女性长辈,从我的母亲到姑妈、姨妈,都连车笼头都没法扶正。在该学车的年龄,她们都没有学,也不想学,因为家中购车的希望是那样渺茫,她们根本看不到有生之年骑车出行的现实可能性。而我们这一代则不同了,家用自行车的数量毕竟在渐渐增多,将来普及到每个家庭的前景已经隐隐呈现,学骑自行车就是我们人生必经的一个小小环节了。

不过,我学骑车一开始是瞒着父母的,因为他们认为我还没到学车的年龄，个子比车座高不了多少。姐姐们都是长到十五六岁才学的。他们要我再等几年，等到屁股坐到车座上脚能踩着车蹬，不至于悬空。那样的话，摔跤的危险系数就会小些。他们的话不是没有道理，但我却已经等不及了。我最亲密的小伙伴尔苏、叔平一个月前就都学会了。我有一种落伍的恐慌，迫不及待地想与他们并驾齐驱，尽管家中没有自行车，“齐驱”的条件还远不具备。

父母不支持，就只有求助于小伙伴了。尔苏趁父亲上班时，把他的座驾偷偷骑到体育场里，供我学习使用。就冲着这份侠肝义胆，我也得加紧学会。他和叔平还一起扶着车的后座，为我保驾护航。“在家靠父母，出门靠朋友”，也许指的就是这种情况吧？我的身高还只有一米三，屁股根本够不着车座，只能把右腿从三角架里伸过去踩到右蹬上，而且只能蹬半圈；为了保持平衡，车身必须向右微微倾斜。刚开始，我全身僵硬，扶笼头的手和踩车蹬的脚之间很不协调，往往顾此失彼，所以狠狠地摔了几跤。幸好车子是载重型的，粗皮糙肉，经得起摔打，我膝盖都摔破了，它却完好无损。

第二次学骑时，我就自如多了。这天下午，两点半就放学了。尔苏三点钟从家里把自行车偷出来，到五点钟左右，我已能放手在空地上骑行一圈了。所谓“放手”，不是指双手脱把，用身体控制笼头，像我们几年后耍花式、玩特技时所做的那样，而是指不用他俩再扶着车后座了。尔苏说：“你的动作要领好像还不太对，我再给你示范一遍吧！”在辅导我学车的过程中，他表现出十足的“好为人师”的倾向。（现在他在香港某大学担任终身教授，倒是最合适的归宿。）

我有点不耐烦了：“用不着，我自个儿练就行了。”我脚下蹬得更加起劲，车速也明显加快，转瞬便又独立骑行了一圈。哇！我这就学会骑车了？悟性不差、技巧不错嘛！我心里别提有多痛快、多得意！然而，乐极生悲，迎面突然驶来另外一个正在学车的孩子，我来不及避让，又不会刹车，便与他发生了个人生命史上最严重的撞车事故。虽然没有车毁人亡，稳下神来一看，两人身体均无大碍，但两辆车子的前轮都变形了，必须送到修车铺去整形后才能使用，而整形的费用想来不菲！

不仅仅是我这当事人，连旁观的尔苏也被这一事故吓蒙了！他受惊吓的程度更甚于我，因为这样一来，他偷车的行为就势必败露了。推着这样一辆变形的车辆回家去，他肯定会受到性格暴烈的父亲的责罚。因此，他先于我泪湿衣襟。怎么办？事故是我一手造成的，必须由我来承担责任。我虽幼稚，这点意识还是有的——古代的好汉常说，一人做事一人当，杀人不过头点地！我觉得，修车费用理当由我来解决。问题是：如何解决？我如何才能在短时间内筹集得这笔巨资？思来想去，只有以“我不下地狱，谁下地狱”的勇气去向父母坦白。

我拉着尔苏、叔平作为证人一起来到父亲上班的地方，哭哭啼啼地诉说了事情的经过。在这过程中，尔苏忽然大放悲声。父亲先还咬牙切齿：“看不出你的能耐这么大了，竟敢背着老子学骑车！是不是饭吃得太饱了没地方消耗？那好，饿你个贼骨头三顿再说。”见尔苏哭得如此伤心，又问出他是副镇长家的公子，父亲的态度慢慢变了，长叹一声后说：“先去修车吧，回头再收拾你!”说着,便将已无法推行的自行车扛到肩上,领头向修车铺走去。我和尔苏都破涕为笑。

修好车,天色已经昏暗了。父亲把车交还到尔苏手里,瞪了我一眼,一声不吭就走了。走出没两步,他又回过头来叮嘱我:“回家后跟你妈就别提了,免得她又肉痛好多天。”我望着父亲渐渐消融在暮色中的背影,心中涌起的是和朱自清当年一样的感受。

六

学会骑车后的第三年,我又在红墙内学会了打篮球。仿佛鬼使神差似的,十三岁的我,突然对篮球运动产生了浓厚的兴趣。每当灯光球场上举行篮球比赛,无论级别与水平高低,我都是最热情的观众之一。一看到比赛的海报,我就像瘾君子一头撞进大烟馆,伸手摸到烟膏和烟枪那样兴奋。如果是县级以上球队的对抗赛,那我简直会兴奋得想在灯光球场上连翻十个跟头。

我们县的篮球队在本地区的六个县中算是实力比较强的,因而经常邀请邻县的篮球队前来进行对抗赛。我和自带板凳前来观战的其他小城居民一样还不懂得文明观赛,不仅一边倒地为本县篮球队“加油”,而且当出现不利战况时,对方球员每投一个球,我们都要发出嘘声,以扰乱他的心神。如果我方明显落败,光发出嘘声就不够了,对方球未出手,我们就齐声高呼:“不中!不中!”没有任何人组织,高呼声却那样节奏明快、整齐划一,形成排山倒海之势,“不战而屈人之兵”。今天的职业拉拉队见了铁定自愧不如。对方的球员顿觉陷入了人民战争的汪洋大海，成了人人喊打的过街老鼠，定力不够的就手脚哆嗦起来，球出手后果然偏离方向，落在了篮筐之外。

我方的球员则在震天动地的“加油”声中，一扫原先的萎靡不振状态，就像刚打了鸡血针似的精神抖擞起来，人人奋力拼抢，个个冲锋在前(除了后卫)。他们手中的篮球也像新长出一双眼睛似的，盯准了篮筐直飞过去。有时，投篮者用力过大，球进入篮筐后高速旋转，我们的心就都提了起来，比投篮者本人还要紧张，生怕它转出篮筐外。等到它在篮筐里下坠时，我们爆发出的欢呼声与掌声交汇成钱江大潮席卷全场，连两只水泥铸就的篮球架也被撼动得摇晃不已。于是，我们的球队很快便反败为胜。

正因为这样，在本地区每年的篮球联赛中，我们县的球队，但凡主场作战必定获胜，客场作战则败多胜少。所以，每年的赛季到来前，我们县的体委都会主动要求承办联赛，而其他县也深明个中因果，想把承办权揽归己有。这就把承办权之争弄得比“申奥”还要激烈，据说还设置有答辩环节。消息传开后，我们都把希望寄托在县体委主任这个主辩手身上。要是他能像出使东吴的诸葛亮那样，凭借三寸不烂之舌，把群儒驳得哑口无言，顺顺当当地将承办权收入囊中，那该有多好啊！

刚上初中的我当然不可能从大局上来考虑问题，把这看作树立大县形象、擢升大县地位的良好契机，我只是纯粹从个人兴趣出发，想多看几场家门前的精彩赛事而已。不过，县民精神倒确实由此得到了某种程度的振奋。大家期盼体委主任从答辩场地尽快反馈回喜讯，心情之焦灼，一如后来国人观看北京“申奥”的现场直播。可惜消息发布的渠道过于狭窄、手段过于落后，只能口耳相传，等我辗转听说时，已不能算是新闻了，但犹自喜不自胜。

因为我们县在本地区地域最广、人口最多，其他各项指标也都居于领先地位，加上地区行署的领导又多为本县籍贯，所以申办成功的概率比其他县要大得多。县体委曾想一劳永逸地争取到永久承办权，但遭到另外五县的强烈抵制，只好作罢。但我们仍然埋怨体委主任办事不力。每当他出现在县级以上篮球比赛的现场时，我们都会对他指指戳戳，说“这个家伙是白吃饭不操心的”，真想也“嘘”他一下。

县篮球队的队员都是业余的，只是有重大赛事前临时集训一下，所以相互的配合很成问题。我就听到懂行的人在他们比分落后时痛骂“这真是一群乌合之众”。但其中的主力队员大李却往往有出色的表现。他膀大腰圆，体壮如牛，却又身手灵活，行动敏捷。他最大的特点是不畏强敌，敢拼敢抢，三步上篮时横冲直撞，如入无人之境。“两军相逢勇者胜”，对方的球员对他渐生忌惮，看到他像 ·辆坦克般直碾过来便赶紧避让。他就在没有阻拦的情况下，轻松地将球放入篮筐，然后转身向狂呼的观众挥手致意，有时还弯腰鞠躬，那种明星派头绝不输于迈克尔·乔丹和埃文·约翰逊。

毫无疑问，大李是我县篮球队冲破敌营的利器和克敌制胜的法宝，对方球员对他恨之入骨，却不敢用小动作实施暗算，因为有无数双偏袒的眼睛紧盯着他们。但大李也有他的致命弱点，那就是容易犯规。常常上半场还没结束，就已犯规四次。教练不得不实行保护政策，换他下场休息。等到战事告紧的关键时刻再让他披挂上阵。但有时重新上场还不到两分钟，便又因犯规被判罚下场，彻底终止了本场比赛资格。这时，我们就会无比气愤地迁怒于裁判，认为他要么是故意错判，要么是无心误判。如果手头像现在这样有饮料瓶之类的东西，肯定会毫不留情地向他扔过去。

那一年，在我刚刚开始迷恋篮球的时候，大李是我心目中绝对的英雄。我打听过他的情况，知道他是复员军人，也在五一农机厂工作。许司令原先是他的工友，两人关系还相当不错。但他却没和许司令一起造反。我脑子里曾经闪过一个滑稽的念头：如果由他而不是马三来充当许司令的保镖，那该是怎样一种景象呢？

大李的招牌动作是三步上篮。所以，我学打篮球时，最先练习的动作就是三步上篮。我多么渴望像大李那样成为千人瞩目与景仰的篮球运动员，哪怕只能业余打打比赛。这种渴望赋予我源源不断的精神动力。然而，出师不利啊！第一次练习时，还没迈出第二步，球就脱手了。第二次练习时就更惨了：因为第二步迈得过大，身体失去重心而扑倒在地，结结实实地摔了个狗吃屎。

我的双膝因与粗糙的水泥地亲密接触而鲜血淋漓，疼痛难忍。但更让我感到惶恐的还是，我的老旧的裤管摔出了碗口大的一个洞。父母都非常爱惜衣物，回家后我可怎么向他们交代？可以料定，母亲会责骂说：“你这个前世里的讨债鬼，我究竟亏欠了你什么，你要一刻不肯消停地来糟践这个家？”父亲呢，则可能联想起三年前学车的那次事故，而和我新账老账一起算，一改“动口不动手”的惯例，揍得我鼻青脸肿。这时，精神上的恐慌已经盖过了肉体上的痛苦，让我不敢继续想象回家后有可能发生的一切。

我不会像三年前那样哭泣了。因为有了“造反”的历练，我的心理承受能力已大为增强，似乎表现得比同龄孩子要成熟些。但脸上写满的“忧愁”二字，却让天天滚爬摸打在一起的小伙伴读出来了，他们也有些为我担心。忽然，尔苏一拍大腿说：“山人想到一条妙计了！”叔平问：“计从何出？”尔苏搭住我的肩膀说：“你把责任全都推到我身上，回家后就说在奔跑的过程中，我从背后猛推了你一把，害你摔成这样。你父母向来息事宁人，总不至于到我家来告状吧？”这倒真是个办法。我转忧为喜，依计而行，回家后母亲虽然还是骂了我，但时长和力度却大为降低，没有太伤害到我脆弱的自尊心。倒是父亲始终用怀疑的眼光打量着我，让我不寒而栗。

我学球、练球的热情并未因此而衰减。一个月黑风高的夜晚，我在球场边意外捡到一个无主篮球。我犹豫半天，最终还是把它占为己有。以前都是蹭别人的球来练习，现在自己有球了，自然要方便许多。但我白天不敢把它拿到球场上去，担心被它原先的主人认出。一旦认出，失去它事小，关键是还有可能被疑作小偷。可我真的没有偷哇！但我有辩解的机会吗？据实说是捡的也不成，“你的拾金不昧精神到哪儿去了？”只需轻飘飘的一句话，就可以把你逼到墙角无法动弹。所以，我只能在晚上带着它去球场苦练。没有比赛的夜晚，灯光球场是不亮灯的，但只要有星星和月亮，我就能依稀看清篮筐。

然而，我实在缺乏打篮球的天赋。让我难为情的身高就不去说它了，运球的技巧和投篮的命中率总是在同一水平线上徘徊，体能也不敷往返奔袭之需。读高中后，不仅未能入选学校篮球队，连在班级篮球队里也是板凳队员，难得有一次上场机会，也表现欠佳，根本不能拦截女同学的视线。我悲哀地意识到，我永远也不可能成为大李第二了，但去红墙内看球、练球的兴趣却一直保留到离开县城去插队落户前。

七

灯光球场南侧是露天电影场，二者其实是连成一体的，观众多的时候，板凳会铺满整个灯光球场。露天电影放映的时间不固定，差不多每隔半个月放映一次。在我读初中时，同属社会主义阵营的那些友好国家的经典影片，如阿尔巴尼亚的《第八个是铜像》、罗马尼亚的《多瑙河之波》、南斯拉夫的《瓦尔特保卫萨拉热窝》、越南的《森林之火》、朝鲜的《卖花姑娘》《看不见的战线》等等，都还没有舶来，红墙内可放映的故事片屈指可数，不外乎《地道战》《地雷战》以及《南征北战》，几乎都带一个“战”字。

在别无选择的情况下，我们对这几部战争片百看不厌。尽管一闭上眼睛，所有的故事情节和人物对话都能在脑海里毫厘不爽地清晰呈现，我们仍然极其盼望能再度进入红墙内观赏。但露天电影是要收门票的，票价不高不低，整整一角。我每次从父母那里讨来的零用钱才一分两分的，所以，一角的票价对我来说，就是一种不可持续的负担了。向父母申请“专项补助”吧，看第一遍时会给，看第二遍时就要软磨硬缠了。等到想看第三遍时，你有千条妙计，他有一定之规，任你说破天去，也休想讨得分文。好在特别疼爱我的姑母，当我羞红着脸吞吞吐吐地向她化缘时，她都会笑眯眯地解开包了一层又一层的手帕，从几张皱巴巴的纸币中取出张一角的来，轻轻放在我的掌心里，再把我的手掌捏成拳头摩挲几下。这时，总有一股暖流注入我周身的血脉。不过，姑母家的日子也过得很拮据，不到万般无奈时，我是不忍心向她开口的。

因此，我常常和同样买不起票的小伙伴们一起在红墙外“听”电影。看不到画面，声音却穿过红墙传入我们的耳膜，让我们为之陶醉。其实，用不着看画面，光听画外音，而且只要听一两声，我们就知道放的是哪部电影，情节又推进到了哪里。即使中途来到红墙下，也一样能准确判断出来。比如，听到“咚——咚咚——咚咚咚咚”的节奏，我们就知道里面放映的是《地道战》，现在鬼子进村了；听到一个男孩洋洋得意的大笑声，我们便明白这回放映的是《地雷战》，鬼子挖到这个喜欢恶作剧的儿童团员布下的“屉屉雷”了。于是，我们也会意地大笑起来。继续听下去，我们就憋不住要抢台词了。剧中人物刚刚说出上句，我们就提前说出了下句。例如《地道战》中高传宝将鬼子诱进地道后，要求大家“关起门来打狗”——刚说到这里，我们已齐声替他喊出了后面的台词：“堵住笼子捉鸡。”红墙内外的互动是那样自觉、那样频繁、那样趣味盎然！大家全身心地投入其中、浸润其中，一点也不笑场，当然，也从不觉得这很无聊。

但渐渐我们就不满足于蛰伏在红墙外听电影了。这时，出现了第一个勇敢吃螃蟹的人。他说："既然我们有能力骑墙，为什么就不能翻墙？大起胆子翻过墙去，不就可以免费看电影了吗？兄弟们，行动吧！"当天晚上，他果然翻越红墙混进了场内。小伙伴们摩拳擦掌，群起效尤，在夜幕的掩护下，如过江之鲫般一一翻入墙内。而我却在这时退缩了，因为墙内有纠察队员巡逻，我担心被他们逮个正着。

连续几次，我都眼睁睁看着小伙伴们在自己眼皮子底下穿越"火线"，成功潜入"敌占区"，很想追随其后冒一次险，但就是鼓不起勇气。尔苏以过来人的姿态向我传授经验说："真的不用怕，翻上墙后先四下里看一看，如果纠察队员不在附近巡逻，就立马跳下去，假使被发现，就撒腿跑进观众群里，那时就像一滴水融入了大海，他们无论如何也分辨不清了。"他还说："红墙内的地形你和我一样熟悉，最好选择靠近沙坑的那一段红墙翻越，可以直接跳进沙坑里，免得脚底板受震而发麻。"这些经验对我确实很有借鉴意义，我也知道失手被抓的可能性很小，但一抬腿，纠察队员像老鹰扑小鸡似的将我揿倒在地的可怕画面就在脑海里浮现，使我把腿又收了回去。

除了尔苏、叔平这两个死党外，别的小伙伴都笑话我了："嘻嘻，没想到你是这么一个胆小鬼！""哈哈，你的勇气到哪里去了？""嘿嘿，这点冒险精神都没有，如果祖国需要的时候，怎么上战场啊？又怎么能接好革命的班啊？""呵呵，放到革命战争年代，你一定会当叛徒！”我被彻底激怒了，热血直往头顶涌。翻墙而入的意义，此时已不仅仅是为了省一角钱，更重要的是验证一种勇气、一种胆量、一种冒险精神、一种成为革命接班人的基本素质。

我没有选择，也无法退却了。尔苏说先给我探一下路，我硬着头皮说不用，三两下就翻上了墙头。睁大眼睛往下看，黑乎乎的什么也看不见，似乎底下没有潜伏着守株待兔的纠察队员。我纵身一跃，就到了红墙内，但落点却偏离了沙坑，双脚被震得有点酸麻。我急于隐身到观众群中去，顾不得揉它。但还没移步，就听到一声猛喝："不许动！"喝声未落，黑暗里已窜出两个戴着红袖套的纠察队员，一左一右，将我的双臂锁定。天哪！最担心的事终于发生了！我多么想像《七侠五义》中的北侠展昭或锦毛鼠白玉堂那样施展盖世武功，双臂一振，就将他俩弹出十米开外，然后潇洒地掸一掸衣袖，昂首而去！然而，我却没有力气挣扎，也不敢挣扎，听凭他俩嘴里骂骂咧咧地将我押往体育场的入口处。我想到“带镣长街行”的革命先烈，觉得如果能像他们那样边走边喊“砍头不要紧，只要主义真，杀了我一个，自有后来人”，那也不失英雄气魄，可以挽回一点脸面。但我嘴里明明空无一物，却像被塞满了棉花团似的，怎么也发不出声音。

不幸中之万幸是，纠察队员从入口处把我推出场外就罢休了，并没有把我带到审讯室严刑拷打，也没有把我移交到派出所，或者通知家长前来领人，以至于我一路上白费气力思虑要不要说出真实姓名和真实家庭地址了。不过，他们警告我说：

“下次再被抓到，就对你不客气了!”下次？难道还有下次吗？我已经被吓破胆了，还敢再罹险境吗？我当时甚至对这两位纠察队员能够网开一面而心存感激，后来才悟到，男孩子翻墙看电影，在他们眼里其实也只是一种顽皮行为，本来就不想追究的。有时他们还睁一只眼闭一只眼的——翻墙的顽童中，说不定就有他们自己或亲戚、邻居家的孩子。不然，怎么会有那么多的漏网之鱼呢？但一个不抓，又有玩忽职守之嫌，于是，我就成为刚好撞到枪口上的那个冤大头了。

那一夜之后，我有一段时间躲着小伙伴们。“无颜见江东父老”啊！连续五个晚上，我都在家闭关静修。直到尔苏、叔平双双“三顾茅庐”，敦请我出山，我才半推半就地跟着他们重新来到红墙外。

但我们已经不想隔墙听电影或翻墙看电影了。我们玩起了一种名叫“抓特务”的新的游戏。那是“捉迷藏”的升级版，编程上增加了很多攻防的环节，而环绕着操场的四四方方的红墙正是开展这种游戏所需要的最理想的屏障。于是，我的久违了的欢笑声又沿着红墙一路播撒……

爷 爷

一

从我记事起，爷爷就瘫痪在床，直到我十岁那年，他与世长辞。

爷爷去世时的年龄是六十八岁。不可谓之短命，但也绝不算长寿。在我眼里，他早就是个风烛残年的老人了。一张三尺宽的木板床是他唯一的生活空间，吃喝拉撒都在这一空间里完成。但他却没有能力独自完成，而必须依赖亲人的扶助。尤其是在去世前的几个月。他先是和我一样过着“衣来伸手，饭来张口”的日子；当我脱离这种坐享其成的生活状态后，他却连“伸手”和“张口”都变得十分困难了。这就是说，我的进化与他的退化相同步。

在爷爷去世前的两年，父亲每天下班后都要到爷爷床边坐一会，喂他喝几口水。再在他没有知觉的腿上象征性地按摩几下。这种按摩，只具有表达孝心的意义，是没有任何实际效果的。在爷爷的生理机能尚未完全丧失，还能自己翻身、自己吃饭的时候，喂他喝水，也只是一种寄予关怀的形式。而爷爷享受的就是这种形式。热水瓶就放在他床头的方凳上，他只是下身不能动弹，双手还是有足够的气力拎起热水瓶来倒水并喝水的。但他从来不阻止父亲重复这一本来可以省却的形式。这也许可以证明：形式有时大于内容；形式可以没有实际内容；形式本身可以独立存在。

履行完必要的形式后，父亲就离开了。离开时还会长吁一口气，而爷爷则以连续的干咳来回应。往往从头到尾，他们都不说一句话，仿佛语言在这时完全是多余的。长大后回忆这一细节，我觉得，这该就是“此时无声胜有声”了。但再一想，似乎一开始时，爷爷是想与父亲搭话的，会问他些诸如“单位里忙不忙”“外面天气好不好”“大丫头最近有没有来信”之类的家常话题，但父亲总是以不变应万变地回答一个“嗯”字。大概爷爷渐觉无趣，便也缄口了。这意味着什么呢？我大逆不道地猜测，他们之间是否存在某种芥蒂，并进而生成为某种无形的隔阂呢？

每天早晨去上班前，父亲是无暇也无意走到爷爷床头请安的，但会隔着木板对爷爷的房间说一声“我走了”。这同时也是说给母亲和家里的其他人听的。作为一家之主，他总是这样惜语如金，而这正可以增加他的威严。几乎没有人会做出反应，连他招呼的主要对象爷爷也好像还在睡梦中似的一声不吭，但他会很吃力地翻一个身，把木床板弄出吱吱嘎嘎的声响，表明他已经听见了。母亲正忙着为爷爷准备早餐，那不过是一碗稀饭和一碟咸菜或者豆酱。除了父亲外，我们都享受同样的伙食标准。把早餐端到爷爷面前后，她自己胡乱吸溜几口稀饭就也去上班了。

当然，这是在爷爷还能自己进食的时候。等到他无力托起碗筷之后，母亲就只能在喂完他之后再走了。临走，她会习惯性地对我们姐弟喊一嗓子："稀饭在锅里。"正在梳洗的姐姐们会长长的应一声"噢"。还想在被窝里赖一会儿的我，虽也听得很清楚，却懒得有所表示，而母亲也不会怪罪。这是我这个较受娇宠的"独子"在家中享有的特权之一。倒是爷爷，明知这话不是对他说的，却会嘶哑着喉咙主动应道："走好！"放在几年前，这样的礼遇会使母亲受宠若惊，但如今，她却坦然得像出门时遇到邻家的狗跑到她脚边摇尾乞怜一样。而我，也从爷爷的这一举动中觉出了几分讨好与巴结的意味。生活不能自理的他，现在越来越依赖这个过去他用眼角斜视的儿媳了。

母亲对爷爷当年的居高临下、白眼相向还是很有些耿耿于怀的。一般她都克制着不流露出来，但也有压抑不住的时候。当无能而又任性的爷爷不知餍足地表达超乎本分的诉求时，母亲就会公开顶撞他，再不是以往那个一直对他低声下气、逆来顺受的小媳妇了。

"文革"开始了，物资供应更加短缺，家里的伙食也更加清淡了。难得烧一回红烧肉，碗里都浅浅的，大概一人夹两块就会见底了。我不甘心地用筷子在汤里捞来捞去，却一无所获。这时，母亲会把她夹到自己碗里却还没吃的那块塞到我嘴里，顺带会骂一句："看你那馋相，就像八辈子没吃过肉似的，撑死你！"每次都是这样。我知道，这是骂给姐姐们听的，用以掩饰她的偏心。同时，我也知道，那块肉她本来就没打算吃，以"曲径通幽"的方式给我留着呢！

在红烧肉端上桌之前，母亲会先挑出最大的两块给爷爷送去。爷爷只是半身不遂，胃口还是不错的。我们还没动筷，他肉已下肚。随即，我们就听见他不满地叹息说："哎！还不够塞牙缝的。"母亲不客气地回敬说："这里还有牙缝压根没沾着肉味的呢！你就知足吧！"这以后，爷爷吃完他分内的红烧肉时不敢再嘀咕了，却会挥动筷子敲击碗边以示抗议，有一次还故意把专门为他配备的搪瓷碗掸落到地上。力度可能还挺大，因为搪瓷碗在地上连着翻滚了好几下。前两回母亲忍了，第三回她就发作了。她猛地抓起只剩下肉汤的菜碗，像一头发怒的母狮子那样直冲进爷爷房间。

不好！莫非她要把肉汤泼在爷爷脸上？父亲担心地跟在她身后，喜欢看热闹的我又跟在父亲身后。但母亲一看到爷爷惊惶的神色和僵硬的躯体，就抑制住了自己的冲动。她指着一口就能喝完的肉汤对爷爷吼道："吵什么吵？就数填到你这花花肠子里的最多了，连正在窜个头的孙子也比不上，你还要活作死？好吧，这点肉汤也给你！慢慢喝，别像赶着去杀头似的！"说完，她把残汤一股脑儿倒进爷爷碗里。父亲脸色铁青地看着他俩，却始终保持沉默。我无比惋惜地盯着爷爷碗里的残汤——那原本是我独享的专利。自尊心已丧失大半的爷爷，正想端碗喝下去，忽然瞥见我的双唇在随之蠕动，眼睛则像两盏聚光灯直射在他碗里，便将碗伸向我说："好孙子，还是你喝吧。"母亲一把扯过我就走，生怕我不争气地接过碗来。其实，我虽然嘴馋，沾满爷爷口水的那只脏碗却是绝对不会碰的，哪怕里面盛的不是汤而是肉。

刚离开爷爷房间，就听到他因喝得太急而呛着了，不停地咳嗽。咳着咳着，喉咙底部的痰又涌上来，堵住了他的咽道，使他发出令人毛骨悚然的干呕声。父母急忙又回过去，又是拍胸，又是捶背，忙活了好一阵子，总算让他缓过气来。父亲也忍不住犯上说："小时候老说我像饿死鬼投胎，没承想你如今也现出原形了。"讥诮的语气中，似乎沉淀着父亲童年时代的某些不愉快记忆。

我没有再跟进去。我嫌弃爷爷咳嗽时涕泗横流的样子，我更怕他吐痰时将带有腥臭味的飞沫溅到我脸上。每当此时，我都避之唯恐不远。还是去做作业吧，没什么好看的了。但少喝了一口肉汤，怎么也提不起精神来。拖拖拉拉的，把一小时的作业时间抻长到两小时。母亲走过来一边看我做作业，一边余怒未消地说："这个老东西，别看他现在成天赖在床上像具僵尸，当初可是神气得很，根本不把你娘放在眼里。报应啊！"

二

岁月的帷幕拉回到民国初年。

在我们这个苏北小城的一条深巷里，坐落着一所小小的私塾。私塾先生姓张，是个瘦高个子，前清时取得过"秀才"的功名。正想考"举人"时，科举制度被废除了。他的学问至少在方圆十里内是最好的。但他却不知生计为何物，以为读书可以读出"黄金屋""千钟粟"以及"颜如玉"，把宋真宗忽悠读书人的所谓"励志诗"当成了真实的现实图景，除了读书，什么也不干，什么也不会。

结果,“颜如玉”倒是真的得到了,一个爱听他的朗朗读书声的小家碧玉不顾一切地嫁给了他。“红袖添香夜读书”的日子过上了,“黄金屋”和“千钟粟”却杳无踪影。他和“颜如玉”住的是祖传的两间草屋,日常生活虽不至于像陶渊明哭穷时所说的那样“箪瓢屡罄”,但米缸里从来就没有盛满的时候。科举取消了,他自幼认准的“学而优则仕”的人生道路也就走不通了。家无半亩农田、一间商铺,纵然有,他也没有能力耕种与经营。为了维持生计,只好干起他唯一能够从事的营生——开馆授徒。

于是便有了这所私塾。但他学问虽好,却拙于言辞,始终掌握不好“传道授业解惑”的方法,所以,来私塾念书的学生只有十多个男孩。课桌与板凳还有空着的,他也就不顾忌什么“男女之大防”,让自家的三位千金跟着一起听课。

三位千金的年龄各相差一岁,几乎是挨个儿出生的。在她们上面本来还有个大姐,长到五岁时不幸夭折了。张先生分别给她们起名为“采荇”“采苹”“采莲”“采药”。除了“采荇”外,看起来都很俗,不像是饱学之士所为,其实都是有出典的,似俗而实雅,似浅而实深——

“采荇”出自《诗经》中最有名的那篇《关雎》:“参差荇菜,左右采之。窈窕淑女,琴瑟友之。”“采苹”,撷自唐代诗人柳宗元《酬曹侍御过象县见寄》一诗中的“春风无限潇湘意,欲采苹花不自由。”“采莲”,典出南朝乐府民歌《西洲曲》:“采莲南塘秋,莲花过人头。低头弄莲子,莲子清如水。”“采药”则来自唐代诗人贾岛的《寻隐者不遇》:“山中遇童子,言师采药去。只在此山中，云深不知处。”

这种做法，有点类似今天那些有文化内涵的大款和大腕，穿的是世界顶级名牌，却选择没有 LOGO 的那种，不显山不露水，只有内行人才能看出究竟。这就叫“低调的奢华”。张先生没有实力在服饰上这样玩，只好在女儿的起名上玩一把了。

张先生本来是指望“颜如玉”能在采荇之后给他生个男孩，好继承香火的。谁知，她一气又生了三个女儿。四个如花似玉的女儿，膝下尽是莺莺燕燕，张先生却不喜反悲。“不孝有三，无后为大”啊！他继续努力耕耘，但昔日的沃土却蜕变为颗粒无收的旱地。张先生的憾痛可想而知。

当我选择古典诗词研究作为终身职业后，发现他给四个女儿起的名字，恰好反映了他心态的微妙变化。最先出生的采荇，虽然不是他期盼中的“弄璋之喜”，但“弄瓦”也是可以差可一乐的。所以，“采荇”这个名字还是洋溢着喜气的。同时，选择“荇”这个冷僻字，也多少有炫博之意。可见他这时的心态还是不错的。第二胎又是女儿，他就非常失望了。“欲采苹花不自由”，无奈的意思是很明显的。

等到第三个女儿生下来，他简直快要崩溃了，恨不得跺脚斥责天地对他不公，却又不想违背儒家诗教的“温柔敦厚之旨”，加之内心的希望之火还没有熄灭，便给她起名为“采莲”，盖取莲蓬多子之意，寄望她能引来一个儿子。造化弄人哪！偏偏第四个又是女儿，而“颜如玉”又患产褥热而卧床不起，迅速衰败为旧日黄花。不胜悲苦的他就给四丫头取名为“采药”，借以寄托妻子服药后能康复如初、再度怀珠的最后一丝希望。当然，这只是我的揣测，未必十分精确，但这四个名字中包蕴着张先生的苦心，却是可以肯定的。

但“采药”这个名字其实是很不吉利的，等到张先生意识到这一点时已经晚了。自从采药出生后，家里就没有断过药味，先是采荇患了百日咳，而“颜如玉”的病躯也日渐衰弱，终于在采荇五岁那年母女双双撒手人间。张先生痛不欲生。别人劝他续弦，他却迂执地念着“颜如玉”生前与他的百般恩爱，发誓“唯将终夜长开眼，报答平生未展眉”。一个人抚养三个女儿，又雇不起佣人，怕她们白天出去乱跑，招蜂引蝶，干脆就把她们拴在课堂上。另外，粗通文墨，将来出嫁时也可增加些分量。这就是张先生让她们一起听课的原因。

三

在张先生的学生中，有个叫“廉生”的男孩长得眉清目秀，人也非常机灵，一开始颇得张先生的欢心。但后来他却发现这个廉生不太爱读书，倒是对纸工很感兴趣，随手用纸折朵花或叠只鸟，虽不能达到以假乱真的地步，却也栩栩如生。张先生觉得这近乎“玩物丧志”，走的不是正途，便劝说他放弃这一爱好。他却不听。张先生在上面口干舌燥地讲授《论语》《孟子》，摇头晃脑地解释何谓“中庸”、何谓“大学”，他则偷偷在下面试着折先生课上提到过的仙鹤与梅花鹿。

先生发现后用戒尺狠狠打了他的手心。他痛得龇牙咧嘴，却一声也不告饶。一旁急坏了三丫头采莲。她喜欢廉生的折纸作品，也悄悄喜欢上了这个俊朗的少年。隔不几天，他就会送给她一朵手折的莲花。当然,形状、颜色以及尺寸会不断变化。别的古诗,他读来都索然无味,也记不住,唯独写莲花的过目不忘。所以,他常常会在纸花上题写一句:“江南莲花开”或“莲花过人头”。最奢侈的那次,折成的莲花有脸盆大小,上面写着杨万里的名句:“接天莲叶无穷碧,映日荷花别样红。”费心费力折了半夜,不为别的,就为看一眼她接过纸莲花后现出的比真莲花还要纯洁、灿烂的笑容。他不肯告饶,也是因为有采莲在场,他不想让她看到自己服软。当采莲苦苦哀求父亲息怒时,他甚至不满地瞪了她一眼。

廉生在张先生的私塾里只念了三年就退学了。不是他不想念下去,是家里交不起学费了。父亲逼着他去外地学手艺,说“一招鲜,吃遍天”,有手艺在身,将来才好娶妻生子。他是家里的独苗,父亲希望从他这一代开始变得人丁兴旺起来。张先生知道廉生退学的原因。如果这是他认定的可塑之材,也许他会免了其学费。但他对廉生实在不抱期望。走就走吧,感情上没什么难以割断的,只是可惜又少了一份“束脩”,今后裤腰带要束得更紧些了。

真正伤心的是采莲。廉生走了,往后谁经常给她送花呢?谁会为她卷起裤腿爬上巷口高高的银杏树掏鸟蛋呢?谁会在街头的大黄狗疯狂地向她扑来时勇敢地挡在她身前呢?谁会用折纸作品跟路人换取一两个铜板,然后领着她去看西洋镜和万花筒呢?廉生也不想走,他自知家境贫寒,所以不敢有别的想法,只是觉得和采莲在一起很快乐,无论她要他做什么,或者他主动为她做什么,他都很快乐。但父命难违,他只能选择离开。

五年后，十六岁的采莲已经不再念书了，她和姐姐、妹妹一起接些洗衣、缝衣的活儿，挣点零钱补贴家用。张先生已经拜托媒人给她们说个好的婆家。采莲一直牵挂着廉生，但他走后便再也没有消息了，兵荒马乱的，也不知是死是活。但愿他已经活出了个人样儿。

一个飘雪的日子里，采莲来到井边担水。吊桶有点沉，她觉得好生吃力。这时，一条有力的手臂伸了过来，三两下便帮她把吊桶提了上来。她抬头一看，十八岁的廉生正笑嘻嘻地站在她身边，头上满是雪花。

两个月后，廉生家托人来提亲了。张先生打听出廉生这五年里学的手艺是“扎库”，自然坚决不同意二丫头下嫁。所谓“扎库”，就是替遭逢丧事的人家编制发葬用的纸车、纸马、纸人、纸屋等等。这门手艺，技术难度很大，因为除了要具备手工编织技艺外，还要有一定的书画功底。廉生最擅长的是“花鸟对”，即糊在纸屋上的对联，每个字都写成花或鸟的形状。但这门手艺既然是为死人服务的，就难以摆脱低贱的性质了。我们家乡把这类手艺人蔑称作“库匠”“阴人”。尊奉孔孟之道的张先生怎么能容忍女儿嫁给一个“阴人”呢?

采莲这时表现出她的坚毅与果敢了。她向父亲声明“非廉生不嫁”后就绝食了。三天后，她已气若游丝。张先生不得不屈服了。他含泪大叫一声:“罢罢罢！就当我没有生养这个女儿吧！从今生死祸福都与我无关。”声音穿过土墙，传出去很远很远。守在附近焦急等待的廉生跌跌撞撞地闯进来，扑通一声跪倒在昔日的塾师面前磕头如捣蒜,而采莲也硬撑着爬下床来和廉生跪在一起。

这个廉生就是我的爷爷,如今瘫痪在床上需要家人照顾、同时也为母亲所鄙薄的爷爷。

四

爷爷和奶奶的故事,从来没有人完完整整地向我说过,包括我的父母。爷爷去世前,我根本不关心这些。直到成年后读了一些哲学著作,开始假模假式地思考“我从哪里来,又到哪里去”这类伪哲学命题时,才对家族史有了那么一点询问和倾听的兴趣。

为我提供最多线索的是奶奶的二姐采苹,我叫她“二姨奶奶”。她是四姐妹中唯一我出生后还健在的人,终身未嫁,没有子嗣,在敬老院里寂寞地度过她的晚年,只有父亲和姑母逢年过节时会带着家人去看望她。

我在插队落户的第二年独自来到二姨奶奶身边。于是,她敞开记忆的大门,向我讲述了发生在爷爷与奶奶之间的这些带有一定传奇色彩的故事。因为年事已高,加之年代久远,她的讲述是断断续续、零零散散的,有的还具有不确定性,但我仍然可以把它拼接为一幅幅动人的爱情画面。

爷爷与奶奶婚后的故事,最清楚的是姑母。爷爷和奶奶只生育了一男一女,那就是姑母和父亲。姑母要早于父亲四年出生,所以对于奶奶的记忆要多于父亲。不过,她对于自己的外公,也就是学富五车的张先生印象不深,因为在她三岁时他就赍恨而殁了——奶奶怀孕后，他和爷爷奶奶的关系一度有所缓和，虽然依旧横眉冷对，却不再将前来拜年的他们拒之门外，并默许二丫头把他们留下来吃饭。如果奶奶生下来的是男孩的话，他和爷爷奶奶或许就彻底和解了。但天不从人愿，奶奶生下的也是女儿。他痛感妻子的遭遇会在最早嫁人的三丫头身上重演，家族中的所有人恐怕都无法挣脱无子的宿命。他彻底绝望了，姑母诞生的第二天就一病不起，从此沉绵病榻。二丫头采苹把最小的妹妹嫁出后，谢绝了所有上门提亲的媒人，独自留守在父亲身边，服侍他到三年后辞世，而她也就因此错过了出嫁的年龄。

张先生怎么也没有料到，在他谢世的第二年，我的父亲、也就是他的外孙便出生了。爷爷和奶奶抱着父亲到他坟前烧了三炷香，告慰他的在天之灵。爷爷甚至答应奶奶，如果再生一个男孩的话，就让他姓张。感激涕零的奶奶把这一承诺也禀告给张先生的在天之灵。然而，生下父亲后，无论爷爷奶奶如何努力，奶奶的肚皮都再也不见一点动静。爷爷的承诺变成了一张无法兑现的空头支票。奶奶又是着急，又是愧疚，体质急剧下降。父亲六岁那年，她浑身出满了红疹子，中医一看就说这是不治之症，回天乏力。十天后，她便飞升至天堂向张先生请罪了。

所以，我的父亲是六岁失恃。爷爷痛苦了好多天，那可是他青梅竹马、两情相悦、并一路风雨同舟的爱侣啊！但他毕竟不是老泰山那样的读书人，没有那么多的顾忌与心理障碍，也不会有“曾经沧海难为水，除却巫山不是云”的诗意感叹。在度过一段清冷的空窗期之后，他终于在左邻右舍的劝说下决定续弦。在那个时代，姑母和父亲是没有反对的权利的，甚至都没有表达意见的机会。继母进门了，而姑母与父亲的苦日子也就来临了。

姑母曾经无意中告诉我，她和父亲背地里给继母起了个绰号，叫“小麦芒子”。大概是“死者为大”的缘故，她从未说起过继母虐待她和父亲的种种事实，父亲更是连这个人也从不提及，仿佛历史上根本就不曾有她存在。但由“小麦芒子”这个非常形象化的绰号，却不难想见她不会是良善之辈。由“针尖对麦芒”这一俗话可知，小麦芒子一定是十分尖利的。它绝对不止一次地深深刺痛过姑母和父亲，以至于姑母除了这一绰号外，对她继母的一切都讳莫如深。

姑母没有上过学，小时候奶奶教她认过字，后来也全都忘了。奶奶病故后，她与父亲相依为命。爷爷倒是疼爱儿女的，但一旦揽到扎库的活儿，他就要外出好几天，家事只能交给小麦芒子打理。但父亲上学的事却是他亲自办理并督促的。那时已经有新式小学了，教学内容比私塾更丰富，也更实用。因此，头脑灵活的爷爷就把父亲送进了新式小学，一心希望他能把书念好，至少比自己当年念得好。

但遗传基因这时却顽强地发生作用了。和爷爷一样，父亲不爱读书本上的知识，却对手工格外痴迷。爷爷在家里编制纸玩艺时，他会丢下书本长时间地偷看，怎么责打，都改不了这习性，让望子成龙的爷爷非常气恼。读到四年级时，父亲再也不肯读下去了。他与爷爷摊牌说：“你当年不也只读了三年私塾吗?”爷爷苦口婆心地说:“我那时是家里没钱供我,想读却不可能;现在你只要想读,我可以一直供你。情况不一样啊!”但父亲就是听不进去。爷爷逼他,他就逃学,甚至以离家出走相威胁。

这回轮到爷爷屈服了。从此,他有了一个同样心灵手巧的得力帮手,接的活和挣的钱多起来了,家里开始有了积蓄。他这才觉得,子承父业,其实也有它的好处,“上阵父子兵”,总比单打独斗强多了。他希望后妻也能为他添丁,好实现乃翁“人丁兴旺”的理想。然而,小麦芒子不但没有生育能力,而且与他在磕磕碰碰中共同生活了八年后便也一命归西。

二度丧妻,对爷爷的打击很大,对姑母和父亲则几乎没有影响。或许,他俩还多少有些庆幸,因为再没有了芒刺在背的感觉。爷爷这时正当盛年,过剩的精力需要有宣泄的渠道,心灵的孤寂也需要有异性来抚慰。姑母已到了待字闺中的年龄。爷爷一面为她物色合适的婆家,一面准备走入自己的第三次婚姻。

这次他对媒人提出的要求是:对方可以相貌平平,但身体要壮健,更重要的是,待人要宽厚。他还特别抛出句古典:要能做到“宜其室家”。这是老泰山当年讲《诗经》时他记住的不多的几句之一。看来,他对小麦芒子的刻薄以及她给自己孩子带来的伤害还是有所觉察,并试图在组建新的家庭时加以避免的。

第三任妻子倒真的是个贤淑的女子。她比姑母大不了几岁,却颇有长者的风范,始终对已做好与她冲突的心理准备的姑母温婉有礼。但她料理家务的能力很弱，无论做什么都动作迟缓，烧饭时如果姑母不帮忙的话，她就会手忙脚乱，不是忘了放油，就是忘了添柴。于是，姑母也给她起了个绰号："慢吞吞。"姐弟两人背地里议论这位新继母时，都以"慢吞吞"作为她的代称。他俩对新继母既不反感，也不尊敬，总体上尚能和平共处。而爷爷对这位温顺的少妻则疼爱有加，"燕婉"之时甚至还会卖弄一下在私塾里打造的老底子，表示愿意"执子之手，与尔偕老"。而"慢吞吞"这时总是格外迎合："我要让你子孙满堂！"

然而，爷爷的命实在太硬了。娶进门时健健康康的"慢吞吞"，两年后竟也得病暴卒了，压根儿没能为爷爷留下一子半丁。爷爷再次遭受沉重打击。而与此同时，爷爷"命硬克妻"的传言开始在小城里不胫而走，原先主动上门来牵系红丝线的媒人再也不见了踪影。那些急于把自己嫁出去的老姑娘连做小也愿意，路上见到依然帅气的爷爷却慌忙躲避，唯恐被他相中而委托红娘前来提亲，似乎他的名字出现在家里就会沾上晦气。

爷爷陷入了人生的最低谷。但最终他还是从前所未有的精神危机中挣脱出来，回复到正常的生活状态。他不打算再结婚了。不只是因为没有人愿意嫁给他，也是因为本性善良的他也认可了自己命硬的世俗说法，不想再祸害那些渴望幸福而长久的婚姻生活的无辜女子了。四十岁的爷爷从此就成为一个鳏夫，直到二十八年后告别人世。天堂里有三个女人在等着他，如果那里也实行一夫一妻制的话，我想，爷爷会毫不犹豫地选择采莲，与她长相厮守。

五

爷爷把对前后三位妻子尤其是发妻采莲的刻骨铭心的怀念，融化在对事业的追求和家庭的呵护中。他的手艺越来越好，客户也越来越多。有丧事的大户人家都以请到他前去扎库为荣，工钱比以前成倍增加。就在他的声望快要如日中天，成为库匠这一行当中的翘楚人物时，他却突然华丽转身，拿出所有的积蓄盘下一家盐店，摇身一变成为盐业老板了。

爷爷清楚得很，扎库的手艺哪怕做到顶尖，哪怕财源滚滚，终究是向死人堆中讨生活，社会地位是卑贱低下的。自己此生已不求有多大改变，但不能误了儿子。要为儿子洗白过去、描红未来，就必须急流勇退，果断转行。在悄无声息地做过一番市场调研后，他选择了盐业作为自己和儿子联袂去闯荡的新天地。

盐店开业不久，爷爷就把姑母嫁给了开布店的陶家。我从未谋面的姑父，据说戴副眼镜。面皮白净，举止斯文，很对姑母的脾性。而他的家底也比较殷实。至于能力嘛，布店虽然是在他父亲手里开办的，但父亲眼瞎之后，就都由他经营了，客来客往的，看上去还算红火。爷爷暗喜：女儿总算终身有托了。

接下来，他的精力就用来张罗我父亲的婚事了。即将过门的儿媳是他亲自选定的。他心目中的儿媳应当善于持家，且御夫有术。他知道父亲心野，不太安分守己，他希望儿媳能成为拴住这匹野马的缰绳，不要让它撒开蹄子乱跑。媒人隆重推出我母亲后，他还装作货郎到她家周围实地调查了一下。父亲内心是抵触“父母之命”和“媒妁之言”的，却没有能力与强势的爷爷及传统礼教相抗衡，便以一种漠然的态度看着他说不上讨厌也说不上喜欢的母亲堂而皇之地进入家门。

当家的还是爷爷，他把经济大权牢牢地掌控在自己手里。这样，母亲的“善于持家”就只能体现在日常的家务上。她手脚勤快，动作麻利，这一点深得爷爷欢心。但她“驭夫”的功力却很让爷爷失望。不是不想管，而是不会管。她一点也不懂怀柔术，不知父亲需要的是感化而不是强制。她和父亲说话总是硬邦邦、直通通的，不会温言软语，不会拐弯抹角，比如“太阳都晒屁股了，你还不起床?”“晚上总往外跑，有哪个野女人勾了你的魂儿?”这可能是生性使然，也可能是因为爷爷面授机宜时有些误导，而她又有些错会。所以，父亲与她的关系从一开始就笼罩在硝烟里，充满了火药味。

六

更让爷爷失望的是，母亲和他的岳母一样，连着生了四个女儿。爷爷痛感岳父的悲剧没在他身上重演，却阴魂不散地出现在他儿子的人生舞台上。他没有“断子”，却有可能“绝孙”！一切都那么相似，他的大妻姐五岁夭折，而他的大孙女三岁就一命呜呼了。当母亲怀上第二胎时，他不惜重金，请来一班道士在家里做了三天法事，表现得比父亲还要焦虑。但第二胎生下的还是他口中的“赔钱货”。伤心失望之余，他把她取名为“扣儿”，意思是接下来务必要扣住一个儿子。“扣儿”就是我实际上的大姐。二姐、三姐的小名分别是“秀儿”“鑫儿”，也都带有一个儿字。我们家乡的方言是不带儿化音的，这样给女孩子起名，透露出爷爷内心是如何盼孙心切！

他既责怪父亲无能，也后悔自己选媳时看走了眼，对母亲的态度大变——由过去的和颜悦色一变而为横眉怒目，时不时地会冷言嘲讽：“原以为是块作马褂的料，谁知只能当抹布使！”“汉清啊，门前那棵树只能结几只烂桃，不如把它砍了！”这话就有点恶毒了，有诱迫父亲休妻的意思。

“汉清”是父亲的名字，取古诗十九首中的“河汉清且浅”之意，见出上过私塾的爷爷的文化底蕴。父亲倒没有那样极端的想法，而且他也深知爷爷其实和我的母亲一样是“刀子嘴，豆腐心”，只是一时不忿说说而已。他已渐渐习惯了锅与铲子的碰撞，少了母亲这把铲子，就再也构不成生活的交响曲。另外，母亲不仅包揽了所有的家务，还独力承担起养育女儿的责任，从不要他插手喂饭和换尿布之类的事情。这还是让他满意的。所以，爷爷并非出自真心的过激之辞，他听过就算了。但母亲却记恨在心，当时隐忍不发，二十年后爷爷瘫痪在床时，终于一吐胸中块垒了。

二姐秀儿是新中国成立前两年出生的。时局动荡，物价飞涨，但盐店的生意还算稳定。爷爷本想再开一两家分店的，见烽火连天的日子短期内不会结束，便改变了主意，将准备用来投资的一大坛银元埋在了天井里的枇杷树下。父亲是不知道这坛银元的存在的，他也不想让父亲知道。但他深夜偷埋时，偏巧让起来小解的父亲看见了。这就酿成了后来的祸端。

父亲不愿一直生活在爷爷的羽翼下，他觉得自己翅膀已硬，可以到更寥阔的天空中去高飞远翥了。但爷爷却没有放飞的意思。他想悄悄干成一件大事，让爷爷对他刮目相看，从而完成顶门立户责任的嬗替。恰好他有几个同样不安分的朋友想参与金融投机，这是风险与回报成正比的事业。“不入虎穴焉得虎子！”父亲决定冒一回险，趁爷爷不备，挖出并拿走了那坛银元。但结果却血本无归。

我想象不出爷爷得知真情后会如何大发雷霆，怒骂父亲“不肖”；父亲又会如何痛心疾首地向爷爷认错，并抱怨自己运气太差。但我确信，爷爷因此而与父亲反目了。父亲非但没有取得盐店的经营大权，而且还被剥夺了过问财务状况的资格，沦落为一个形同学徒的普通雇员。母亲晚年追忆往事时，没有与我说起任何细节，但在这件事上，立场却是站在她怨望甚深的爷爷一边的。

解放那年，三姐鑫儿呱呱落地了。她的第一声啼哭，爷爷并没有听到。接生婆一进门，他就避出去了。他交代说，如果生的是男孩，那就找上街去通知他；如果是女孩，就不用告诉他了。我想，当他在街头与人对弈时，内心其实是相当紧张不安的。两天后，父亲请他为三姐取名，他闭上眼睛想了想说：“就叫鑫儿吧。”到这时为止，他还没有瞧过三姐一眼。名字里嵌进去三个“金”，恐怕是为了补偿不久前失金的痛苦，同时也寄寓招财进宝的心理幻想。

另一边，姑母倒是争气得很，出嫁第二年便为陶家生下一个男孩。这之后的四年里，又生下一个女孩、一个男孩。生育的数量并没有超过母亲，但用当时的标准来衡量，质量却天差地别。姑父本人原是独苗，陶家因此将姑母视为振兴家族、绵延血脉的莫大功臣，爷爷也“与有荣焉”。从血缘关系上说，爷爷其实已经有了两个可以承欢膝下的男性孙辈。但那只是姓陶的外孙，而不是姓肖的孙子，不能为他传宗接代。这是他根深蒂固的观念。所以，看到我的两个表哥，反倒更撩拨起他没有嫡孙的憾恨，也就更对母亲侧目以视。

但谁能料到姑母家的生活也会突生变故呢？二表哥两岁时，姑父外出讨账，深夜归来时途经一座没有栏杆的小木桥，高度近视的他不慎一脚踩空而坠落河中。他不识水性，又值三九寒冬，未及呼救便魂归冥府。账目只有他一个人清楚，欠账的人趁机耍赖。家里的日子如同鲁迅自述的那样，“一下由小康坠入困顿”。爷爷心疼上要侍奉公婆、下要抚养遗孤的女儿，从家庭收入中划出一部分接济姑母一家，而这又让母亲多少有些不快。

爷爷心寒极了，有时不免借酒浇愁。隔壁当垆卖酒的小脚寡妇经常安慰他，一来二去，两人便成了“相好的”。他们都不想闹出动静，也无意重组家庭，彼此认可的不是“明铺”，而是“暗盖”。母亲在向我抖落这些陈芝麻烂谷子时，称这个女人为“翘脚老太”。在我的童年记忆里，这个老太太慈眉善目，每次见到我，都试图从口袋里摸出一块糖或几颗花生来，笑眯眯地塞给我。我想，这大概是爱屋及乌吧？但母亲每当看到她在路上和我搭话，都会板着脸吆喝我回家。

七

爷爷的盐店在“社会主义改造”运动中变成了合作商店，他和父亲都成了大集体所有制的商店员工。划定阶级成分时，我家本来应划为“小业主”，相当于农村中的“富农”，军管会的一位干部很喜欢爷爷写的花鸟对，索要去了几副。在他的干预下，我家的成分最终定为“小商”，相当于农村中的“中农”，不属于依靠力量，却是团结对象。爷爷暗自庆幸：要不是父亲参与不靠谱的生意赔光了那坛银元，也许就被推到灰溜溜的“资本家”的行列中去了。哎！这个不肖子的败家行为，竟然在历史掀开新的一页时反倒挽救了这个家庭，世道的变化真的令人啼笑皆非！

三姐出生后七年，母亲又怀孕了。已经彻底绝望的爷爷连预产期都懒得问一声，只有父亲还在暗中祈祷苍天莫负苦心人。我诞生那天，爷爷一早就出门了，与街头的测字先生摆开棋盘，在楚河汉界之间杀得天昏地暗。而家中早已是欢声一片，连左邻右舍都纷纷跑来道喜。有耳报神找到他说：“赶快回家去看看吧，你家媳妇给你生了个大胖孙子！”他以为又是捉弄他，撇了撇嘴，继续与测字先生对垒。耳报神急了：“真的！骗你，我就是你孙子！”爷爷这才有些信了，大步流星地奔回家来。

姑母把我抱给爷爷看。爷爷的眼睛已经老花了，他扯开襁褓，把头凑到我胯下，想看清楚我究竟是不是个带把的。恰好这时我憋不住尿急，小鸡鸡划出一条漂亮的弧线，把尿水全都飙到了爷爷脸上。姑母以为闯祸了，大惊失色，爷爷满是皱纹的面庞却在尿水的滋润下,瞬间绽放成凌霜斗艳的晚花。他抹了一把脸上的尿水,放到舌头上舔了舔说:"童子尿! 甜的!"他转过身来又对邻居说:"我没有瞎说,我孙子的童子尿真的是甜的,不信你尝尝?"看着他痴了醉了傻了的神情,邻居们都忍俊不禁。

从此,爷爷最大的乐趣就是抱着我走上街头转悠,遇见熟人便说:"这是我的孙子"! 然后撩开我的开裆裤,验证他言下无虚。当我会行走以后,每天傍晚,他都让我骑在他的脖子上去闹市看风景、买吃食。姐姐们无缘品尝的京枣、桃酥、牛皮糖等等美食,我只要想吃,爷爷就都会慷慨解囊,尽管他这时也已渐渐囊中羞涩。

爷爷几乎毫不掩饰他重男轻女的倾向,不像我的父母至少在表面上还能一碗水端平,不让姐姐们产生受轻视的感觉。给我多吃一块肉时,母亲总是不忘向姐姐们解释说:"他小!"似乎这样做的原因只与年龄有关,而与性别无涉。爷爷就不同了。当他领着我上街而三姐不识趣地跟在身后时,他会停下脚步责问说:"你跟着我们干什么? 还不赶快回家去做作业!"给我买吃食时,即使姐姐们就在近旁,也没有她们的份,而且他根本不给她们一个理由。

当然,这些我独占的吃食,他自己也是从来不碰的。我硬要他尝尝味道时,他会假装大咬一口,用力咀嚼,然后现出很满足、很陶醉的表情说:"香! 我孙子真孝顺!"偶尔,看到三姐垂涎欲滴的样子,他会轻叹一声,掰下桃酥的一角放进三姐嘴里,然后捂住她的嘴,以防有碎屑掉落到地上。而三岁的我,会掰下另一角强塞入他嘴里。出于同样的原因，他把自己的嘴巴紧紧抿住，舌头在口腔里缓缓搅动半天，吞咽下去后连说："浪费了！浪费了！"又亲着我的额头说："好孙儿，要不是你，爷爷真不知什么时候才能再尝到桃酥的滋味！"

这时，已开始进入天灾人祸导致的"三年困难时期"。半年后，爷爷就再也没有能力为我购买美食了。他照样领着我上街，却是以游戏为主了。他百玩不厌的一个对话游戏是，他问我："长大了干什么呀？"我很有理想抱负地回答："挣大钱！"他接着问："挣大钱干什么呀？"我便投其所好地回答："给爷爷用！"他这时会幸福得找不着北，双目微闭，尽情想象孙儿挣大钱后让他享尽荣华富贵的美好生活。

粮食的供应量一点点递减。爷爷每顿都会把他分内的饭菜拨给我一些，父母也跟着这样做。爷爷还尽量让我全吃细粮，而他自己都吃粗粮。对我独自享受的贵族待遇，姐姐们毫无怨言。当我因为待遇的悬殊而难为情地看着她们时，她们会用真诚的微笑消弭我内心的歉疚。那三年，我没有挨过饿，也没有吃过一口糠团子，喝过一口野菜汤。爷爷、父母以及姐姐们合力筑就一道防火圈，让圈内无忧无虑的我免遭了饥饿之火的炙烤。

八

这些让我感动的往事，其实都发生在我记事之前，是我后来从父母、姐姐以及街坊邻居的零星回忆中梳理而得。就在我开始记事的六岁那年，爷爷在毫无征兆的情况下突然中风了。

送到医院治疗后，保住了性命，却半身瘫痪，只能与病榻为伴了。

一开始，爷爷只是不能自己下床，但还能借助双臂的力量坐起来，思维和语言也还清晰。刚刚入学读书的我，每天上学前都会听到爷爷的叮嘱："过马路时要小心"或者"路上不要贪玩"。这样的老生常谈慢慢让我厌烦，到后来听见后都不屑"噢"一声。而更让我厌烦的是，放学后，爷爷还会叫住我问东问西。有时，他竟然想重温前些年的对话游戏："好孙儿，快告诉爷爷，长大后想干什么？"我的思想境界已经提高了，铿锵有力地回答："当好革命事业的接班人！"他不甘心对话偏离既定的方向，索性直接托底："乖孙儿，将来挣到钱给不给爷爷用哇？"我都上学了，他还一口一个"好孙儿""乖孙儿"，当我是幼童啊？我不耐烦地应付说："给！给！给！"说完，就像泥鳅一样滑出他房间了。

但我却能感觉到家中最宠爱、最迁就我的人还是爷爷。在教育我的问题上，他一点也没有原则，迥别于当年对父亲的严厉。每当我因在外打架、夜不归家或拖拉作业受到父母的责罚时，他都会出面袒护我，袒护的理由总是："他还小嘛！""哪个男孩子不野啊！""作业太多，他来不及做嘛！"当父亲不依不饶地非要我认错时，他情急之下会奚落父亲说："管起儿子来这么狠，自己小时候还不如他懂事呢？"

有一次，我在上学途中耽迷于街头的玩蛇表演，迟到了一节课。老师报告家长后，父亲痛骂了我半小时，又罚我饿着肚子面壁思过。骂我的时候，爷爷就发声阻止，但暴怒的父亲不听他的。见父亲还要变着花样折磨我,他不顾父亲脸面,直击其软肋说:“芝麻绿豆大点事,你就抓住不放,要是当年你捅大娄子时,我也这样没完没了,你还有活路吗?”这种为了护短而揭短的做法,让父亲火冒三丈,他冲进爷爷房间,指着爷爷的鼻子说:“你……你……你……”我猜,他本来想以牙还牙,也说出一番触及爷爷痛处的狠话来的,但话到嘴边,又强咽了回去。这大概既是因为爷爷这时虎落平阳、余威犹在,也是因为他不愿让我看到他公然顶撞与冒犯爷爷的情景,为我树立一个叛逆与不孝的榜样吧。

平心而论,我那时不是一个特别淘气的孩子,也不是一个格外骄纵的孩子,但真是一个爱惹事的孩子。父母禁止我去河边玩。不为别的,就为姑父是掉在河里淹死的。乡俗把溺亡的人称作“落水鬼”,传说落水鬼要想重新投胎的话,必须先拉一个替死鬼。落水鬼的活动范围离不开水域,替死鬼只能在来河边玩耍的孩子中找,而且最好是找亲戚家的孩子。这个传说的荒诞不经,父母未必没有察觉,但他们却抱着宁可信其有、不可信其无的态度,对我下达了不准去河边玩的死命令。然而,那天我玩得兴起,竟把父母的严令抛在脑后,和小伙伴一起去河边嬉水,差一点就滑落河中。

“案发”后,父亲不由分说,把我按在长凳上暴打了一顿。我在堂屋里鬼哭狼嚎,爷爷则在病榻上不停咆哮。他无法挪动残躯来救我,只能羞辱父亲以泄心头之恨:“打儿子算什么能耐?有本事的话来打你老子!来啊!怎么不敢来?”“别的本事都不会,就知道对儿子下狠手,你还配当老子吗?”这就更加激怒了父亲，下手也就更加“狠毒”了。

这是我记忆中第一次挨打。那以后，每当犯下大错而战战兢兢地面对父亲时，我都会先瞄那张长凳一眼。它的功能与“白公馆”“渣滓洞”里严刑拷打许云峰、江姐等地下共产党员的老虎凳没有多少区别。我唯恐父亲像那天一样对母厉声喝道：“把长凳给我端过来！”那就相当于在开封府升堂的包青天大叫“刑具伺候”了。不过，我的担心是多余的，这一刑具后来再也没有动用过。

那天，母亲没有劝父亲免打“一百杀威棒”，反倒闻风而动，马上移过长凳，并强行剥下我的长裤，很乐于充当帮凶的样子。不过，在犹豫了一下之后，她还是留下了我的内裤，让它成为我唯一的保护膜。刑罢，她从长凳上扶起我时，我看到她眼里的泪水比我还多。她揉着我的屁股说：“看你这狗脑子还长不长记性！”我觉得头皮上有点凉，一摸，原来她有几滴噙不住的眼泪掉在了上面。

十年后读《红楼梦》，看到贾政毒打贾宝玉而贾母闻讯匆匆赶来救援的情节，我脑海里立刻浮现出童年时的画面。贾母的口吻与爷爷简直如出一辙，他们隔代而勃发的舐犊之情与护犊之心也几乎毫无二致，虽然他们一个是世代簪缨之族，一个是平民百姓之家。我想，也许可以借此考察基于人类伦常的传统文化心理是如何泯却阶级的差异而代代相继、陈陈相因。《红楼梦》我读过多遍，每当读到这里，我都不胜感伤。

其实，那天更让我难忘的细节是，“刑讯”结束后，爷爷把我叫到他身边，摸出一张一元的纸币说：“好孙儿，你受苦了！去买碗‘三鲜’补补身子吧!”“三鲜”是我们当地对一种杂烩的菜肴的俗称,里面放有肉圆、鱼丸、蛋饺、虾仁以及大块大块的鸡肉,一般过年时用来待客,平时是没有机会吃到的。我家附近的和平饭店里有“三鲜”外卖,中份五角,大份一元。爷爷估摸我已经有能力去买“外卖”了,便将他藏在枕头底下的一元纸币交给我。

我欣喜若狂,怎么也没想到爷爷会给我这样大的补偿,大到我觉得这场毒打完全值得!不是吗?如果父亲不下狠手,爷爷就不会给我这笔“巨款”,我也就不可能在不逢年不过节的日子里品尝三鲜了。嘿嘿!我没吃亏呀!

我捏紧还带有爷爷体温的纸币就往门外走,但父母双双挡住了我。母亲说:“饭店早就关门了,哪里还有卖的呀?把钱交给我,明天白天我替你去买。”我不肯交,父亲就直接来掰我的手掌。被我捏成一团的纸币很快就被不讲文明的父母收缴走了。我隐隐约约地觉得其中有诈,但又认定父母应该不会骗我。当晚,我的梦境光怪陆离,最后一个场面是,杨子荣率领的解放军小分队把我从座山雕的地牢里解救出来,然后将一碗热气腾腾的三鲜端到我面前,我正要伸出筷子,梦醒了。

第二天,饭桌上并没有出现三鲜,但多出一碗我最爱吃的红烧鲫鱼。我问:“说好的三鲜呢?”母亲说:“三鲜哪有红烧鲫鱼好吃呀?再说,买一碗三鲜的钱,可以买五碗红烧鲫鱼呢!少吃一次三鲜,可以多吃五次红烧鲫鱼,多划算哪!”鲫鱼总共有四条,我和爷爷每人一条,父母和两个在家的姐姐每人半条。见我心怀不满却又不敢发作,母亲把她那半条也夹到了我碗里。

我私底下问二姐:“爷爷哪来的钱呢?”这是我心里的一个谜团。二姐告诉我,爷爷每月能领到十元退休养老金,他交给父母八元作为生活费,剩下的两元留在自己手里,以备不时之需。这两元钱他看成自己的命根子,掐得很紧,平常一分也不舍得花。二姐叹气说:“也只有为了你,他才肯拿出来,而且一下子拿那么多”。

有了这一回先例,爷爷往外掏“命根子”的次数就多起来了。第二次打我时,父亲雨点小,雷声大,把长凳踢得啪啪响,却并没有将我按在上面。爷爷看不到堂屋里的真实情况,以为孙儿已被打得皮开肉绽,急得干咳不已。等到我脱离魔爪跑到他床头时,为了吃到三鲜,毫发无损的我故意夸大自己的伤情,哭得上气不接下气。爷爷果然又掏出一元钱塞到我手里,但吸取上一回的教训,这次他附在我耳边轻声说:“别让他们看到,明天放学后一个人悄悄地跑去买了吃。”

然而,一出爷爷房门,父母就像两个剪径的强盗一样出现在我面前,二话不说就对我搜身,一元钱又落入了他们的腰包。在拦路抢劫时,父亲还堵住我的嘴,不让我叫唤,母亲则像爷爷刚才那样对我耳语道:“不要出声,明天不光给你吃红烧鲫鱼。”木板墙是不隔音的,正如他们耳朵里刮到了爷爷的私密语一样,爷爷应该也能听到母亲的悄悄话。但爷爷静静地躺在床上什么反应也没有,不像上回似的拼命抗议。

“不光”的含义是我一觉醒来后得知的:书包里多了两个煮熟的鸡蛋。也好,总算不是一无回馈,何况我还有错在先。所以，尽管依然没有吃到我垂涎已久的三鲜，我的心理却已不再严重失衡。类似的家庭悲喜剧不定期地上演，父母责罚我的几率较前大为增加。不错而罚的冤案倒是从未发生，但小错大罚的情况却屡见不鲜。直到爷爷不多的私房钱一元的一元的全部掏光。

到后来，当我挨打时，爷爷不再拼尽全力嘶叫着喝止了。我这边哭声刚刚响起，他就在里屋高叫："快来，拿钱去买三鲜！"于是，父母的骂声和我的哭声同时戛然而止。五味杂陈的家庭悲喜剧逐渐固化为这样一种模式，我、父母、爷爷都倾情扮演着自己既定的角色，并按照兼任编剧与导演的父母设计的方向推进情节和组织台词。事先从来没有排练过，但彼此间却非常默契。

四人中实际上只有我主观上没有意识到自己是在配合父母演戏，爷爷则对一切的一切都心知肚明。又一次谢幕后，我依偎在他身边，问他说："爷爷，什么时候能真正吃到三鲜呀？"爷爷抚摸着我的头皮说："你父母不容易啊！从小学、中学到大学，都有孩子在读书，收入少，开支大，一分钱硬币都恨不得锯成两半用。你不要怨恨他们，他们也有他们的道理。三鲜总能吃上的，你将来可是要挣大钱的哟！"

九

说这番话时的爷爷，思维与语言能力都还没有退化，不仅心如明镜，也能与家人正常交流。因为需要父母照顾，他还一改过去的家长作风，尽量把身段放低。但去世前一年，又一次脑梗发生后,他的神智就时而清醒、时而糊涂了,当然,也就不可能像以往那样明达、敛抑、替父母设身处地地着想了。嫌父母服侍不周、嫌家中伙食太差、嫌姐姐们对他不够礼貌、嫌姑母不经常前来照看,硬生生变成了一个爱挑剔、爱发火、嫌弃别人、也为别人所嫌弃的糟老汉。

唯独看到我时,他的昏花老眼中会现出一抹亮色、一丝暖意,随之会变得通情达理些。在他生命的最后一个月里,父母要我每天给他喂一次水。每次喂水的时间只有五分钟左右,但喂完水后,我还会遵照父母的吩咐在他身边再待五分钟左右。这加起来的十分钟,是他每天最安静、最幸福、最快乐的时光。

这时,他虽然还没有完全失去语言能力,却已经说不出一句完整的话了。他总想给我挤出一个笑容,但僵硬的脸部肌肉已经不听他的调度了,所以看上去没有任何表情。而且,同样不受他控制的眼泪、鼻涕和口水会经常混合在一起,把污浊二字写满他沟壑纵横的面庞。加上他的大小便已经失禁,父母虽然每天早晚都为他擦洗,但身上的异味还是相当浓烈,弥漫我的鼻腔,使我不得不屏住呼吸。因此,每天这十分钟,对爷爷来说转瞬即逝,对我来说却显得十分漫长了。我真的不想在他身边多待,真的觉得待在他身边有点恶心。我一边加快喂水的速度,一边又谴责自己的不孝。

我真真切切地感觉到爷爷的吞咽功能在一天天弱化。开始能每次喂下十匙水左右,不到十天就递减为一匙了。最后几天,他已经滴水不进了。我继续为他喂水,却已经不是为了满足他的生理需要,而是表达一种血浓于水的亲情,给他必要的心理安慰了。我已经不记得爷爷如何对幼时的我百般宠爱，但他掏钱给我买三鲜的情景却历历在目。想到他就要离开我们，我竭力克服恶浊空气带给我的不适，尽可能把喂水这件我唯一能为他做、而他也最希望我做的事做得一丝不苟，绝不草率了事。

爷爷的嘴唇微张着，但已不能翕动，水除了从上下唇的缝隙里漏进去一些之外，大部分沿着开裂的嘴角流到了脖子上，我用毛巾一点点擦干，顺便也为他擦去脸上的污垢。我擦得很轻很轻，生怕碰痛了爷爷。我想让他飞升到天国后还记得，他最疼爱的孙儿虽然没有什么可以回报他，却也是爱着他、怜着他的。

爷爷弥留之际，父母派人从学校把我喊回。也许是回光返照，前两天已经完全不能动弹的爷爷艰难地伸出右手，在枕头上敲了几下。这应该是在示意什么。父亲翻开枕头，下面空空如也，便想把它重新垫到爷爷脖子下。爷爷摇了摇头。父亲明白了，褪下枕套后在里面找到一元纸币。这是勤劳一生、节俭一生爷爷剩下的全部积蓄。父亲什么也没说，转身就出去了。

父亲回来时，手里捧着一碗我只能在梦中见到的三鲜。从来不落泪的他此时眼眶也湿湿的，他把三鲜交到我手里说："吃了它，爷爷看着呢！"我夹起一颗温软的鱼丸想塞到爷爷嘴里，却已经塞不进去。我改用条匙舀了点汤灌入他的牙缝。我看到他的舌头微微动了一下，紧蹙的眉头好像也舒展开了一些，似乎在说："好香啊！"又似乎在说："浪费了！"而与此同时，两行浊泪顺着他的眼角无声地滚落下来。

仿佛突然间就长大了，我又想把三鲜分给在场的所有家人吃。父亲止住我说："这是爷爷专门买给你吃的，你一个人吃完，遂了他的心愿。"我在爷爷和所有家人的注视下，含泪吃光了这碗三鲜。尽管像猪八戒吃人参果一样食而不知其味，我却笑着对爷爷说："真香！真好吃！"爷爷眼里闪现出一点火光，但很快就黯淡了，熄灭了。我依稀听到他嘴里模糊不清地吐出几个词"……杨柳……我……雪……"。谁也不知道这是什么意思，全当是一种无意识的呓语。

这就是爷爷的临终遗言，几十年来一直未能得到解读。不久前，一位同事在微信朋友圈里发出"爷爷一路走好"的祈愿，又勾起我对爷爷的怀念。一个个亲历或耳闻的画面跳跃在我记忆的荧屏上，慢慢勾连起来，拼合成一幅历史长卷，清晰地呈现出爷爷一生的活动轨迹。犹如石火电光一闪，我忽然悟出了爷爷撒手人寰前说的是什么——

他在吟诗呢，吟的是《诗经·小雅·采薇》中的句子"昔我往矣，杨柳依依。今我来思，雨雪霏霏"。这是他早年在私塾里和奶奶一起背诵下来的。他学成手艺，重新回到小城找到奶奶时，正是一个"雨雪霏霏"的日子。或许就是那天，久别重逢的他俩私订了终身。那么，爷爷临终时脑子里盘旋着这些诗句，一定是忆起了那一无比温馨、无比幸福的时刻，而憧憬着去天国与奶奶采莲团聚。

我真正读懂了爷爷，在他与奶奶在天国牵手徜徉近半个世纪之后。

过年

一

在我的青葱岁月里，最向往和期盼的日子就是春节了。其实，“春节”这个词在我生活的苏北小城里很少用，或者说几乎不用，因为按本地方言来念的话，它是很拗口的书面语，不够口语化。“过春节”，我们都说成“过年”，多简洁，多干脆，多实在！谁要是诘屈聱牙地说“过春节”，那肯定会被众人嘲笑为“侉子”，就是不着调、装洋腔的意思。

那时，大家真的没有“元旦”和“春节”的概念，更不知“圣诞”为何物。元旦就是一个普通不过的日子，它在人们心目中的地位还不如国庆节和劳动节，没有谁会重视它。大家只知道“过年”，只知道过年是举国欢乐、合家团聚的日子。

一提到“过年”，我们就兴高采烈，就心驰神往，因为过年就意味着可以穿新衣、吃美食、看大戏，可以尽兴地玩、恣意地乐，可以在喜庆的鞭炮声中嗑着瓜子通宵守岁，可以让浓烈的亲情通过酒桌、牌局和聊不尽的话题得到交融，可以过上虽然为期短暂却值得长久回味的富足生活！

过年，那是我们唯一的盛大节日，是我们一年到头仅有的欢乐季和幸福期，是我们朝思暮想的圆梦时刻。

十二岁那年，我曾经和小伙伴们一起讨论什么是“共产主义生活”。书本上并没有给我们描绘出共产主义生活的具体图景，只是告诉我们它非常美好，值得用一生的奋斗、甚至付出鲜血和生命去追求。其他就都语焉不详了。

当时正批判苏联“修正主义”头目赫鲁晓夫的说法——他居然用自以为十分形象的比喻把共产主义生活简化为“土豆烧牛肉”。我们自然对这一说法嗤之以鼻，却不是从政治意义上来考量，而是纯粹从美食的视角来着眼：“土豆烧牛肉”有什么好吃的呀？但大伙实在想象不出共产主义生活究竟该是什么样子的。参加解放战争的老革命所憧憬的“楼上楼下，电灯电话”的生活画面，那应该是属于社会主义的，比共产主义要差了好几个档次呢！就在大家苦苦思索却脑洞不开时，我忽然福至心灵，想到一个最通俗、最浅近、但也最贴切的比方：“嗨！共产主义生活就是每天都像过年哇！”小伙伴们人人拍手叫好，觉得我一语破的，揭示了共产主义生活的真谛。

把过年与理想中的共产主义美好生活联系在一起，可见我们儿时对过年有多么向往！

二

最为我所向往的是过年时的美食。

民以食为天哪！只有过年期间，平日可望而不可即的种种美食才能与我的味蕾亲密接触。美食不只是指往日难得降贵纡尊现身于我家餐桌的鸡鸭鱼肉等菜肴，还包括蚕豆、花生等平常也轻易不肯造访的炒货。至于桃酥、麻饼、云片糕等茶食以及高粱饴、“大白兔”、伊拉克蜜枣等糖果，偶尔也会打一下照面，却是神龙见首不见尾，能够得其一鳞半爪填塞牙缝，已是大喜过望了。

炒货中的至上珍品是花生。今日等闲视之的腰果、开心果、夏威夷果等洋玩艺儿，那时别说谋面，连其尊名也没听说过。所以，炒货的王者地位非花生莫属。但能者多劳，花生往往更多地作为菜肴而不是炒货出现——一盘油炸花生米是过年宴客时最受欢迎的下酒菜。让花生加入炒货的行列，说得轻些是大材小用，说得重些就是暴殄天物了。

除非是工资高、人口少、负担轻，因而显得特别富裕的家庭，普通百姓家都会觉得拿花生当炒货来待客过于奢侈了。忍痛连壳炒上一斤半斤的，也要到重要客人登门，才将它从家中小孩全然不知的藏身处请出来，稀稀落落地摆满一盘后端到客人面前。客人一般只是象征性地剥食一至两颗，表示心意已经领了，哪怕主人不停地礼让着：“吃！再吃！”如果带孩子来的话，除了事先再三叮嘱他不要嘴馋外，还会时刻警惕他不识相地伸出咸猪手，让主人觉得他没有教养。临走，主人通常会抓起一把花生塞进孩子口袋说：“带着路上吃。”如果手头没有准星，觉得抓多了，主人会微微松开手掌，让即将远适他方的花生从指缝中漏下几颗，继续留在更需要它装点门面的故乡。客人大多会推辞，固辞不得后会说“这又吃又拿的，多难为情哪！”

这也就意味着，即便是过年期间，我在自己家里享用身价不菲的花生的机会也微乎其微，几乎不亚于“千年逢闰月”。来的客人必须很重要，同时又很熟悉、很谦让、很懂孩子心理，花生一放到他面前，就说："不要省酒待客嘛，让孩子一起吃。"父母这时会解释说："他刚才吃过了"，然后转向我说："不过，既然伯伯让你吃，你就再吃一点吧。"他们把重音放在"一点"上。我心领神会，吃过一颗就退后了。如果芳香盈颊让我欲罢不能，父母会在我畏畏缩缩地去拿第二颗时，给我使一个眼色加以提醒，而不会当着客人的面阻止我。我纵然内心的馋虫用它细细长长的爪子一刻不肯消停地挠我，也不会斗胆去拿第三颗。不过，能够连吃两颗，把甘香的味觉巩固下来，我已经很满足、很满足了。

去别人家作客时吃到花生的几率要大些，前提是主人家境尚可，又足够好客。但为了显示我是个具有良好家教的孩子，我照样是根据父母的暗示行事的，绝不轻举妄动。装有花生的果盘端上来了，就像散落在山坳里的村庄，只有间隔得很开的寥寥十几栋房舍。如果父母只顾和主人聊天，自始至终不看我一眼，那么，无论主人如何殷勤招呼，我都会把魔爪掖在裤子口袋里。假使父母笑着向我颔首示意，或者虽然视线没有落在我身上，却无缘无故地干咳两声，我的魔爪就会猛地蹿出去，犹如在洞穴中蛰伏已久、急欲外出觅食的小兽，也有点像鸿门宴上埋伏在大厅两侧，只等项王以干咳为令杀出的刀斧手。

但此时的我仍然是有节制的，更像是军纪严明的刀斧手，而不是肆无忌惮的小兽。我一般吃三颗，最多吃四颗——吃完第三颗，我就踩刹车了。但有时车速太快，一下子刹不住，还会凭惯性向前滑行一段，便又吃了第四颗。家家户户的花生都是凭票定量供应的，质量难以得到保证，往往颗粒既不饱满，大小也不均匀，就像孤儿院的孩子聚集在一起。我不光是眼力好啊，眼与手的配合也很协调，每次都看准那颗最大的下手。这样，一颗往往抵得过两颗。所以，吃下去的是四颗，实际上则相当于八颗了。这就是眼明手快的好处。

出门作客实在要优于在家待客哇！辞别时，有的主人也会抓一把花生给我。这正是我眼巴巴等着的。但不管主人是虚情假意还是真心实意，父母都一律谢绝。谢绝的理由竟然是“这孩子怪，多吃花生身上会过敏的”。这真让我无语！亏他们想得出如此荒诞的理由。我很想大叫一声“撒谎！我吃任何食品都不会过敏！”但我哪有这样的胆量？在大庭广众之下，我从来就没顶撞过父母。为了保住父母的面子，我只得委屈自己的肚子，眼睁睁地看着主人抓满花生的手在快要触及我的棉袄口袋时又像土拨鼠一样缩了回去。

相对于“高大上”的花生，蚕豆的供应量要大多了。炒熟了的蚕豆会装满一个容积为三公升左右的瓷罐子，想吃的话可以自己随意去取，直到吃光为止。待客时，蚕豆也会被拿出来充充场面。我家的做法是，先在果盘的底部铺上一层或几层蚕豆，然后将花生叠加（或者说点缀）其间。这样，果盘上就不至于留下空隙，也在一定程度上掩盖了花生数量的稀少。蚕豆此时就像衬托红花的绿叶、铺垫盆景的草皮。客人会注意到它，却不会多看它，一般也不会去碰它。谁会傻到不吃花生吃蚕豆的地步呢？除非他是个嗜痂成癖的变态狂。因此，蚕豆就像婚礼上的伴娘，虽然一直陪在新娘身边，个别用心不良的宾客或许还会在她身上揩点油，但最后却是可以全身而退，不会被送进洞房的。这也就意味着蚕豆基本上用于家人自食。

即便是蚕豆，平时也不容易吃到哇！在距离我家百米左右的一条巷子里，有个无儿无女的老太太以出售“开花蚕豆”为生。所谓“开花蚕豆”，是指蚕豆被炒得爆裂开来，宛如花朵绽放。这个据说曾受到日本兵凌辱的老太太，炒蚕豆的火候掌握得恰到好处，因而她卖的开花蚕豆特别松脆，吸引了不少消费者前来光顾。但其中几乎没有一次购买一角钱以上的豪客，大部分都是手里捏着一分或二分、最多不超过五分的硬币的孩童。蚕豆不是论斤、论两而是论粒卖的，一分钱八粒，长年不变，童叟无欺。每次经过她的住处，我都会闻到开花蚕豆的特殊香味，而情不自禁地深吸一口气。我恨不得天天都成为造访她的“上帝”，但事实上“上帝”的身份我每月才能拥有一到两次。

一个北风呼啸、寒冷彻骨的冬夜，我和二姐、三姐灯下枯坐，百无聊赖。忽然，二姐提议说：“去买开花蚕豆吃吧。”三姐马上赞同。两人一齐笑嘻嘻地望向我。我知道，又是要我去跑腿了。这是我们姐弟间早已形成的默契。我们都是价廉物美的开花蚕豆的忠实拥趸者，手头不多的零花钱大部分都用来买它了。不管谁先提出去买开花蚕豆的动议，跑腿的差事都会落在我头上。她俩都是羞于出头露面的大姑娘了，干这种事觉得难为情。不过，我也不会白辛苦。我们每次集资所得都是三分，可以买回二十四粒豆子。她们会从每人应该分得的八粒中各拿出一粒来犒劳我，说这是“跑腿费”。

她们以为我跑这么一趟也算不得辛苦，却可以多得两粒豆子，一点也不吃亏。她们有所不知的是，我实际多得的不是两粒而是三粒——我们玩的是“团购”，一次出手就多达三分钱，这差不多已经是大客户了。老太太一粒一粒地数出二十四粒后，会再多给我一粒，算是对大客户的“优惠”。这也就相当于今天的商家给经办团购者的“回扣”。我对两位姐姐隐瞒了这一粒豆子的存在，回去的路上就把它吃了。不知这算不算一种贪污行为？

但这天晚上，听着窗外凄厉的风声，手脚都冻得有些僵硬的我却不想外出。她们不得不大幅度提高犒劳的标准：每人出资两分，各拿出两粒来作为我的跑腿费。一下子多得四粒，这可是前所未有的好事啊！开出新的价码后，两位姐姐就气定神闲地看着我，意思是：“机不可失，时不再来，你可要把握住这个难得的机遇哟！”我心动了，抓起她俩放在桌上的硬币就往外冲。哎！要抵御物质利益的诱惑不易啊！

风吹得我几乎睁不开眼睛，我后悔走得太匆忙，没有戴上帽子和口罩，只得以手掩面。但这样就挡住了视线，看不清脚下是高是低了。路面上一块突出的石头绊了我一下，我未及提防，重重地摔了一跤。倒是没有伤着筋骨，但面部被冰冷的石阶路面蹭去了一块皮，破相的恐慌尚未生成，火辣辣的疼痛感已先将我包裹。老太太以为今晚不会再有顾客登门，已经上床睡了。敲开门后，她纵然老眼昏花，也看出了我脸上的异样。但她什么也没问，轻叹一声后便披着棉袄开始数豆子。不知是可怜我负伤，还是因为今晚她仅仅接到这一单生意，她格外加大了优惠的力度，最后多给了我三粒。

我喜出望外，几乎忘记了脸上的疼痛。出门被风一吹，疼痛感又卷土重来，但我仍认为得大于失。我不是个矫情的孩子，不想让姐姐们知道我摔伤，不想借此夸大夜间出外采购的艰辛，让她们误以为我想索要精神层面的同情和物质层面的补偿。所以，我有意侧过脸去。但那样一块瘀伤怎能逃过姐姐们的火眼金睛？发现后，她们在原先承诺的跑腿费外，又各自另拿出一粒以表慰问。我一感动，便坦白了“回扣”的事情。姐姐们哈哈大笑说：“那是你应该得的。”我却决定改过自新，与过去的“贪腐”行为一刀两断。不仅如此，姐姐们额外给予我的补贴，我也坚决谢绝了。

那个冬夜连同开花蚕豆的诱人滋味一起成为我挥之不去的记忆。我多么希望有朝一日出现在面前的蚕豆不是十粒，而是二十粒、三十粒，甚至更多。那样，我就可以大快朵颐了，就无须与姐姐们为跑脚费的多少而推来让去了，也就不用每放进嘴里一粒，心就会疼那么一下，觉得剩下的越来越少，细品慢咂的快感很快就不复能延续了。

这个日子不是乌托邦式的幻想，它会在过年时翩翩到来。那满满一瓷罐的蚕豆可以让我和姐姐们一次吃个够！瓷罐就放在我们两眼看得见、双手够得着的地方，想吃随时可以自取，这该是怎样一种奢侈做派啊！平时十分小气的父母一到过年，突然就变得大方起来了，至少在蚕豆的供应上是这样。仅仅冲着这一点，我也期盼过年！当然，我和姐姐们都不会敞开肚子来吃蚕豆，一来我们要给其他美食留下空间，二来毕竟总量有限——也就那么一瓷罐嘛！还是细水长流为好。第一次吃它个二十粒，稍稍过把瘾；第二次就降到十粒了，并将它作为一种相对固定的数量，极少上下浮动。等到余数归零时，我们就进入了新的漫长的等待期，等待瓷罐空空如也的腹部再度高高隆起。

三

过年时唯一可以无限量且长久供应的美食是馒头和年糕。

我们家乡的一大民俗是，过年时家家户户蒸馒头、蒸年糕。馒头、年糕是我们过年期间每天早餐的主食。由平日的稀饭、咸菜一变而为馒头、年糕，生活水准陡然提升了好几个档次——要知道，我们家乡所谓“馒头”都是有馅儿的，那就相当于包子了。馒头和包子的储量都很充足，可以一直食用到正月底，不像花生、蚕豆，元宵节没过就片甲不留了。

蒸馒头与年糕，是年关前最重大的家庭工程，每家都调集与投入尽可能多的人力与物力，欢天喜地地为此而忙碌。蒸馒头与年糕的材料是自家备好的，加工制作却都委托给饭店，这样可以从外形到口感全面保证它们的质量。当然，这是城里人的做法，乡下人则完全是“土法上马”“自力更生”了。因此，不仅城里人与乡下人并肩而立，各自的身份一望便知，连城里馒头与乡下馒头混合摆放，彼此的区别也一目了然。这也是某些妄自尊大的城里人傲视乡下人的原因之一。

那时还没有私人餐馆，小城里只有不多的几家国营饭店，一进入腊月，各店就开始承接馒头与年糕的加工制作业务。订单像漫天雪花般飞来，在饭店经理的桌子上自动堆成雪球，迅速滚大。大师傅们从早到晚连轴转，深夜了还在案板或灶台上忙活，连擦去额角汗珠的时间也没有，任其洒落在面粉、米粉和馒头馅儿上。

客户们即使看到了也不敢吱声。大师傅是得罪不起的，要是惹他生气了，整治你一下还不是小菜一碟？给面粉发酵时多放几块碱，让你家的馒头无端患上黄疸病；或者往蒸屉里添加米粉时乱洒一气，让你家的年糕厚薄不均，变成没发育好的怪胎。这些会让你哭笑不得的小招数，他们辗转传习，视之为在江湖上扬威立万的手段，随便使一招出来就够你受的。所以，别说洒下一点汗水，就是他们撸过鼻涕或解过小便后直接就把手伸进面粉或米粉里搅拌，客户们也敢怒而不敢言。真够牛的！

如果腊月初预约的话，加工的时间也要排到腊月十五以后了。敲定的日子有时会变更，因为经理要安插他的关系户。而大师傅们如果有三亲四戚临时找到他，为了显示自己的能耐，也会打乱原先的次序，将你自以为已经板上钉钉的时间挪后。你要是不服，告到经理那儿去，经理也奈何不得，就像明星大腕想调整一下档期，或者在片子里塞进几个小角色，制片人还能不依他？

在代客加工馒头、年糕的旺季里，店大固然欺客，店小也要欺客。谁让供求关系严重不平衡呢？经理难得亲临加工现场，我们一般看不到他的尊容，看到的只是大师傅那张因沾有粉末、馅泥及汗水而显得有几分怪诞与滑稽的面孔，让我想起京剧中的大花脸。大师傅都威风得很,客户们向他问话时都会露出近乎献媚的笑容,有的还会顺手敬上一支烟。大师傅则爱理不理的,偶尔答上一句,比皇帝下达谕旨还要简练与倨傲。

大师傅的双手根本没有空闲的时候,所以,有客户敬烟时,都示意他们直接塞进他嘴里,然后再替他点上。他腾不出手来弹烟灰,当烟灰形成长长的一截时,他将头往两侧一偏,烟灰就掉落到地上。但如果角度没掌握好,烟灰就有可能与制作馒头的原料融合在一起,让你家的馒头别有风味了。如果他嘴上已叼有香烟,新的客户又恭恭敬敬递上一支的话,他会让他们夹在他的耳朵上。在我记忆中固化的大师傅的形象,就是嘴上叼烟,两耳夹烟,手勤,面冷,干的奴仆活,摆的老爷谱。其实也难怪,一年到头,只有这段时间他们才能找到尊严,找到长久失落的存在感。

与蒸馒头相比,蒸年糕的前期准备工作要简单些,因为它是实心的,无须馅料,到约定的那天把米粉拿到饭店去,然后守在那儿就行了。不过,要把米粉备好、备足,其实也不是一件容易的事情,同样需要倾注心力——

第一步要攒够糯米。米粉是由糯米掺和大米磨成的,判别一户人家是否富足,不仅要看他家拿来蒸年糕的米粉有多重,还要看他家的米粉有多纯,即糯米和大米的构成比例是怎样的。百分之百的糯米只是一种理想状态,在实践中是行不通的,因为那样就太粘了,难以把年糕做得方方正正的像个"型男",而小城人对年糕的外形是很看重的。所以,一定要掺进少量的大米。标准的配置比例是九比一,但能达到这一标准的人家不多,大多是七比三或六比四。如果降低到五比五或四比六,那就会影响年糕的口感,由此也就显示出该户人家经济状况的不佳了。糯米要到过年前一个月才供应,计划供应量是每人一斤。这哪够啊? 因此,各家各户头一个年刚过完,便开始积攒下一个年所需要的糯米了。办法是用平时节约下来的大米与乡下人调换,一斤三两大米可换一斤糯米。一边"量多",一边"质优",不失为公平交易。当糯米攒到希望的数量时,年关差不多也就到了。

第二步就是磨米粉了。现成的米粉是没有的,家家户户都必须找地方把攒够的糯米磨成米粉。城里的机磨房就那么几家,每天门前都排成长龙,你一早就赶过去,到傍晚也不一定能轮上。父母都要上班,排队的事情责无旁贷地落在已放寒假的我和姐姐们身上。但姐姐们这时往往会接一些缝麻袋、糊纸盒之类的活儿来干,美其名曰"勤工俭学",所以,排队的重任往往就由我独力承担了——当然是在我有力气扛起二十斤的米袋之后。苏北的冬天虽不至于滴水成冰,但气温也常在冰点以下。在寒风中苦候一天,滋味并不好受。米袋是可以坐的,但坐久了就会觉得四肢冰凉,不得不站起来活动一下手脚。我也会带本书去看,却不敢专注于其中,因为得防止有人插队,更得当心小偷拎走米袋,让你过不成这个年。我随着队伍一点一点地向前移动,等移到机磨房门前时,我的耐心已快被消磨殆尽,而一道曙光也就在这时闪现于我眼前。想到甜糯松软的年糕不久后就能天天出现在餐桌上,让我既解馋念又饱口福,我顿觉排队的辛劳是应该付出的代价,弥漫全身的疲乏与厌倦感也一扫而光。

蒸馒头的前期准备工作就更复杂了，因为要自己制作馅料。我家的馅料甜咸兼备，甜的是豆沙，咸的有萝卜丝和咸菜两种。咸菜在夏天就要开始腌制了，家里有一口大缸就是腌咸菜用的。腌咸菜的原材料是本地种植的大白菜，买来的大白菜，要放在太阳下暴晒一天，中途还要替它们翻身，待水分晒干后一排排、一层层码入大缸，撒上食盐，再站上去用脚踩踏。踩踏必须着力均匀，是个准技术活儿，所以尽管我跃跃欲试，却只能在一边充当父亲的观众。腌成的咸菜一部分平时与稀饭相依为命，另一部分就在年底与馒头喜结良缘了。作为馅料的咸菜要切得很细，在我上初中以后，这道工序就由我来负责了。父亲会经常来督工，要我“再切细些”，同时也叮嘱我“小心切着手”。

更容易伤着手的活儿是刨萝卜丝。几十根白萝卜洗净、去皮后，要在一块特制的刨板上刨成细细的萝卜丝。刨到每根萝卜的底部时，手与刨板的距离就很近了，稍不留神，就会被擦破皮甚至削去肉，鲜血直流，染红刨板及刨板下的萝卜丝。因为这是机械劳动，而且是长时间的机械劳动，既非常枯燥，又容易倦怠，所以出现事故的概率还是比较高的。那段时间常看到有邻居手上裹着白纱布，一问，都是刨萝卜丝惹的祸。而我原本就粗心，父母自然不敢把这件活儿交给我。还好，小心谨慎的姐姐们倒是都很胜任，所以，我们家从无“流血事件”发生。

咸菜和萝卜丝是不能独立充当馅料的，里面得加进肉丁或肉丝，条件好的人家还会再加进切碎的虾米。在我家，虾米是从大姐读完大学、挣到工资那年开始添加的。咸菜与萝卜丝是主料，肉丁（或肉丝）与虾米是辅料，将它们合理搭配后用烧得红红的油锅炒熟，那是我们家的烹饪高手父亲的职责。只见他此时衣袖高挽，神态严肃，两眼放光，右手使劲挥动铲刀，左手则时而撒进细盐，时而倒进酱油，时而又加进味精。等到满满两脸盆馅料炒好，他也像饭店里的大师傅那样汗水涔涔了，而他脸上的神情，用母亲的话来说，则好似“得胜将军回朝”了。

至于豆沙，制作工艺就更加繁琐了。但我们不怕繁琐，不辞辛劳，人人累并快乐着，因为这不是为他人作嫁衣，而是为自己谋一段好日子。三种馅料备好的时间不早不晚，一般赶在饭店预订日的前一天，这样可以保鲜。如果蒸馒头与蒸年糕的时间能订在同一天的话，那么这天一早，家人便倾巢出动，有的拎米粉、有的扛面粉，有的捧馅料，浩浩荡荡开赴饭店。将所有的材料归放到饭店指定位置后，留下一两人守护在前线，其余人则先撤回后方修整待命。而我，从小学三年级起就主动请缨，担负起留守的使命。

留守中的我必须眼观六路、耳听八方，既要目不转睛地盯住自家的材料，以防有人无心拿错或故意窃走，也要牢牢记住自家的排序，竖起耳朵等着听大师傅叫号。所以，如果只有我一个人留守的话，我就像伫立在瞭望塔上的哨兵一样一刻也不敢擅离岗位，连大小便也都憋着。但父母一般会再增派一位姐姐与我互为辅翼。但姐姐们不太习惯在这乌烟瘴气的环境中被无聊的男人扫视，经常出出进进，所以，我的哨位是固定的，姐姐的哨位则是移动的。我守在一个固定的位置，观察着屋内形形色色的人和事，尤其是大师傅的行为做派，并试着在心底为他画像，倒也不觉得时间特别难挨。

当看到上一户人家的面粉和馅料即将告罄时，我就处于蓄势待发状态了。大师傅叫号声未落，我已用尽全身力气将自家的材料逐一搬上案板，稳稳地占领住这块阵地，然后传令后续部队火速驰援。不一会儿，父亲这位主帅就统领一众“肖门女将”急匆匆杀来，分兵把守各处，而我也就欣欣然退下火线，高翘起二郎腿，笑等蒸熟的馒头出笼了。

刚出笼的馒头滚烫滚烫的，吃到嘴里连舌头都给烫麻了。但我就喜欢这种带有年味的感觉。我吸溜着麻而不僵的舌头，一口气吃下去三个，把肚子撑得圆圆的。姐姐们则要斯文得多，当着别人的面一小口一小口地抿下去一个就作罢了。但我要揭发她们的两面派行为：回到家后，她们又连着狼吞虎咽了两个，总量并不比我少。一年的怀想，一年的渴盼，在此时终于变成了让我们放纵食欲的现实！

蒸馒头与蒸年糕的时间，其实很难约在同一天；甚至地点也很难约在同一家饭店。所以，大部分人家都要去饭店等候两次，我家也不例外。但我们绝不会因此而抱怨，仿佛这是过年的一个必经程序和必要环节，少了它，反倒有一种残缺感。蒸好的馒头晾干后储藏在一个口小肚大的瓮缸里，年糕则浸在水缸中，这是各家统一的保存方法。稀饭复稀饭的早餐模式由于馒头和年糕的联袂加盟而得以转型升级，带有了一些华丽色彩，我们何等快意！但正月十五过后，天气渐渐趋暖，馒头和年糕都开始散发出霉味。当我们对着霉味越来越重的它们食欲大减时，它们差不多已经全部离开藏身处，成为我们的腹中之物了。

四

当然，过年时最让我期待的还是那顿丰盛的年夜饭。

丰盛是相对于平时而言的。我们平时的饮食习惯是“一干两稀”，即中午吃干饭，早晚喝稀饭。这种大众化的饮食习惯直到改革开放后才渐渐改变。并不是小城人对稀饭情有独钟，而是受限于口粮供应标准以及购买能力。这也就意味着正餐是中饭。说是正餐，通常也就烧一碗蔬菜，随着季节的变化而嬗替为黄芽菜、黑菜、芥菜、青菜、菠菜、茼蒿、芋艿、茭白、茨菇等等。蔬菜的量不少，能堆满一只海碗，但在五双筷子的轮番夹击下，很快便见底了。只有到星期天，才会同时烧两碗蔬菜。

也有开荤的日子，但它的间隔期一般要两个星期以上，除非家里临时来了重要客人。开荤分大荤和小荤，大荤是红烧肉或红烧鱼，小荤是在蔬菜里放入少量的肉丝或肉丁。大荤与小荤在我家是交替出现的，每月各出现一次。这也就是说，基本上能做到半月一小荤、一月一大荤。当地形容富裕人家的用语是“三日一小荤，五日一大荤”，甚至在“忆苦思甜报告会上”，老贫农提到恶霸地主骄奢淫逸的生活时，也不说他们天天“山珍海味”，而说：“他们的日子过得太好了，三日一小荤、五日一大荤哪！”当我母亲后来过上天天开荤的生活后，她曾不止一次地感叹：“咱现在的日子，地主老财也赶不上啊！”因此，我家当年的餐桌上每月都能迎候大荤与小荤前来作客，在当地已经跻身中等生活水平行列了。

大荤以红烧鱼和红烧肉为主,偶尔也会是排骨汤或肚肺汤。肚肺相对便宜,但弄起来比较费事:猪肚要清洗许多遍才能去腻去腥,猪肺则要灌水好多回才能去污去血。家中没有自来水,所有的用水都要雇挑水夫担来,这样,喝一回肚肺汤就要耗费太多的人工与水费,渐渐的,肚肺汤就被剔除出大荤之列而淡出了我的视线。红烧鸡或鸡汤也不在大荤之列,因为鸡的价格要高于鱼、肉。除了家里有人坐月子,平时几乎没有哪家杀鸡、吃鸡。只有过年时,鸡才会走进千家万户。

而且,鱼与肉这两位大荤家族的主要成员,似乎是天生的宿敌,秉持"有我无你,有你无我"的敌对态度,平日从不同时现身,一定要你"唱罢"、我"登场"。鱼,我所欲也;肉,亦我所欲也。既然两者不可兼得,如果让我选择的话,我会取鱼而舍肉,而有异于孟老夫子的舍鱼而取肉——从大类来说,"熊掌"也是肉嘛!但选择权并不在我手里,父母排除个人的喜好,纯粹从其实用性来考量,觉得肉比鱼更有营养,也更能解馋,所以,在我们家里,红烧肉登陆餐桌的机会更多。打个很不恰当的比方,红烧肉就像住在正房的原配夫人,因为既端庄又有内涵,动不动就被老爷叫出来见客;而居于偏室的姨太太,虽然老爷心里也许更喜欢她,却难得让她出来露面。

年夜饭就完全不同了。大荤家族的成员会"相逢一笑泯恩仇",悉数登场亮相,而且会凭空增添许多平日从不见踪影的新贵,比如香肠、烩鱼、硝水肉、狮子头等等。这么多色香味俱佳的大荤一齐摆上餐桌,该是怎样一道让我眼花缭乱的风景线啊！

年夜饭的筹备工作同样要提前很长时间启动。三个月前就要着手灌香肠和腌制硝水肉了。把新鲜猪肉切成均匀的小块，加入黄酒、味精、细盐等多种调味品后，徐徐灌入薄薄的肠衣内，两头扎紧，悬挂在屋檐下风干，两个月左右就变成美味的香肠了。硝水肉，顾名思义，腌制时要加入硝水，还有大量的花椒。父亲是制作这两种美食的高手，经常有人登门求教或请他上门指导，有的还干脆把鲜肉和调料拿来恳请他帮助加工。父亲其实并没有什么祖传秘方，之所以能把这弄成独门绝活，全靠在实践中琢磨出最佳调料配置方法。这时，他往往表现得非常乐于助人，而不像饭店的大师傅那样搭足架子。这也就为我家撑足了面子。

制作烩鱼和狮子头的提前量要小得多，大致在腊月二十五左右进行。所谓"烩鱼"，是将去骨的青鱼块裹上面粉后放到油锅里炸熟。吃年夜饭时，有一道名为"杂烩"的菜肴很受家人欢迎，它的主料就是烩鱼。狮子头在我们当地有个俗名叫"粘(zhān)肉"，我想应该是把碎肉粘合在一起的意思。我们习惯上都把它称作"粘肉"，而摒弃"狮子头"这个形象化的洋名。父亲炸烩鱼和狮子头时，我就守在他身边打下手。根据他的指令，我及时递上各种调味品，中途还殷勤地给他端来茶水，目的是等待他的赏赐。烩鱼炸熟后，父亲会如我所愿，让我品尝一块。真的只有一块，每次都以一块为限。有一年，原料备得特别足，父亲盘点炸好的烩鱼，觉得已超出预算，便善心大发，喊来母亲和两个姐姐，让她们每人也尝了一块。我心里有点不平衡:早知如此,我就不必费时费力守在这儿了。父亲看出了我的鬼心思,又额外多赐我一块。这算是破例了。至于粘肉,因为它个头大、数量少,炸熟后,父亲只肯拿出一只来让全家人共享。但不是分成五等分,而是一大四小。不用说,那“一大”是属于我的。

“千呼万唤始出来”的年夜饭,伴随着鞭炮声拉开帷幕后,倒是没有“犹抱琵琶半遮面”,各种冷菜、热菜一股脑儿端上了桌面,加起来有十多样。阵容豪华得令人叹为观止。父亲照例要喝一杯白酒或一碗黄酒,当我读初中后,也被赋予了抿几口的权利。母亲和姐姐面前的杯子里也会倒上一点酒,供碰杯时用,但她们一般不喝,最后都倒进父亲杯子里。小城人都不善言辞,也不喜饶舌,所以,父亲从不致什么祝酒词,说一声“吃吧”,就等于宣布年夜饭正式开宴了。

除夕那天的中饭,被剥夺了往日的正餐资格,沦落到十分潦草的地步。我们都是随便扒拉半碗米饭、几口蔬菜,好让肚子留下足够的空间,迎接组成年夜饭的各种精美菜肴的到访。中饭后,我们还有一项重要工作要做,那就是贴春联。春联是父亲早就写好的,内容无非是“听毛主席话,跟共产党走”“大海航行靠舵手,万物生长靠太阳”之类的流行口号。“财源广进”“福禄双全”“人寿年丰”等传统用语犹如失宠的妃子一样被幽禁在冷宫,须等到改朝换代后才能重见天日,而那时我早已走出青葱岁月了。父亲早年跟爷爷学过“花鸟对”,后来又在剧场写过海报,毛笔字还是拿得出手的。所以,我家的春联就不是从新华书店买来的印刷品,而是父亲的珍贵手迹了。邻居也有来索要“墨宝”的，父亲却惜墨如金，无论他们如何恳求，都不愿“惠赐”，这与他制作香肠、硝水肉时的助人为乐判若两人，让我参不透其中的玄机。春联要贴遍每间房门；贴完春联后，还要顺带收拾房间、擦拭窗户。等到窗明几净时，我们已是饥肠辘辘，只盼年夜饭能早些开席了。

但还有一道程序是不可免的：祭祀列祖列宗。父母洗净双手后，极其恭谨地捧出列祖列宗的牌位，把所有的菜肴一一移到供桌上，让他们先一步享用。“文革”前，父亲会带着我们磕头礼拜，“文革”后就改为鞠躬致敬了，而且祭祀的时间也大为缩短，生怕被外人撞见，以为我家又在偷偷搞“四旧”了。父亲口中念念有词，但把声音锁在喉咙里，不知他说的是什么，我想大概是祈求列祖列宗保佑我们吧。母亲则大声说：“各位老祖宗，你们吃饱喝好，别怪我们平时怠慢，心里一直念着你们呢！”穿堂风吹动了供桌上的筷子，母亲又惊又喜：“老祖宗体谅咱的孝心，下凡来用餐了！”但菜肴却不见减少。这是我小时候感到诧异的。我问母亲：“老祖宗真的吃过了吗？”母亲肯定地说：“吃过了。”噢，我明白了，老祖宗一定是想让肚内清汤寡水的后代多吃点，自己才象征性地吃了一下吧？或许他们在天堂里天天吃着这样的菜肴，并不觉得它们是稀罕物呢。祭祀完毕，我腹中已经雷鸣不已，坐上餐桌后，父亲一声令下，我就挥箸“直捣黄龙”了。

冷菜中我最爱吃香肠，热菜中最爱吃的就是烩鱼了。粘肉吃一只就觉得有些腻了，烩鱼则百吃不厌，多多益善。但杂烩中的烩鱼总共也就十来块，我起码得给家人各留一块，所以在运箸如飞时，虽然我的主要目标指向是烩鱼，但夹到六块以后，就自觉转移目标了。我的眼睛不时瞟向那条体格壮硕的红烧青鱼，很想在它肚皮上下箸，但我知道它是动不得的。“鱼”者，余也，端上桌后，必须再原封不动地端下去，这才可能“年年有余”，吃了它就犯忌讳了。这是小城里代代相传的做法，父母早对我启蒙过了。偏嗜鱼类的我纵然垂涎欲滴，也不会违反乡规民俗去碰它。

父亲酒过三巡时，我也填鸭似的把自己的肚子装得满满的了。嘴巴还没过瘾，还想与疏离已久的美食相依相偎，食道也依然畅通无阻，但美食穿越食道后，在我的肠胃里已找不到一丝容身的缝隙。我像个怀胎七八个月的孕妇，连站立起来都有点艰难。时隔多年后，一位朋友跟我说，吃自助餐的最高境界是“扶墙进，扶墙出”。前面是饿的，后面是撑的。我没有过这样的切身体会，却勾起了少年时代吃年夜饭的回忆。那时，的确撑得有点想扶墙行走了。如今，虽然还没有进入共产主义社会，生活却已经天天像过年了。不过，年夜饭反倒不如童年时丰盛，而胃口也大不如前了。

五

因为年夜饭吃得过于饱胀的缘故，大年初一我们会吃得少一些、素一些，让肠胃功能及时得到修复。我们把这叫作“减量消食”。从年初二开始，我们与亲朋好友开始相互宴请，于是进入一年中最热闹的走亲访友季。

走访的日程是早就商量好的：年初二去姑母家，年初三去姨母家,年初四她们两家回访。这三天的日程基本上是固定的。年初五以后就不固定了,要根据对方的邀约先后决定走访的顺序。不过,我家需要相互宴请的亲朋好友不多,初八以后就按兵不动了,而那时肚子里的油水已经积累起厚厚的一层了。

姑母的拿手好菜是蛋饺。但蛋饺不可能成为主菜。家乡待客的酒席有约定俗成的规格,那就是四冷四热六大碗。六大碗中最先端上来的那一碗被视为主菜,充当主菜的通常是鸡肉炖山药、走油肉焖笋干或狮子头烧黄花菜。就中,公众舆论视为最高规格的是鸡肉炖山药,我们称之为"鸡领头"。在它的引领下,同样盛在大碗里的蛋饺、杂烩、红烧鱼、红烧肉等逐一粉墨登场。"鸡领头"没有用整只鸡的,一般人家过年就买一只鸡,要将它分成几次待客,所以鸡肉只是横铺在表层,仅能遮盖住碗面,出手慢的客人可能连一块也搛不到。即便如此,第二天问起他昨日做客吃席的主菜,他回答说是"鸡领头"时,仍然充满快感,觉得自己已被当作贵客款待了。姑母家的主菜长年不变的是走油肉焖笋干,母亲私底下评论说"真是阵阵不离穆桂英哪!"这有点指桑骂槐的意思,暗讽姑母总爱掺和我家的事情,见出姑嫂之间的龃龉。我嫌走油肉肥,从来不碰它,但姑母做的蛋饺十分美味可口,完胜其他所有人家,在我心目中它才是主菜,一年只能享用一次的主菜。有了这道主菜,别的菜肴都可以忽略了。

但去姑母家做客,我有两点纠结:一是能不能上桌?这个问题在我上中学前常常困扰我。因为场地狭小,各家的酒宴一般只摆两桌。如果客人坐不下的话，小孩子就不上桌了，给他们另设一席，那只能是屋角的小矮桌。既然是小矮桌，坐的也就是小板凳。菜肴没有什么不同，位置却很有高低贵贱的区别。我在十岁前后，把上桌当作一种待遇。小伙伴们也是如此，寒假后谈论过年的感受，相互打听的一个问题就是："你上桌了吗？"或者"你上桌了几次？"每当遇到正桌坐不下的情况，姑母也很纠结：我是她娘家唯一的男孩，按身份应该上桌，按年龄又不该上桌，姐姐们已经成年，总不能让她们屈居于屋隅吧？这时，母亲会主动出面为她解困，把我拉到小矮桌上。问题迎刃而解，但我内心却有些受伤，因为我虽年幼，却很爱面子，和另几个比我还小的孩子一起坐在小矮桌上，有低人一等的感觉。深知我心理的母亲这样做，恐怕也是想借此引起我对姑母的不满，多少带有点离间的意图。我理解姑母的难处，绝不会因此而疏远她。但年初二去姑母家赴宴前心底却总是有些担心：这次能不能上桌。到那天如果能上桌的话，就情绪高涨，反之则情绪低落。

另一点让我纠结的就是压岁钱了。说真的，在我所向往的种种年节胜事中，并不包括压岁钱，因为在我家从一开始就没有形成给压岁钱的习惯。不仅如此，父母还与亲朋好友约定：互免了给压岁钱的旧俗。这样倒是省心，不必为给多给少而盘算了。但我们这些孩子却少了一个盼头。我对这种做法是一直腹诽的，哼！别的四旧都没破，唯独破了这个，这不是直接损害我们小孩子的利益吗？不过，每次去姑母家做客，她却会背着父母给我一元压岁钱，说"留着慢慢花，别让你爹妈知道"。

但母亲仿佛脑后也长着一双眼睛似的，第一次给就被她发现了。当时不动声色，回家后很快就弄清了真相。一元纸币被她没收了，因为我“违规”。但她另给我一张一角的纸币，算是补偿。她还威胁我：“不许对姑母说，说了的话，以后这一角钱也不给你了。”第二年，姑母再给我压岁钱时，我就在拿与不拿以及说与不说的问题上纠结了。纠结到最后，每次都拿了，却一次也没说。

说到压岁钱，我曾经得到但旋即失去的最大一笔压岁钱高达六元！按照当时的压岁钱标准，这该是天文数字了。给我这笔巨额压岁钱的是父亲的一位老友，当时担任大队会计，手中掌有集体经济的支配大权。他的小弟与我大姐同在省城某大学读书，他很希望两家能成为姻亲。父母知道大姐另有所爱，所以对这桩婚事并不热心。年初六那天，他领着弟弟来我家拜年，一进门便给我一个红包，说是“压岁钱”。他们告辞后，父母拆开一看惊呆了，当即予以没收，并且不给我任何补偿。九岁的我哪知其中的机关，大哭大闹。因为在过年期间，父亲不便责骂我，哄我说：“先存在我这儿，等你长大后，给你买呢制服。”当时穿呢制服的只有小城里的头面人物，“人靠衣装”的古老定律在他们身上体现得特别明显。在我眼里，穿呢制服的人都神气活现，威风八面。所以，“买呢制服”的远景对我还是很有诱惑力的。我多么希望自己能快点长大！但真的长大后，父母却彻底忘了当年的承诺。等我自己当了父亲，父亲才告诉我，那笔超常的压岁钱，第二天他就专程跑去退还了。不久，他的这位老友便东窗事发。

年初三是去姨母家做客的日子，这天纠结的则是母亲了。外婆膝下无子，只生了姨母和母亲这两个女儿。外公抗日战争期间便死于非命，外婆不愿改嫁，含辛茹苦地把两个女儿养大。等到两个女儿都待字闺中时，外婆遇到了一生中最大的难题：两人都不想出嫁，把谁留在家中招上门女婿呢？犹豫来权衡去，外婆最终选择了相对老实的姨母，而将相对泼辣的母亲外嫁。这让母亲非常不爽，觉得外婆偏心。姨父本姓杨，入赘后改姓姜。他和姨母生的两个男孩也承祧姜姓，被外婆看作嫡孙。我同样是男孩，在外婆口中却永远是“外孙”。这就显出了内外有别。每当有不认识我的邻居来串门，外婆都会喜滋滋地介绍说：“这是我的外孙。”而这正是让母亲不满的地方。她试图纠正外婆：“将来还不是一样孝敬你，干吗硬要分成孙子和外孙，手心手背难道不都是自己的肉吗？”外婆笑笑，从来不反驳她，称呼则照旧，一点也不愿改变。每次去和外婆一起居住的姨母家，母亲都会为此而纠结。

母亲对外婆还有一点不满：她十三岁时，驻村的一位新四军干部看中了她，想带她去参加革命，外祖母担心她在战场上牺牲，死活不让她走，所以贻误了她的大好前程。她经常埋怨外婆当年拉后腿：“要是你这榆木脑袋能开窍的话，我早就是穿列宁装的女干部了。”唯其如此，作为裁缝的她特别愿意承制列宁装，制作时也特别用心，制成后还会反复试穿，以此弥补未能跻身女干部行列的缺憾。当母亲抱怨时，外婆总是一脸歉容地检讨说“确实是我的错”。只有还不懂事的我有一次截断母亲冗长的怨言说：“哎呀，要是你参军打仗牺牲了的话，我不就没有妈妈了吗?”母亲一时语塞,随即训斥我说:“你懂什么? 大人说话,小孩子不许插嘴!”这时,我看到父亲在一旁偷笑。

但抱怨归抱怨,母亲对外婆的孝心却数十年如一日,家里一有好吃的,就让我给外婆送去。外婆每次来我家,家里的伙食也会大为改善。所以外婆说她是“刀子嘴豆腐心”。年初三回娘家这天,她都坐在外婆身边。外婆不停地给我夹菜,她则不停地给外婆夹菜。我后来才意识到,母亲年复一年地抱怨,与其说是发泄对外婆的不满,不如说是向她的子女炫示她被外婆改变了的光荣史,让我们认识到她潜在的未获开发的价值,从而不敢对她小觑。

姨母家的宾客不多,我每次都能上桌,而且每次都被外婆安排在桌子的正中央,因而感觉特别好。姨父比姨母还要老实,只知道嘿嘿嘿地干笑,要不就是劝大家“吃! 吃! 吃!”因此,母亲有时会反客为主、吆五喝六的,不知是出于一种什么心理。不过,在她阻止我做这做那时,原本一声不响的外婆却会出头干预,让我顺利实现放鞭炮、打弹子之类的小小愿望。所以,我会觉得这一天过得格外宽松。到最后,竟乐不思蜀地想留下来过夜了。

六

过年前后的那些日子,对我来说是惬意的、舒心的,对父母来说则该是苦乐参半、忧喜交集了。这是随着年龄的增长,我越来越感觉到的。

我相信在不少地方都流传着“富人过年,穷人过关”的说法，十年动乱结束前，它在我所生活的苏北县城里仍然是一种严酷的现实。我家不算穷人，但平时也省吃俭用、精打细算，好余下钱来用于过年的开支。过年开支的每一笔都要列入家庭预算，实际使用时决不允许超支，一旦出现赤字，就要“拉下饥荒”，影响年后的生活了。因此，过年前一个月，父母会在昏暗的灯光下掐着指头算了又算，往往直到深夜还算不出头绪，久久无法形成不留下窟窿的预算方案。

父亲是一家杂货店的“主任”，管理着十几位店员，不加深究的话，也算有个一官半职。我和小伙伴们一样虚荣心很强，填学籍登记表时，我看到尔苏在父亲职业一栏里自豪地填上“副镇长”，不禁自惭非名门之后。迟疑半天，我将这一栏模糊地填写为“县商业局职工”。我父亲在商业系统工作不假，但商业系统有“国营”与“大集体”之分，只有国营商店才隶属于商业局，我父亲所在的杂货店则属于大集体性质，是不与商业局直接挂钩的。称其为“县商业局职工”，有抬高身价之嫌。本来，因为父亲好歹也是“主任”，我还曾经犹豫要不要把他填成“县商业局干部”。但仔细思量，“干部”通常意义上是指捧有铁饭碗的国家干部，父亲只是个杂货店的小头目，称其为干部，恐怕多少有些离谱，会让别人笑话，这才把“干部”二字换成了“职工”。

父亲的特权仅限于能帮亲朋好友多买到一些香烟、火柴之类的计划供应物质，工资是不高的，每月只能发到三十多元。母亲在服装店当裁缝，生意时好时差，平均每月能赚到二十多元。用六十元左右的家庭总收入来维持六口之家的生活，本不算困难，问题是我们姐弟四人同时在上学，尤其是大姐还在省城上学，这就难免捉襟见肘了。

父亲有一个厚厚的记账本，每天的所有开支都工工整整、清清楚楚地记在上面，细到“一分钱葱”“两分钱蒜”“三分钱桂皮”。每天晚上，我和姐姐做作业时，父母都没闲着，母亲在纳鞋底或补衣裳，父亲则在仔细记账和轧账。他歪着脑袋回忆当天花出去的每一分钱的用途，如果有一分钱想不起下落，他就不胜懊恼，直拍脑门说：“看我这记性！”母亲每隔一两天就会对父亲的记账本进行严格审计，发现她认为不够实、不够细的地方，马上提出质询。两人常常因此产生争辩。

在我的记忆中，父母之间从来没有发生过肢体冲突，不像一些小伙伴的父母动不动就相互撕扯着头发打成一团。但吵架却是家常便饭，“三日一小荤、五日一大荤”做不到，就用“三日一小吵、五日一大吵”来替代。而吵架的原因，几乎百分之九十以上是经济纠葛。愈到年关，就愈是吵得频繁，仿佛两块一擦就着的打火石，只要相互接触，就会火星四溅。我和姐姐不胜其扰，却难以劝解。有时我实在忍无可忍，仗着自己是要为家族传宗接代的男孩，父母不会把我怎么样，便会冲他们大吼：“吵什么吵？烦死了！还让不让我们做作业？”吵架声戛然而止，但母亲会不甘心地骂一句：“还不是为了你们这些讨债鬼！”这就连一声不吭的姐姐也骂进去了。

不过，到了除夕那天，父母都会努力控制自己的情绪，不让它因琐事而冲动，破坏欢乐祥和的过年氛围。但在我十三岁那年的除夕，他们却失控发生了一场空前激烈的争吵，把家中搅得天翻地覆，也在我内心深处罩上一层抹不去的阴影。

那天，新婚燕尔的大姐携姐夫一同回家过年，本来比往年的除夕要更加热闹、更加开心，但吃年夜饭时，父母就都板着脸，不见一丝笑颜。我们猜到他们心里有疙瘩了，却不明究竟，便搜肠刮肚说些笑话来调节气氛。大姐不停地讲着省城的趣闻，我和二姐、三姐故意笑得非常夸张，想用富于冲击力和感染力的笑声驱散密布在他们脸上的乌云，但却一点效果也没有。

这顿年夜饭吃得索然无味。其实，下午我已看出他们爆发冲突的一些端倪：四点钟左右，父亲大致做好了年夜饭的烹饪准备，说要出去看一下生病的同事，随手还拿走了一根香肠和一块咸肉。母亲追上去问："大过年的，哪位同事让你这般上心？"父亲回答说是"蔡××"，母亲马上就现出鄙夷的表情，高声嚷嚷说："他哪值得你去看？回来！"父亲却固执地走了。

蔡××是父亲手下的店员，我觉得他特别和蔼可亲，只是他身上总是散发出一股刺鼻的香味，让我很不习惯。我听到很多人，包括他的同事，在背后都叫他"屁精"。我以为这是嘲讽他和女人一样喜欢涂脂抹粉，不知道这个蔑称还有更深的用意。他终身未娶，五十多岁了还孤身一人，晚上就住在店里兼任保安。有风言风语说，他有时会把年轻男人招到店里去喝酒，酒后还会干点别的什么。究竟干了什么，谁也不肯对我明言。

去年，父亲怜他独自一人过年孤独，想把他请到家里来吃年夜饭，因为母亲的坚决反对而作罢。母亲当时说："请他来？你不嫌脏我还嫌脏呢？"我有些不解：他衣着干净得很，一点也不脏啊，就是有点娘娘腔而已。今年，父亲不敢再提请他来家的话题了，听说他一早就感冒发烧了，便想去看看他。我并不觉得父亲这么做有什么不妥，不知母亲缘何反对。

父亲一走，母亲便翻开父亲的记账本，一一检查核对，并很快就皱起了眉头。父亲说好五点钟就回来的，家里等着他掌勺烧年夜饭呢。但他回到家却已是快六点了，全家人都已经等得心急火燎的，尤其是对着满灶台的半成品垂涎三尺的我。父亲的面孔红红的，说是陪蔡伯伯喝了一杯酒。母亲强忍着没有发作，但直到吃完年夜饭也不与父亲搭话。父亲也没有主动修好之意，见母亲满面冰霜，便也沉下脸来。

这是爆发前的沉默。吃完年夜饭，我们姐弟在堂屋里一边喝茶聊天，一边留心着父母房间里的动静。两人先是压低着嗓子争论着什么，似乎不想让我们姐弟听到。争论持续了半小时左右之后，母亲突然压抑不住地狂叫一声："你是不是想把这个家败光？"声如炸雷，震得整个屋顶发颤。我悲哀地想到，一定会波及左邻右舍，在这个除夕夜，我家成为一个爆炸声不断的火药桶，惊得四邻不得安生。

父亲不甘示弱，也厉声呵斥："你从来就是这样小心眼！"于是冲突升级，迅速演变为唇枪舌剑的厮杀。这对在包办婚姻制度下结合的怨偶，一旦发生口角，便恶语相向，谁也不会让步。从他们你来我往的语言攻防中，我们听辨出了争吵的最主要原因：母亲审出父亲瞒着她借给蔡××五元钱，并为此做了假账。

只听母亲声嘶力竭地哭喊说："这五元钱肯定是有来无回打水漂了，这可是正月过后一个星期的菜金哪！谁知道他用这笔钱去干什么勾当?”父亲的声音也提到高八度:“他被人敲诈,也是没办法才腆着老脸向我开口。我还要跟你说多少遍?”母亲痛责说:“这样的人,值得你救吗?你又有能力救吗?为了救他,你连家都不顾了,真不知你的良心是怎么长的!”父亲被彻底激怒了,用双拳猛力捶击自己的胸膛说:“那好,我就把心掏出来,让你这蛮不讲理的婆娘看看是红的还是黑的!”

我们姐弟四人再也坐不住了,大姐领头冲进父母房间,一边死死摁住父亲用以自残的双拳,一边大放悲声。紧随其后的我没有哭,但我知道内心在滴血。等父母慢慢恢复理智安静下来时,新年的钟声已经敲响了。

诚然,关于过年的往事,给我留下的大多是愉快的回忆,但在欢乐的主旋律中也夹杂着一些不和谐音,比如父母在这个除夕夜的剧烈争吵。它告诉我,生活并不是那么轻松,平时如此,过年也如此。

家有故交

一

我家世居苏北某小城，三代单传，人丁不旺，因而亲戚寥寥无几。但故交旧友却为数众多，这大概是因为扎根既深，立足亦久，而父母又能以诚待人的缘故吧。

与成年后嫁到小城的母亲相比，生于斯长于斯的父亲人脉更广。在我的印象里，小城的三教九流、五行八作，似乎都有他的关系户混迹于其中。勾连他与这些关系户的世俗称谓，包括“发小”“同窗”“酒友”“烟友”“牌友”“棋友”“聊友”以及“左邻右舍”等等。

从中可以看出不少人是因兴趣相同而与父亲结交的。这也意味着父亲是个兴趣比较广泛的男人，“琴棋书画”这四样雅物，除了从没见过他抚琴外，棋、书、画都是略通一二的。当他酒后兴致特别高时，会提笔露一手自幼钻研的“花鸟对”绝技，把笔下的每个汉字都描画成活灵活现的花鸟形状，这就必须兼擅书画了。

不过，这一本可技惊四座的童子功，他更多地用于收藏而不是展示，只是在子女面前偶露峥嵘，大庭广众之下是绝不炫耀的。这恐怕不仅是因为他做人做事一向低调，多少也是为了遮蔽一段他自认为不太光彩的历史——他早年曾当过制作出殡用的纸屋纸车纸马的“库匠”。要成为这一行业的佼佼者，是需要书画功底支撑的。

父亲的棋艺不算高超，但对付街头摆残局讹钱的江湖骗子却是绰绰有余了。他轻易也不愿出手，必待对方胜了几个不知深浅的莽汉，手握赢来的角票口出狂言，把天下英雄视若无物时，他才悠悠然从人群中闪出说：“我来试试。”他其实早已研究过这类残局，看出其玄机所在，所以，走不到十步，对方就推盘认输了。父亲于赌资分文不取，道声“承让”后便飘然而去。

但父亲平时难得与人对弈，因而棋友不多。多的是牌友，他对扑克牌的喜爱远胜于象棋。他自己不组牌局，却有好几个牌局力邀他加入，想来牌风和牌技也是不错的。他对邀约者从不厚此薄彼，常常转战于多个牌局之间，经年累月，牌友就相当可观了。

父亲是不禁烟酒的，但烟瘾和酒瘾都不是很大。事实上，因为受制于经济实力，他也有意识地控制烟酒的摄入量。他身上常装有两种牌子的香烟，档次低的自吸，档次高的待客。小城的烟民一直保持着相互递烟的传统，把这视为联络感情、增进友谊的一种方式，所以，作为烟民的父亲，自然也有不少烟友。他还有一些推辞不得的酒局，小城的男人喜欢“敲瓦片”，这是一种近似于 AA 制的做法：找个由头聚在一起，每人掏个五角一块的，痛痛快快地喝几杯。菜可以简单到只有一碟花生米、一盘猪头肉，酒却必须管够。在觥筹交错中，原先不太熟悉的也成了生死兄弟。这样，父亲的酒友圈子也像滚雪球一样不断壮大。

父亲还酷爱谈天说地，闲暇时常到人民剧场旁边的“新闻角”去神聊，这就又形成了一批“聊友”。他们聊得最多的是国际形势，从苏联勃列日涅夫的政治谱系，到南北朝鲜在板门店发生的最新冲突，再到古巴卡斯特罗的铁腕手段，他们无不聊得津津有味，而且争相卖弄自己超拔于小城居民的政治见解，热衷于传播各种捕风捉影的小道消息。父亲晚年时，我曾经问他：“李××是不是你的聊友？”他很不屑地摇头说：“他哪有资格？他不懂分析国际形势的。”可知他的聊友都是经过筛选的。

父亲通过不同途径结交的这些新朋旧友，分布在小城的各行各业。他们义字当头，情字为先，互通有无，彼此照应，尽可能为圈内人提供方便，不惜为此稍稍损害一点公家的利益。他们大多认识我，知道我是肖家的独子，所以常给我各种优惠。比如去打酱油，扔下五分钱，张伯伯就会给我灌满一大瓶，而它的本来价格至少是四倍；去买大饼，李叔叔会在其他顾客的眼皮底下往我的饼上洒满芝麻，而别人饼上的芝麻却只有稀稀落落的几粒；去理发，只付剪发的钱，吴阿姨却会给我提供洗剪吹全套服务；去看戏，不用买票，候着人少时，朝把门的姚奶奶点个头，就从她腋下钻进剧场了——当然，那是在我愚蠢地写大字报揭发她之前。

这也就是说，我从小就享受着父多良朋、家有故交的种种好处，在简单的日常生活和社交环境中如鱼得水。

二

所谓“故交”，按我读中学时的理解，应当符合两条：第一，至少结交十年以上，这才当得起一个“故”字；第二，要一直保持来往，这才够得上一个“交”字。除此而外，我觉得还应当彼此付出真心，以诚相待，全然不在意身份的贵贱、地位的高低。父亲很有幽默感和亲和力，与一个生人喝几次酒，就成为“新朋”了，再打几回牌，“新朋”便又升格为“旧友”了。在我看来，这类“旧友”是不能归入“故交”之列的。

“旧友”与“故交”都是书面语，只有我们这些喜欢酸文假醋的中学生才使用，很少出现在父母一辈的口头上。他们习惯说“老朋友”。但父亲口中的“老朋友”，往往是社交意义上的。他领着家人外出，迎面走来一个穿中山装的干部模样的中年男人，对方主动向他挥手，他也热情回应。待对方走远后，母亲问他：“这是谁啊？”他语气很有几分骄傲地回答：“工业局的钱局长，我的老朋友。”其实，很可能他俩一个月前才在牌局中认识，彼此见面不超过三回，充其量只是点头之交。

冬天，他带我去浴室洗澡，那些擦背的、修脚的、拧毛巾把的师傅见到他，都会笑着招呼：“来了！”为他服务时，擦背的格外卖力，修脚的特别仔细，拧毛巾把的不断把热毛巾甩过来。父亲并不介绍说“这些都是我的老朋友”，但我看得出，他们倒都是真心把父亲当老朋友来对待的。突然，邻座有人像发现了新大陆似的惊呼道：“哟，这不是老肖吗？好久不见！”父亲一脸茫然：“你是……？”对方不改其兴奋：“我是×××呀！你怎么连老朋友也忘了?”父亲猛拍脑门:“哎呀,看我这臭记性,瞧着面熟得很,人和名字却一下子对不上号。抱歉啦,老朋友!”接下来,两人聊天时就一口一声“老朋友”了:“老朋友,现在何处公干啊?”“老朋友,我们有多久没见了?”我估计,父亲到最后也没想起他究竟是谁,而且下次见面可能还只是“面熟”而已,却不妨碍“老朋友”这一称呼的持续使用。像这样的“老朋友”显然只存在于社交层面,近乎虚与委蛇的礼貌用语了。

用我的标准来衡量,父亲真正的故交大约有十几位,其中最让我怀念的不是五金公司里帮二姐插队的村庄购买电线、电表等紧俏物资的施叔叔,不是百货商场里给即将去省城上学的大姐量好做新衣的布料后多剪出一尺的潘大爷,也不是人民医院里无须挂号就直接为感冒发烧的我配药、打针的田妈妈,而是长年为我家担水的张伯伯。他的大名叫张松。

三

张松是一个挑水夫。人如其名,长得像松树一样高大挺拔,和父亲站在一起,要足足高出半头。但如同松树身上也长有许多疙瘩一样,他的脸上布满痘痘,尽管青春期早在二十年前就已经与他告别。一双眯缝眼,再加一道阔叶眉、一个蒜头鼻、一张八戒嘴,使他的面容显得有几分丑陋,甚至还有几分狰狞。

据说,他是父亲的“发小”,两人光屁股时就在一起玩耍了。但看上去既斯文又俊朗的父亲真的和他差别很大,一点也不像儿时的玩伴。他只念过两天书,刚认得扁担横成的“一”字就退学了。不光因为家里穷，还因为他实在念不进去。老师写在黑板上的“一”字有点粗，也有点弯，问他这个字念什么，他居然根据它的形状念成“扁担”。在哄堂大笑声中，老师又写下一个“二”字，没等老师发问，他就抢先答道：“两根扁担。”笑声差点掀翻了屋顶。老师把鼻子都气歪了，一下课便叫来他爹说：“你家的孩子脑子太好使，我没有本事教他，你把他领回家吧。”知子莫若父，在镇公所打更的老张头听出了老师话里的讥讽意味，二话没说，拉起张松就走。

老张头这天被镇公所临时抓差去担米，听说老师传唤他，不知儿子惹下什么祸，扁担都没来得及放下，就心急火燎地赶来了。走出老师办公室后，他操起竖在门边的桑木扁担就给了张松一家伙。正想抡第二下，张松夺过扁担撒腿就跑。人还没扁担高，但扁担扛在他肩上却显得十分熨帖与顺溜。老师在背后看到这一幕，苦笑着叹道：“看来他与扁担有缘啊！这辈子大概离不开扁担啰！”

这就是在他的童年伙伴中广泛流传的“扁担”的故事，在辗转流传的过程中，或许经过某些文学爱好者的艺术加工，但基本事实不会是凭空捏造出来的。老师当时只是偶发感慨，并没有预测他未来的职业之意，谁知一语成谶，最终成为挑水夫的他果真靠扁担来维持生计了。

我所生活的苏北小城，直到上世纪七十年代中叶才普遍用上自来水。这之前，所有的生活用水都必须从井里或河里担来。经济能力差的人家自己担，经济条件好的人家雇人担。挑水夫便应运而生，与补锅匠、箍桶匠、开锁匠、磨刀匠等一起成为小城中不可缺少的行当。

挑水夫都有固定的客户，一般采用月结的办法：一担水的价格是三分钱，每次挑来几担水，挑水夫与客户各自记账，到月底双方对账后一次性结清。但我家作为张松的客户，却从来没有记账的习惯，全凭张松一个人说了算。他也没有账本，所有的账目都记在脑子里，有细心的人家核对过，分毫不差。这说明他只是小时候不爱识字念书而已，脑子并非真的不好使，至少对数字概念他脑子里门儿清。

但他委实不爱干费脑子的活儿。老张头曾让他学过木匠。入门很快，没几天就能把小板凳做得像模像样了。但半个月后，他就不愿跟着师傅学下去了，因为有那么多的家具式样要记，他觉得太费脑子了。无论老张头如何软硬兼施，他都不肯回头，白白糟践了刚交的一大笔拜师费，气得老张头直骂“这头听不懂人话的犟牛！”

挑水夫这个行当对他来说，倒是挺合胃口、挺对脾性。他生就一副膀大腰圆的好身板，浑身上下有使不完的力气。他使用的两只木桶比其他挑水工要大一号，盛满水后足有一百二十斤，挑在他肩上却轻松得像扛着棉花包。每天只需重复三道工序：打水，担水，倒水。既不费脑，也不伤神，纯属周而复始的机械劳动。至于每月的账目嘛，那也只是一种简单记忆，每家每月用水的数量，冬天是个位数，夏天是十位数，只需做毛孩子也会的加法。要言之，机械劳动加简单记忆，就能把这份吃力却省心的工作搞定。唯其如此，从成为挑水夫的那一天起，他就没想过这辈子还要改换别的工种。他觉得这是最适合他的职业，是上帝为他量身定制的一只铁饭碗！有这只铁饭碗捧在手里，夫复何求？

四

但在旁人看来，挑水这种营生不仅艰苦，而且多少有些低贱。它“全年无休”，保持着现在一心创先争优的政府机关所倡导的“五加二”“白加黑”的工作节奏，不管刮风下雨，客户随叫随到。即使隆冬季节，大雪纷飞，天寒地冻，只要有客户召唤，他就得马上从热被窝里爬起来，抓起木桶和扁担，一步一个脚印地踩着厚厚的积雪去井台挑水。他永远穿着那件有几个破洞的黑棉袄，腰里扎一条蓝布带，脚上蹬一双黄军鞋。等到他把客户家所有的水缸装满，一头汗水、满身雪花地告辞时，礼貌的人家会道一声“辛苦你了”，心里却不觉得亏欠了他，因为这是一种公平交易，和去菜市场买肉、理发店剃头、澡堂子搓背没有什么两样，花了钱就可以心安理得。有人甚至还认为，这是体恤他、关照他、接济他呢，不给他这笔生意，大雪天气他吃什么、喝什么呀？

的确，很少有人从心底里怜悯他、同情他、尊重他。他不需要怜悯和同情，因为他并不觉得自己活得可怜、活得憋屈、活得窝囊。但他渴望尊重，渴望客户都能以平等的态度对待他。但有些小城居民却偏不给他这种尊重和平等。“张松，下午三点来给我家挑水，不许迟到哦！”这种命令式的口吻是他常见的，慢慢也就不以为忤了。“张松，叫你三点来，你怎么磨磨蹭蹭的三点半才到？这么不守时，把我的事都给耽误了！”这样的指责他也能忍受。但女主人接下来的说辞就让他觉得蒙受羞辱了："什么？先去了别人家？别人家重要，我家就不重要吗？你……你可别狗眼看人低啊！"他脸膛上的痘痘涨得更红了，手臂上的青筋也鼓得更高了，却没有向出言不逊的女主人回敬任何一句刻毒的话语。

不是不想回敬，而是不具备回敬的能力。毒舌与巧舌都是天生的，他的舌头先天不足，发挥吃的功能时还算心口相应、灵巧自如，担负说的使命时就力不从心、笨拙无比了。说话在他是一件相当吃力的事，吃力的程度超过挑水百倍。在他脑海里，语言仓库只占据着一个很小很小的角落，里面装着的都是简而又简的日常生活用语，找不到一个刻毒的骂人损人的词汇，奉承之辞与赞美之语也无觅踪影。所以，纵然受辱感让他怒火中烧，他也只会将水桶重重地往地上一顿以示抗议。

因为满腔无处发泄的怒火都倾注在这一顿中，铺地的青砖都被震碎了一块，女主人看着他紧紧握在手里的扁担，生怕他动粗，不敢再口吐脏水，但丈夫回来后却状告张松如何如何放肆，说"死了张屠夫，不吃混毛猪"，坚决要辞了他。而张松也把这户人家列入了黑名单，根本不打算再为其卖苦力。这种不甘受辱、不愿摧眉折腰的脾气，让他失去了不少习惯于对下等人颐指气使的客户。他知道，在一些小城人眼里，他和倒马桶的、抬死人的、扫大街的没有本质上的区别，顶多高出那么一点点，但他还是想保持自己的尊严，对那些始终居高临下地傲视他、侮慢他的主儿，他都先于他们一步诀别。这是他唯一维护尊严的办法，即使因此而减少收入、影响生计也在所不惜。

那个自己长了一双狗眼却还骂张松“狗眼看人低”的女主人，第二天就换了新的挑水夫。但一个月过后，便开始怀念张松了。张松只是偶尔因为两家客户要求的时间有冲突才迟到一次，新的挑水夫十次倒有八次迟到；张松往缸里倒水前，会先把缸底剩余的脏水倒掉，然后擦洗两遍，刮尽藏在青苔里的污垢，新来的挑水夫则不管不顾地直接将水倾入缸内；张松将水缸装满后，会替你揩去地上的水渍，遮上盖板、带上大门才离开，而新来的挑水夫全然没有这样仔细，水缸一满，拉开大门就走，因为走得太急，有时木桶还会与门板相撞。她火冒三丈地说：“门板又不是铁做的，哪经得起这样撞？你赶着去杀头啊？!”对方头也不回地应答说：“快点走，好让你有空档偷点腥!”嘴皮上的功夫一点也不亚于她。

这样一比较，精明而又刻薄的女主人便觉得还是张松做事地道，为人也老实忠厚了。她与丈夫嘀咕，想把张松再请回来。丈夫说，解铃还须系铃人，你自己去找他吧。女主人犹豫半天，还是厚着脸皮来到张松家，露出夸张的笑容对他说：“张家兄弟，过去的事就不提了，请你再帮帮我家吧!”她本来想说句抱歉的，但实在抹不下面子，他毕竟只是一个比她低贱的挑水夫。但她能亲自找上门来，这本身就是一种姿态，更何况她还极难得地说出了“帮帮我家”这样放低身段的话，张松胸中原有的块垒顷刻间便消散殆尽。他完全忘记了她曾经的张狂，曾经给予他的羞辱，一口答应了她的请求。

当然，他的答应方式是微微点头，而不会慷慨表态说：“那好，我就不计较你过去的无礼了，今后我会更加卖力。”在语言上与对方拉平。他是个惜语如金的人，回答别人的话时，往往简洁到只有一个字。别人对他说："张松，明天一早，给我家挑三担水来。"他连应一声"好咧"都嫌麻烦，只是鼻腔里挤出一个"噢"。别人问："张松，最近日子还过得去吗？"他的回复也只有一个"嗯"。而更多的时候，他是用点头或摇头的动作来表明自己的态度。说他"讷于言而敏于行"，也许高了，他不是志士仁人。但他罕言寡语却行事敏捷，在字面意义上和这一经典说法还比较接近。

五

张松只是一个再普通不过的挑水夫，所以，关于他的这些传闻只在一个很小的圈子里流播，对它感兴趣的人十分有限。我留心听它，全因为他是父亲的故交，而且父亲对他还很在意。

其实，我对父亲这位故交一开始是很不以为然的。我还不懂得什么叫势利，也还没有多少尊卑等级观念，但不知怎么回事，刚上小学的我就是有点看不起他。在我的潜意识里，以挑水为生，而没有别的劳动本领，至少是一种无能的表现。我还纳闷：这种卖苦力的现象按理只应该在旧社会才有，怎么新中国都建立十五周年了，它还没有绝迹呢？我曾经向父亲建议：井台离我家不算远，能不能自己担水吃？一人挑不动，可以两人抬嘛！父亲说："那你先去试试。"

我来到井台边，正好张松在用吊桶打水。我从他手里抢过拴在吊桶上的绳子，晃动了半天，吊桶就是沉不下去，只好把绳子交还给他。说也奇怪，他只是轻轻抖了一下，吊桶便咕噜咕噜直沉井底。我再次把绳子夺到手里，但用尽吃奶的力气，也无法把吊桶提到水面以上，只得心有不甘的作罢。哎！这还只是第一道工序，我就已经力不胜任了，要把家里的两只大水缸装满谈何容易？

从此我不再向父亲提自己担水的话题，父亲也没有问我尝试的结果及感受，似乎结果早在他的预料之中。不过，他未必能想到，我也因此而在一定程度上调整了对张松的看法：他并不是一无技能，至少让吊桶马上沉到井底去也是一种技能。但我仍然不觉得他身上有什么值得我尊敬的地方，同样，还是不明白父亲如此礼遇这位久遭世人轻视的故交的理由。

父亲对张松的态度确实让我不解。张松挑水上门时，只要他在家，都会迎上前去，在张松卸下担子时搭一把力。倒完水后，他会招呼张松歇一会，从口袋里取出他自己平时也不舍得抽的“大前门”香烟，两人各自点上一支，一起喷云吐雾。张松有时会客气道：“抽我的。”只有在父亲面前，他才会说出这样结构完整的三字句。然后，抖抖索索地也从衣襟里摸出两支挤扁了的“黄金叶”。父亲会欣然接过一支黄金叶，同时递给他一支大前门，说“咱哥俩换着抽吧”。两人很少交谈，也从不落座，就这么沉默地站着把烟一口一口抽完，彼此一点也不觉得尴尬，仿佛语言在他们之间是多余的，一切尽在不言中。

家里的用水量不是很大，尤其是冬天。张松挑来的井水主要用于做饭、洗漱和饮用，洗衣与洗菜则都去河边。河水很浑浊，因为河道中间不时有以柴油为动力的机帆船驶过，会在河面留下油渍，许多人家还把马桶和孩子的尿布拿到河边来洗。

所以，洗完菜回家后，还得用井水浇一浇。每当这时，母亲都会叮嘱说：“水不是白用的，给我少浇点。”如果我手里没数，一下子浇掉一大勺，母亲就会心疼得训斥我说：“有你这么败家的吗?”

父亲则不同，他觉得河里洗过的菜光用井水浇一浇是不够的，应该冲一冲。浇和冲的用水量，差别是很大的。在这一点，父母有着明显的分歧。父亲要我们姐弟“再冲一冲”时，母亲都会跳出来一针见血地揭穿父亲的真实用心：“你不就是想让那个穷朋友多挣点水费吗？别以为我看不出来，你什么时候变得这么爱干净、讲卫生啦?”有时，她还会再补上一句：“你以为你是沈万三哪？自己口袋里也没几个余钱，接济得了谁哇?!”“沈万三”是明代江南第一富豪，在我们家乡路人皆知。母亲这样奚落父亲，分明对父亲的做法十分反感。

每月结算水费的时候，父亲与张松会发生一点小争执：张松要抹去零头，父亲则想再加点零头，使它变成整数。两人推来让去好半天，把张松挑水的工夫都给耽搁了。父亲说：“你就别和我客气了，我的日子总比你好过点!”张松说：“用不着。”无论父亲找出什么理由，他都以不变应万变地回复这三个字。母亲实在听不下去了，隔着窗子调和说：“干脆亲兄弟明算账得了，都不差这几角几分的，谁也别让了。”于是，推让到最后还是按母亲说的，把零头毫厘不差地付清。渐渐的，这也成为一条定规，两人再不为此而纠缠。

六

家里的水缸快要见底时，我的差事就来了。父母把通知张松前来挑水的任务一揽子下达给我，所以我要对家里的“水情”进行动态监控，并及时报告给张松。我有时去井边遇他，有时则去他家里喊。

张松的住处与我家只隔一条马路，五分钟就可以走到了。那是巷子深处的一间又矮又旧的瓦房，面积大概只有不到十平方米，放下一张大床、一张方桌、一个灶台、一个碗橱、几条板凳后，就满满当当的了。房子处在两侧的“广厦”的挤压下，终年晒不到太阳，又没有一扇窗户，所以室内光线很暗，白天也要开灯才能看清人脸。结有蛛网的房梁上吊着一盏十五瓦的白炽灯，灯罩上沾有厚厚的灰尘。只有张松在家时才会拧亮它，因为他的老婆是瞎子，永远看不到光明。

但她的瞎眼并不是从娘胎里带来的。据父亲说，她年轻时的容貌虽然与张松属于同一档次，眼睛却很明亮。牢牢吸引住张松的就是这双扑闪扑闪的眼睛，那是在一次元宵灯会上。他指着悄立于灯火阑珊处的她问父亲：“你看我和她般配吗？”父亲那时已成婚，巴不得他也能早结秦晋，见他心有所属，便竭力撮合他们。不仅媒人是父亲替他找的，婚礼也是父亲帮着筹办的。

她很快就怀孕了，但生下来却是个死胎。第二胎和第三胎都是健康的，而且都是男孩，分别先于我八年与六年呱呱坠地。这让我暂时还有女无子的父母不胜羡慕。但他们竟都在长到三岁左右患上一种腹胀如鼓的怪病，不治而亡了。她成日以泪洗面，那双让张松着迷的眼睛就这样哭瞎了。听说北京、上海的大医院能医治，但他家哪有这个钱啊？而且千里迢迢、山长水阔的,就是有钱,只怕也摸不进大医院的门哪!张松这辈子成天绕着井台转,活动半径不超过一公里,连县城都从没走出过,领着一个瞎子去北京、上海治病,他想都不敢想哇!

我每次去张松家,都看到她坐在门口的一张小竹椅上。最早的时候,手里编着竹篮,皲裂的手背上留有一道道血痕,想来多次被毛糙的竹片划破过。因为眼睛就是个摆设,全凭手感操作,已是半成品的竹篮有点变形,看上去很不美观。而她的身材也已经严重变形,饱胀得像一只吹大的气球。她自己对邻居感叹说:"嗨,怎么喝凉水也长肉?"

喝凉水不假。有时张松一早就被客户叫走了,来不及烧水做饭,她就只能先喝点凉水充饥了。其实,她一开始是想自己摸索着烧水做饭的,好为丈夫分劳。可家里用的是灶台,往炉膛里添柴时,火苗窜出来舔着了她的棉裤,要不是邻居闻到焦味,赶过来帮她扑灭,就酿成大祸了。从未对她发过脾气的张松,这次臭骂了她一番。骂她的话也很简洁,翻来覆去就是"贼婆娘"三个字。从此,她就再也不敢自己生火了。

后来,竹篮也不编了。形状既差,疵瑕又多,卖不出去,白白糟蹋了一堆材料。她又气又急,新添出心口疼的毛病。除了张松晚上有空时搀着她到街头走一圈,吸吸新鲜空气外,她几乎从不出门。但也很少卧床,而是将门边的小竹椅作为托身之处,成天坐在上面,听外面的人语喧哗,聊以打发寂寞。有时,她腿上会放一个小箩筐,里面搁着针线和几件旧衣裳,有人主动与她搭话,她就会拿起针线和衣裳,装模作样地缝几下,以示她并没有闲着,还不是一个什么都不能干的废人。

熟悉的人都明白她的用意，却从不点破。只有我觉得奇怪：她每天都干针线活，为什么张松的棉袄还有破洞呢？我把这个问题抛给母亲，母亲叹了口气，说："长大了，你就懂了！"她接着又说："张松不容易啊，老婆眼睛一瞎，他的苦日子就开始了。"有个除夕夜的晚上，在给张松家送去了一点年货之后，我听到父母谈论张松说："这无儿无女的，将来老了可怎么办哪？""是啊，现在张松还能靠挑水挣钱，要是挑不动了，就得喝西北风了！""政府大概会救济吧？我们大家也可以帮一把，总不能看着他们活活饿死吧？""饿死倒不至于，三年自然灾害都挺过来了。不过，眼下'文革'把局面搞得这么乱，长此以往，恐怕是不能指望政府了。""哎！怎么老是瞎折腾啊？这十几年好像就没安耽过！""别说了，睡觉吧。刚才说的这些，可别在外面提起，小心祸从口出！""我懂！哪用得着你提醒？"

父母难得在一起交谈家庭事务以外的话题，因为他们的共同语言实在不多。在外面常与人热聊的父亲，在家里却和他的故交张松一样十分吝惜语言。但这次他们却围绕张松夫妇谈论了好久，而且全不似以往那样话不投机。这是罕见的。我感觉到，母亲虽然对父亲或隐或显地接济张松时有微词，甚至会毫不留情地指责，但也就是发泄一下而已，心底对张松的遭际还是充满同情的，并不真的反对父亲对他援之以手，不然，她也就不会同意从家中并不丰裕的年货中分出一点给张松了。当然，真的就是一点，多了张松就不肯接受了。只是表示个意思，让他知道还有人惦记着他，从而不觉得孤单。

七

张松的老婆眼睛看不见，听力却很好，记性也不错。我去过他家一次后，她就记住了我的声音。再去时，刚一开口，她就会问："来的是老肖家的孩子吗？声音真好听！"这还是第一次有人夸我声音好听，看来，她比张松会说话。或许，也是因为她难得听到童声吧？但旋即她就沉默了，脸上也现出一层忧伤的神色。我猜，有可能我这未脱稚气的童声，让她回想起了自己夭折的两个孩子。

我从来不称呼她。不光是她，连张松我也从不称呼。按父辈的交情，我应当喊他"张伯伯"，而不应该把他仅仅看作一个挑水夫，像大多数客户那样直呼其名。我经常听到有年龄相仿的孩子在井台边叫他"张松，给我家挑水去！"更有顽皮的，明明没事找他，却成群结队地跟在他身后喊："张松张松，干活轻松。"把他当作和流浪汉一样可以戏弄的弱势群体。张松一般不理睬他们，依旧挑着水桶健步如飞。顽童们不甘罢休，改喊成"张松张松，打架稀松"，存心激怒他。张松放下担子，抽出扁担在空中划一道弧线，那些顽童欢快地尖叫着像鸟兽般四下逃窜。在这样的氛围里，要让我叫他"张伯伯"，我实在叫不出口，叫出来肯定会惹得顽童们哄笑，以后再见到我，他们就会奶声奶气地学着我的腔调把"张伯伯"叫来叫去，甚至会将"张伯伯"作为我的代称，当成永远的笑料。何况我也真心觉得，以他挑水夫的身份和丑陋而又木讷的形象，哪里配当我的伯伯？如果不是顾忌万一被父亲听到怪罪我目无尊长，我就也直称"张松"了。

我也听到年龄稍大一点的中学生颇有礼貌地喊他“张师傅”,这倒也可以仿效。但我家与他那样熟,父亲动不动就说“咱哥俩”“咱兄弟”的,热络得很,叫他“张师傅”就显得太生分了,因此也不合适。怎么办呢?这个原本十分简单的问题因为特殊的人际关系竟变得相当复杂。我绞尽脑汁也想不出万全之策,只好采用最笨拙、同时也是最聪明的做法:干脆什么也不叫,直接走到他面前说:“我家要挑水了。”但有时也会遇到这种情况:没等我接近他,他已经挑起担子转身走了。我大步流星地想撵到前面去截住他,却始终落在他身后。这时,我只有喊一声“喂”了,他回头一看是我,便会停住脚步,于是,我就又可以面对着他说:“我家要挑水了。”

更难办的情况是,在井台边、马路上兜了好几圈,都没有遇见他;转去他家找,偏偏他又不在家。我不愿意再跑一趟,只能托他老婆转告。这样,便又出现称呼问题了,尤其是第一次遇到这种情况时。我灵机一动,先咳嗽一声引起她的注意,然后自我介绍说:“我是老肖家的。”她惊喜道:“好哇,老肖家的孩子都长这么大了!快进来坐!”屋子里黑乎乎、脏兮兮的,还散发着一种怪味,我才不愿进去坐呢!我捂住鼻子说:“不坐了,请转告你们当家的,我家要挑水了。再见!”说完,掉头就走。幸亏我临时想出“当家的”这个从小说里看来的代词,不然,真不知如何称呼张松是好。

大概是第四次去张松家的时候,见张松不在,我便又打算请她转告。因为她已听熟了我的声音,我不必再自报家门,也无须使用“当家的”的这一代称,径直说“我家要挑水”就可以了，和面对张松时几乎没有区别，比第一次省事多了。我正想离开，她却伸出手来拉住我说："孩子，让伯母好好看看你！"她的声音有点沙哑，语调却温柔极了，与她的体态极不相称，让我听出一身鸡皮疙瘩，内心的反感也油然而生："看看？"哼，你看得见吗？一个瞎子说"看看"，岂不是有点恬不知耻？你当别人也失盲，看不出你眼瞎吗？可笑！还有，居然好意思自称伯母，谁把你当伯母了？我才没有这又胖又丑又瞎又不识趣的伯母呢！

我准备用力挣脱她，忽然看到她充满渴望和慈爱的表情，那上面仿佛蒙上了一层圣洁之光，使她的面庞显得动人起来。哦，这是一个曾经两度痛失爱子的母亲！我不忍拒绝她了，温顺地让她的手在我脸上游走。她把我的五官一一仔细摸过，噢，原来她是这样"看"的。她的手掌很粗糙，那是编竹篮留下的痕迹，抚摩的动作却很轻柔，仿佛手下是一件只宜轻轻触摸的精美瓷器。我的皮肤一点也没被碰痛，但她身上的异味却直呛我的鼻孔。说真的，我有一种被丢到猪圈里的感觉。我闭上眼睛，屏住呼吸，觉得这一刻是那样漫长。她终于放下手来说："不光声音好听，人也长得挺好看的，老肖好福气啊！"我趁势后退一步，脱离了与她的亲密接触。

她又说话了："你先别走，伯母有东西给你。"她手撑竹椅，艰难地站起身来，向屋里一步一步挪去。方桌上有只小瓷罐，这是她家里唯一像模像样的东西。她从瓷罐里抓出了些什么，紧紧捏在手里，然后回到我身边，摸索着塞进了我的上衣口袋，脸上现出灿烂的笑容说："吃吧！"我摸出来一看，啊，是我爱吃的“开花蚕豆”，总共有八粒。可这是她用手捏过的呀，上面带有她的体味，我怎么吃得下去呢？离开她家后，我把蚕豆放在鼻子底下嗅了又嗅，异味倒是散掉了，但不洁感却挥之不去，最终还是忍痛割爱，把它们扔了。

八

这以后，再去张松家时，我都警惕地与他的瞎婆娘保持一定的距离，不让她的手够着我。当她再说“伯母给你东西吃”时，我答一句“不用了”，连声“再见”也不说就跑了。还是张松干脆，如果他在家，我就不用多费周折了。他从不要我进去坐，从不仔细打量我，从不问长问短，当然，也没想到给我东西吃。听完我的话后，他“嗯”一声就完了，不会再多说一个字。有时，我还没开口，他先就“嗯”了，因为他知道，除了喊他挑水外，我不会有别的来意。在他的影响下，我的语言也越来越省略：由“我家要挑水了”简化到“要挑水了”，再简化到：“挑水”，最后简化到什么也不说，往他面前一站，他就都明白了，而那个“嗯”字理所当然地也省去了。在这一点上，我俩倒是达成了高度的默契。

让我开始对张松产生那么一点敬意是十岁那年。我和小伙伴玩捉迷藏的游戏，躲藏的范围是我家周边的几条巷子。我快步窜进距离最远、同时也最僻静的那一条，找到一个凹进的墙角潜伏下来。巷子尽头有几个六七岁模样的孩子在“跳房子”。正值穿毛衣的仲春季节，暖风习习，他们跳得满头大汗。这时，一个穿着干部制服的中年男子走到他们身边，貌似很关怀地说:“小朋友,累了吧,瞧你们这汗流的,小心感冒哟！要不你们把毛衣脱下来,叔叔替你们拿着吧?”孩子们看他很和蔼可亲的样子,又穿着官服、打着官腔,不像是坏人,便纷纷脱下毛衣交到他手里。我也不疑其中有诈。

我无聊地继续注视着眼前的情景。孩子们继续兴高采烈地“跳房子”,不时为是否犯规的问题发生争执,完全沉浸在游戏中。男人抱着五颜六色的毛衣,笑眯眯地看着他们,见他们根本不注意他,便移动脚步,想偷偷离开了。我隐隐觉得情况有点不对,就从潜藏处冲出来,挡住他的去路说:“你想干什么?”他先是大吃一惊,后来看到我也只是个毛孩子,便放下心来,笑着哄骗我说:“我去给孩子买糖吃,你也有份哦!”我说:“那你把毛衣交给我来看管吧。”他明白我已看出了其中的蹊跷,立即变脸道:“赶紧闪开！否则我就不客气了!”他凶相毕露地拍了拍自己的腰部,那里鼓鼓囊囊的,似乎藏着匕首之类的凶器。

我有些害怕了,正犹豫要不要大声叫喊,背后突然伸过来一只强有力的手臂,揪住了男人的衣领。随即,张松魁梧的身材出现在我面前,没看到他怎么使劲,男人的身形就慢慢矮了下去。脸上还显得非常痛苦似的,口中直呼:“好汉饶命!”不知是张松那酷似黑旋风李逵的外形唬住了他,还是平时真人不露相的张松其实身怀绝技,内力通过手臂震得他全身发麻。他就这样乖乖地做了张松的俘虏。

张松一言不发就制服了这个刚才还恶狠狠地威胁我的男人,这让我开始对他刮目相看。他押着男人直奔派出所,我和那几个孩子跟在他身后。这是他要求的,大概是为了取证。他只对着我说了一个字:“走!”眼睛却同时看着其他孩子。已经有点懂他的我,便代为传达指令:“他让我们跟着他去。”孩子们不知道骗子与特务的区别,满脑袋里晃动的都是从银幕上看来的抓特务的影像,兴奋地说:“抓到特务了!”蹦蹦跳跳地紧随张松和我的脚步。

到派出所后一审,果然这是个专门哄骗小孩衣物的惯犯。他老在这一带转来转去,遇到穿着漂亮衣服的孩子就上前搭讪,张松早就注意上他了。为了生计,张松无法扔下水桶和扁担去盯他的梢,但只要他出现在视野里,张松都会瞄住他。这天,张松看到他拐进一条深巷,情知他是去寻找猎物,便悄悄尾随,于是便目睹了我与他对峙的那一幕,然后及时现身,一举将他擒获。

孩子们七嘴八舌地讲述了事情的经过,还在民警叔叔记录下来的“证词”上摁了手印。我则被当成“见义勇为”者专门做了笔录。这都是拜张松之赐——民警叔叔表扬他革命警惕性高,该出手时就出手。他摇摇头,指着我说:“全亏他!”民警欲知究竟,要他一一从头道来,这简直和要他的命差不多。他抬手朝我一指:“问他!”便溜之大吉了。于是,我就得原原本本地描述案情,并应对民警叔叔“你是如何看出破绽的”“你当时害怕了没有”等层出不穷的问题。据父亲后来告诉我,当时我对答如流,而且姿态不低,毫不讳言自己曾经害怕过。这让他很有面子,破例给我两角零用钱,算是物质奖励。

我当即用奖金的一半买了两块桃酥来犒劳自己。我知道,归根结底,这也是拜张松之赐。我不敢想象,如果张松不在现场,事情的结果会是怎样的,至少我不可能抓住他并扭送到派出所,终结他的诈骗生涯,弄不好我还会挂彩,甚至一命呜呼。所以,我理当感谢张松。如何感谢呢?这个闷葫芦恐怕是不爱听好话的,而我也不想对他说好话。我看到了手上还没吃的那块桃酥,这对他和他的婆娘应该也算是美食吧?对了,就这么办!我熟门熟路地跑到张松家,正好他不在,他的瞎婆娘像往常一样门神似的坐在竹椅上。我蹑手蹑足地走近她,什么声音也不发出,以免让听力绝佳的她发现我来过。我把自己很馋很馋却最终也没舍得吃的那块桃酥,轻轻放到她膝盖上。我想,等到她发现后,或许会以为这是天使可怜他们这对贫穷而又孤独的夫妻,送给他们这份小小的礼物,而她也一定会和张松分享它。但愿他们会和我一样细细品尝后觉得它非常美味可口。

九

两年后发生的另一件事,把张松在我心目中的地位又推高了一点。

那是一个冬日的凌晨,张松冲风冒寒去街角那口老井替一家饭店担水,远远地就看见一个年轻女子把身体伏在井台上,隐约还可以听到她的抽泣声。他觉得不妙,便招呼了一声"嗨"。女子一抬头,他认出是住在同一条巷子里的莹莹。咦,这个远近闻名的傻妞一早来这儿干什么?难不成她有什么想不开?他心头一紧,破天荒甩出一个完整的句子:"别干傻事!"莹莹也看清来的是他,撕心裂肺地尖叫一声后,便一头扎进井内。

张松三步并作两步奔到井边，她已沉入井底，黑洞洞的井面上只依稀看到几个气泡。他一边大声呼救，一边也纵身跳入井内。他淘过这口井，知道水深在一米七左右，以自己的身高刚好可以冒出头来，而一米六的莹莹则会被井水完全淹没了。他捞到莹莹后，一把将她托举起来。她已经呛了好几口水，咳嗽不已，却拼命挣扎着想再沉到水里。好在这时，附近的居民闻声赶来救援，井壁又不是太深，两人很快就被吊了上来，而莹莹此时已昏厥过去。

没有人想到叫救护车，县医院只有一辆救护车，主要用于转送危急病人去省里的大医院。小城人突发重病，都是靠家人邻居抬往医院。这边七手八脚往井里放下吊篮时，那边已有人从家里拿来了担架。张松安然无恙，只是饶他身强力壮，也已冻得浑身发抖。他拒绝去医院检查，挥了挥手，就回家换衣服去了。大伙儿将莹莹抬上担架，不等她家人赶到，便直送县医院急诊室。

一会儿，张松就又出现在井边，噢，饭店还等着他担水蒸早点呢。不过，他身上穿了件窄小的女式棉袄，显得很有几分滑稽。想来，他用来御寒的只有那件每年要穿半年以上的黑棉袄，而他把婆娘唯一的棉袄穿出来，那个瞎女人只怕要整天裹在被窝里，再也不能坐到门边听风景，并被别人当风景看了。但此时没有人笑话张松，尽管平日笑话他的人挺多。

我是上学途中经过井台时得知这件事的，那里聚集着一大堆人，正听目击者绘声绘色地讲述张松救人的经过，在他嘴里，张松“纵身一跳”变成了“纵身一跃”。我已经读初一了，文学细胞开始分蘖，变得喜欢咬文嚼字，本能地觉得“一跃”的说法太夸张了。在我看来，“一跃”用来形容跳水运动员还差不多，放在张松身上就不合适了。别说他不具备那样的技能，即使具备，也断然不会头下脚上地“一跃”，让自己的脑袋进水。那不是找死吗？张松才不会这么笨呢！但我不怀疑目击者说的基本上是事实。亲身经历了抓骗子那件事，我觉得这样的壮举完全有可能在张松身上发生。

中午放学回家吃午饭时，井台边还是热闹得很，俨然成了小道新闻发布中心。从踊跃发言的新闻发布者口中，我获悉莹莹溺水时间不长，身体并无大碍，所以到医院打了一针后就苏醒了，只是因惊吓过度而全身抽搐不已。另外，毕竟在冰冷的井水里浸泡过了，患上了风寒感冒症，估计治疗两天也就能痊愈了。我的心为之一宽，刚想离开，一个新赶来的消息灵通人士，气喘吁吁地发布了一个石破天惊的消息：医生意外检查出莹莹已怀有六个月的身孕！

这怎么可能？莹莹是我三姐的小学同学，长得水灵极了。我不敢说她是小城第一美女，但在我们居住的这一带，却没有哪个女人能与她媲美。说得文绉绉点，那就是“无人能出其右”。她艳而不妖，为人还是很稳重的，从不理会浮浪子弟的搭讪，因而也从无绯闻传出。一年前，她就去农村插队落户了，难得回城，我也就很少见到她。她才十九岁，还没有恋爱对象，怎么会怀孕呢？我料定这是好事者的误传，用以哗众取宠而已。

然而，这一疯传的消息竟然是真的！我有意绕经莹莹家门前，听到她母亲正在哭天抢地：“我上辈子犯了什么天条唷，老天爷要这么惩罚我？让我生出这等不要脸的小骚货，老祖宗的颜面都给她丢尽了！天哪，我可怎么见人呀？这个该死的小蹄子又怎么活下去呀？不如让我和她一起死了算了！”边上众人一同劝解，也陪着唉声叹气。未婚先孕，在那时可是伤风败俗、辱没家门的头号丑事，难怪莹莹母亲痛不欲生了。

忽然听得有人忿忿地说：“不知是哪个坏男人作的孽？现在只有将错就错，让他们早点结婚，把这件事遮盖过去了。”一直默不作声的莹莹父亲，一个常年在乡村中学教书的语文老师，用远比平日沉闷的嗓音说：“问过她了，死活不肯说，一心护着他呢！”哦，莹莹倒是个痴情的女子。但古典爱情小说里充彻着“痴心女子负心汉”的模式，她竭力保护的那个男人会不会像她一样深于情、专于情呢？我虽然尚不知情为何物，却已读过不少爱情小说，不知怎的，总觉得这件事有什么地方不对——按理，他应该主动站出来，承认是他所为，然后一直守在莹莹身边啊！

当天晚上，我的担心被证实了。莹莹在父母的再三逼问及亲友的反复劝导下，终于说出了肇事者是印刷厂的薛××。薛××倒也是小城里有名的帅哥，不少姑娘暗恋他。用世俗的眼光看，如果他和莹莹结合的话，不失为一对璧人。莹莹是插队前与他悄悄好上的，两人情浓意密，便在他的单身宿舍里擅闯了伊甸园。莹莹插队后，他的态度有了些不易察觉的变化，但莹莹回城时两人照样偷吃禁果，而未婚青年又不可能得到避孕药具，莹莹便珠胎暗结了。

因为没有经验，又不敢向人请教，四个月后，莹莹才确认自己有孕在身。她与他商议对策，希望尽快登记成婚，好把这爱的结晶顺利产下。她准备坦然接受别人“奉子成婚”的讥笑。但他这时却动摇了，因为莹莹招工回城的日子遥遥无期，如果与她结婚会带来很多现实问题，比如按照当时的户籍政策，孩子也要跟着母亲落户乡下。而他的父母也坚决反对他娶莹莹为妻。因此，他主张莹莹去打胎，并且要她一个人去。但打胎又哪里是一件容易的事情啊？光有结婚证还不够，单位也得提供证明。这是他们绝对没有能力办到的。在他第三次拒绝莹莹提出的结婚要求后，莹莹绝望了，便效法《孔雀东南飞》里的刘兰芝，“举身赴清池”，以死明志了。

真相大白了，众亲友、众街坊群情激愤，一齐涌向印刷厂宿舍，去找薛××算账，薛××却早已闻讯躲开了。众人正想再找到他父母家去，张松押着一个灰溜溜的男人走了过来，正是不知被他从哪个角落搜出来的薛××。哟，又是张松，看来这件事他是决心管到底了。这个张松，平日不哼不哈的，却有着令人钦佩的古道热肠，关键时刻还真顶用！

没想到当着这么多人的面，薛××竟然矢口抵赖，咬定他与莹莹只是普通朋友关系，这个孩子与他无关。他问大家，谁看到他平时与莹莹出双入对了？这倒是事实。薛××故意这样做以掩人耳目，方便自己今后劈腿。这时，从医院强撑着赶到现场的莹莹推开人群，冲到他面前气愤填膺地说：“你……你……你真是太无耻了！”她想扑向前去撕扯他，却被张松拦住了。他出手如电，在薛××猝不及防的情况下，稳准狠地打了他一巴掌，嘴里还吐出“混账”二字。薛××的小白脸瞬间便红肿起来，而刚才的嚣张气焰也被这一巴掌彻底打没了。

混杂在人群中的我，见过张松抓人，那是两年前遇到骗子时仅有的一次。但从没见过张松骂人，更没见过他打人。这天，却意想不到地同时看到了他骂人、打人的情景。但几乎所有人都认为他骂得好，打得对，有理，痛快！我也不例外。我甚至希望张松继续挥拳，揍得这个负心汉满地找牙。可惜他这时又像功成身退的古代达人那样高蹈而去，留下一个挺拔的背影让看客们议论。

十

时间又过去了一年多。因莹莹自尽引起的风波已完全平息。那个年长莹莹六岁的薛××受到开除处分，莹莹做了引产手术，其后浴火重生，远嫁他乡，据说丈夫对她很好。从不头疼脑热的张松，发烧了几天，却一天也没歇工。他的知名度和美誉度大幅度提高，再也没有人蔑视他、戏谑他、嘲讽他了。当然，也没有谁把他当作真正的英雄一样崇拜。他在人们眼里，还是一个挑水夫，只不过是前面多了一些定语：一个有正义感、有同情心、勇于挺身而出、舍己救人的挑水夫。包括我，只是觉得他还是值得尊敬的，并不认为他有多了不起。

我真心觉得他了不起，是在这一年春天他出面制止了一起械斗事件之后。

小城的西面有一条宽阔的河流，名叫“教场河”，顾名思义，古时军队演武的教场应该就紧邻河边。教场河是小城的交通动脉，据说与京杭大运河相连，帆船从这儿出发，可以一直行驶到天安门城楼下的金水河，运气好的艄公可以站在船头看到我们最最敬爱的伟大领袖毛主席。初次听到这一说法时，我甚至渴望将来当一名艄公。这一说法始终无人证实，等我到过天安门广场后，才知道它是那样荒诞不经。

这一年春天，教场河里开来了好几条旧木船，靠岸后就停泊下来安营扎寨了。船上的男主人以浇铸铜器出售为业，主要是些铜脚炉、铜水壶、铜脸盆之类的笨重玩意，既贵又不实用，小城人正在逐渐淘汰它，所以生意很不景气。孩子们白天都走下船来，四处捡拾可以卖钱的破烂。

其中，有一条船上，每天都走下五个长得很敦实、也很相像的男孩，最大的十六七岁模样，依次递减到十二三岁为止，显然是挨个儿出生的五兄弟。我曾隔得远远地看到五兄弟蹲在船头上吃饭的景象，一个个狼吞虎咽，如同风卷残云般把一大锅红薯饭和一小碗咸菜一扫而光。她们的母亲，一个常住河边却仿佛终年没洗过脸的邋遢妇女，又从船舱里端出两碗红薯饭来分给他们，说："就这么多了，吃完统统给我上街去！"这是催着他们去捡拾破烂，多少换几个钱来填补肚子里的空隙呢。

五兄弟每天都分散到小城的各条街巷，他们都是好狠斗勇之辈，走在路上一个个横冲直撞，如入无人之境。即使是最小的那个，不见得有多少气力，却也霸蛮得很，老是与其他比他高大的拾荒者发生争抢，并升级为斗殴。打不过，把手指伸到嘴里发一声唿哨，附近的兄弟就会迅速赶来助战，一同咬牙切齿地把对方往死里打。这样，没过多久，五兄弟就威名远扬，成为同龄人绝对不敢招惹的小霸王，避之唯恐不远。

小城人面对北京、上海、南京等大城市的来客时，常有一种与生俱来的自卑感，但对来自其他地方的外乡人，却又怀有一种无法抑制的优越感了。我们把外乡人都称作“蛮子”，将本县境内说其他方言的人也称作“沙蛮”，就像我国古代的帝王用“南蛮”“北狄”“东戎”“西夷”来称呼邻邦一样，显示出可笑的沙文主义。依照这一习惯做法，我们把这五兄弟命名为“蛮子帮”，老大称大蛮子，老五称小蛮子，中间三个则按长幼次序分别称为二蛮子、三蛮子、四蛮子。

我从来没有与蛮子兄弟正面相遇过。听说大的两个倒是从不袭扰市民，只是偶尔与其他拾荒者发生冲突，小的三个就有些为非作歹了。比如在小巷里与同龄孩子擦肩而过时，会故意撞对方一下，对方如果瞪他一眼，他就会蛮横地说：“你看老子干什么？讨打吗？”话音未落，已扑上去拳打脚踢。看到富裕人家的小孩子手里拿着包子、油条或饼干在吃，他们会一把夺过，塞到自己嘴里，然后大摇大摆离去。如果真是这样的话，那就像《搜神记》中的周处一样，不仅是“一霸”，也是“一害”了。

没有哪个被欺负的孩子会想到去报告派出所，即使报告了，派出所恐怕也无可奈何。因为五兄弟都是未成年人，又没有真正犯法。争夺的都是破烂，值不了几个钱；抢几个包子、几块饼干，也够不上立案；打架挑衅嘛，别看有时头破血流，终究不过是皮肉伤，离致命远着呢！你能拿他们怎么样？

其实，对他们的劣迹，民警与巡防队员也早有耳闻，却没有办法整治他们，批评教育对他们是毛毛雨，一点效果也没有，找个由头抓进来用点小刑，只怕还没来得及将他们绑上，他们父母就会纠集其他船民来大闹派出所了。这班浪迹天涯的无产者，成分可都是响当当的，对他们实行无产阶级专政，那该是“大水冲了龙王庙”吧？

五兄弟气焰日炽，越来越不把小城人放在眼里。他们横行霸道的消息从各种渠道传到小城的练家子“叶氏三兄弟”耳里。三兄弟被彻底激怒了：居然敢在咱兄弟的地盘上如此放肆！不教训教训他们，他们哪知道马王爷长的是三只眼？于是，三兄弟商量后，写下一封战书，请人送达“蛮子帮”，约定第二天午后三点在体育场交手。

叶氏三兄弟中的老大这年十七岁，老二十六岁，老三和我同年，十四岁。但与我有交往的却是老二。我和叶老二都是武侠小说的狂热爱好者，经常交换图书及心得。他曾借给我一本没有结尾部分的《鹤惊昆仑》，我看得如醉如痴，为主人公江小鹤的险遇、奇遇及艳遇扼腕不已。当时的激动远远超过后来读金庸小说。很多年之后，我才知道它的作者是民国初年的王度庐，声望及成就其实都不及金庸。

三兄弟不像我这样只会坐而论道，他们从小便练习武功。无师可拜，一切全靠自学自修。又没得到武功秘籍，只能参照武侠小说中写到的一招半式来依葫芦画瓢。他家的院子里摆满了哑铃、石锁、沙包及举重器具，三兄弟一放学就苦练。真功夫如何无缘领教，练出了一身腱子肉倒是真的。叶老二曾鼓起手臂，要我试摸一下他的肌肉，嗬，比他家院子里的石锁还硬！让我深深自愧不能知行合一。

叶氏三兄弟名气虽大，却从不欺压良善，惹是生非，相反，倒爱路见不平，拔刀相助，属于武林中的名门正派，在小城里很有号召力。离约定的时间还有半小时，他们就在众粉丝的簇拥下，来到将与“蛮子帮”一决雌雄的体育场内热身。我也被叶老二叫来助威。本无意卷进这场是非，但一来碍于情面，二来也想亲眼观摩这件小城中千载难逢的武林盛事，便也充作他们的粉丝之一。

叶老大率先登场亮相，但见他穿一件V字领的短袖汗衫，领口像今天的女明星那样开得很低，使得胸肌半露。两块高高突起的胸肌之间有一道深缝，不知是否也可以称之为“乳沟”？他表演了一套迷踪拳，这是他自创的拳法，与后来电视里播放的霍元甲的迷踪拳完全不是一回事。我感觉他出拳速度挺快，但好像力度不够。中间来了几个后空翻，倒是利落得很，赢得一片热烈的掌声。叶老大演示完毕，叶老二刚要接着一展平生绝技，蛮子五兄弟驾到了。

五兄弟身后也有不少随从，想必都是一同驻泊此地的船民子弟。双方摆开阵势，只等主将一声令下就上前厮杀。叶老大走出阵来，双手抱拳一揖说：“本少爷不打无名鼠辈，来者何人，请报上名来！”大蛮子怒道：“要打就打，哪来那么多废话！”叶老大端的是大侠风范，不与他一般见识，继续说：“今日比武，范围限于我方三兄弟与你方五兄弟，不得伤及无辜。另外，双方点到为止，不得穷追猛打，这是规矩！”大蛮子火了：“放你的臭屁！打架讲什么规矩？兄弟们，上！”

五兄弟和我熟悉的张松一样，春天了，都还赤膊穿着棉袄。

只见他们纷纷从棉袄里抽出事先藏好的榔头、斧子和铁棍，狂叫着冲向叶氏三兄弟。三兄弟以为说定是比试拳脚，便没带器械来，这也是为了避免造成不必要的伤亡，表明他们宅心仁厚。谁知对方竟如此不讲武林规矩，完全是邪教黑帮的路数！三兄弟只好退后一步，就地捡起红砖和石头准备应战。

就在双方快要短兵相接时，从斜刺里杀出一条黑衣大汉，他横在两支人马中间，大喝一声："住手！老夫在此，休得猖狂！"随即，把手中的扁担舞得如同旋风似的，谁也不敢靠近。我定睛一看，原来又是张松！我不由得想起了《三国演义》中张飞在长坂桥头吓退百万曹兵的情节：他手握丈八长矛，高叫"燕人张翼德在此，谁敢前来决一死战！"声如雷震，吓得曹操回马便走，部将夏侯杰肝胆俱裂，当场身亡，其他将领也丢盔弃甲，狼狈逃窜。张松眼前的做派与张飞何其相似！这一刻的他，在我眼里威风极了，英武极了，哪里还是平时那个不言不语、不愠不怒的挑水夫？

张松的扁担越舞越快，人和扁担融成了一个虎虎生风的光圈。哇，这是人剑合一的境界啊！光圈左右滚动，逼得两支人马不断后撤，双方的距离也不断拉大。忽然，张松收住扁担，在空地中央站定，像镇守擂台的武林盟主那样摆了个严阵以待的pose，犹如虎踞龙盘。不待众人喝彩，他口腔里又蹦出一串赛过晴天霹雳的炸雷："趁老夫还没发怒，赶紧滚开！"早已愣在原地不敢动弹的五兄弟和三兄弟如闻赦令，转身便跑，只有最为顽劣的四蛮子和五蛮子，没跑几步就回过头来，怒视我们这拨用嘘声嘲笑他们的孩童。这时，张松从棉袄里取出一块五寸见方的石头，挥动右掌向它劈去，石头立刻断成两半。两个蛮子目中的凶光暗淡下来，也撒腿逃了。

晚饭时，我把张松的英雄壮举描述给家人，父亲听后哈哈大笑。我趁机向他请教心中的两个疑团：一是张松究竟会不会武功？他是不是深藏不露的武林高手？父亲说："他哪会什么武功啊，有一把蛮力罢了。从小就使扁担，倒是能舞弄那么两下子，但全不懂什么套路，只能唬唬外行和毛孩子。"我问："那他怎么能以掌断石呢？"父亲笑得更厉害了："哈哈哈，那不过是玩了点小把戏，他事先找了块有裂缝的石头掖在身边，为的是关键时刻来一手，为你们、也为他自己解围。没想到还真被他蒙住了！这个老小子！"吔，看上去老实巴交的张松居然也会蒙人？我不禁也哑然失笑。

我的另一个疑问是：张松一个大字不识，平时也沉默寡语，怎么今天说起戏文来了，还挺像那么回事？父亲说："这有什么奇怪的，他爱听说书，小时候老往书场跑，什么三国、水浒，都记得滚瓜烂熟的，临时借几句台词一点也不困难。不过，只怕他也是被逼得没办法，平日打死他也不会这么犯酸的。"原来如此。我彻底明白了，对张松的了解又加深一层，觉得他真还有点了不起。

十一

从那以后，我就开始叫他"张伯伯"了。第一次叫时有点不太自然，渐渐地就顺口了、习惯了，而他每次都高声答应，并现出笑得很舒心的样子。蛮子兄弟从此也收敛了许多，不仅因为慑于张松的“盖世神功”，还因为派出所的民警传讯了他们——这次和以前小打小闹不同，持械斗殴可是触犯了法律，派出所借机给这群野马套上了笼头。而叶氏兄弟也受到了民警的警告，小城少年武林中的两大帮派就此化干戈为玉帛。

两年后，小城绝大多数人家都用上了自来水，张松没法再操持原有的营生，只得改变生活轨迹，去饭店做些杂活，远不及以前轻松自如了，而我见到他的机会也就少了。偶尔经过他家时，我会从门缝里往里望一眼，但黑乎乎的什么也看不见。门边已不见了他常年坐在竹椅上的瞎婆娘，父亲说她病了，只能成天卧床了。门是从来不锁的，我很想推门进去看看，却不知该和她说些什么，加上也忌惮屋里的怪味，所以一次也没进屋。

十八岁那年，我离开小城去新垦农场插队落户。此后，就再没见过张松了。不过，每次回家探亲，我都会问父亲，张松过得怎么样？父亲每次都含含糊糊地回答说：“还行。”那时，我满脑子想的都是如何得到推荐上大学的机会，自然无心细问。当我拿到入学通知书时，不少昔日的同学好友向我表示祝贺，其中就有叶老二，我猛地忆起张松，忆起他果断制止那起械斗事件的豪侠风范，忆起他抓骗子、救莹莹等一系列英雄行为，对我家的这位故交顿生怀念之情。

我立即写信给父亲，打听张松的近况。父亲回信说，他的瞎婆娘在一年前病逝，过了半个月，张松也无疾而终了。他走得很安详，脸上浮现着平日难得一见的淡淡的笑容，似乎在说：我这一生过得很贫穷，但也活得很真实，很自在，如今我可以问心无愧地走了。读信后，我郁闷了很久。当时，我没想到还有其他什么方法可以纪念他，只能敬拈一瓣心香，遥祝他在天之灵安息。

在我家的故交中，值得记述的自然不止张松一个。有趣的是，父亲有个挑水夫故交，母亲则有个叫花子故交，我们姐弟当面叫她“阿婆”，背地里议论时便称她为“叫花子阿婆”。母亲与她的交往长达二十年，从一开始的施主与乞丐，慢慢演变为女儿与干娘，惹得街坊邻居笑话不已。母亲却不以为意，照样“干娘干娘”的叫不绝口，弄得我们姐弟也面上无光，私下里不知抱怨过多少回。但长大后，我却理解了母亲。不过，这个“叫花子阿婆”，与我本人没有太多交集，印象也就远远不及张松深刻了。

乡有贤达

一

上大学后，我习惯于向别人介绍说，自己的家乡是个“小邑”。这是因为我读了杜甫的《忆昔》诗“忆昔开元全盛日，小邑犹藏万家室”，想借机小小地卖弄一下。其实，这个我口中的“小邑”户籍人口多达一百六十万，据说在全国排名第二。所以，我的乡人提到自己的家乡时，总是不胜自豪地夸耀说：“我们是全国第二大县。”那时官方从不发布这类数据，对方不禁好奇地问：“那第一大县是哪儿啊？”乡人回答说：“好像是四川省大邑县。都自称‘大邑’了，肯定人口是全国之冠。”怕对方对大邑县全无印象，往往还会接着补充一句：“就是恶霸地主刘文彩的家乡。”对方“哦”一声，如梦初醒。可知在“以阶级斗争为纲”的岁月里，刘文彩的知名度远远超过了他的家乡大邑县。不知道大邑县的人太多了，不知道刘文彩的，恐怕只有星外来客。

我们县没有刘文彩那样知名的人物。当然，也不需要有。那叫臭名昭著，整个家乡都跟着蒙羞。但我们县的人才榜上却也写得满满当当的，有不少中央领导，也有许多科学家、艺术家，只是不及刘文彩名扬四海、频繁见报。在我们县城里，对这些能为家乡脸上贴金的人才，是经常放在嘴上念叨的，念叨的人深觉“与有荣焉”。青少年时代的我，对这些从家乡飞出去的金凤凰，虽也怀有高山仰止之情，却觉得他们就像悬挂在天幕上的那一轮皓月，皎洁则皎洁矣，却只能遥望，无法接近，或者说，他们就像一个美丽的传说，动人则动人矣，却只能向往，无法复制。真正让我作为标杆的，还是活跃在我身边的那些本地贤达。我敬佩他们，羡慕他们，仿效他们，并不自量力地幻想有朝一日能与他们并驾齐驱。

那时的我偏狭得很，毫无远大的政治抱负，对鲁人叔孙豹提出的“立德”“立功”“立言”这三件不朽的事情，我只看重排在最后的“立言”，而古代的硕学大儒却是兼修并重的。王阳明的故居有一副楹联，上联为“立德立功立言真三不朽”，下联为“明理明知明教为万人师”，那种襟怀我真的不具备。我只求将来能成为舞文弄墨之辈，写出一些具有真知灼见的文章来，让中小学同学和老师赞叹一声：这家伙还真是支笔杆子！

唯其如此，小城里那些叱咤风云的政治人物，并没有被我归入“对标”的贤达之列。被我视为贤达并有心追随其后的，都是名震本乡本土的笔杆子。他们地位不高，权力不大，分量不重，不知文章为何物的市井中人未必把他们当回事，但作为笔杆子，他们却是响当当、硬邦邦的，至少在圈内人看来是这样。

“笔杆子”是我们当地对擅长舞文弄墨者的俗称。谁文章写得出乎意料的好，周边的人就会啧啧称赞说：“哟，没想到你是支笔杆子！”“嘿，你的笔杆子好厉害！”没有人会费力、也费解地说：“你的文章真是字字珠玑、句句锦绣啊！”或者“哎呀，你的文章犹如笔走龙蛇，腾挪多姿，可以惊天地、泣鬼神哇！”这类文人雅士用来互相恭维的酸腐套话，小城人不会说，也不屑说。他们用极简单、极通俗、极形象的“笔杆子”这一称号，将文人雅士变着法儿翻新的种种吹捧之辞都囊括在内。

二

我有幸接触到小城里的笔杆子，是在高中毕业以后。其中，最先提携并教导我的是高中班主任老师的丈夫张圣明。他看了我高中时期的作文后，推荐在家等待发配的我去县广播站担任临时助编工作，从而让我得以与文字结缘。在这之前，我只是一个文学爱好者；在这之后，我才渐渐成为文字工作者，直至今天以文学研究为主业、文学创作为副业。

圣明老师身材颀长，肤色白净，一看就是文人模样。他毕业于本地区的师范学校，那是晚清状元张謇创立的国内第一所培养师资的现代学堂。因为成绩优异，又担任学生干部，精明强干，毕业后他没能如愿成为一名小学教师，而被挑选到县教育局从事管理工作，不久便被提拔为基教股长。就在他决意改变初衷向仕途发展时，“文化大革命”掀起的滔天巨浪差点让他遭受灭顶之灾。

少年得志的他，其实一点也不张狂，在同事尤其是年轻同事面前，说话的口气都很谦逊，从不把功劳记在自己头上、荣誉揽到自己怀里，这也正是领导欣赏他的地方。但他的存在本身就是对某些嫉贤妒能者的一种威胁，而狂飙突起的“文革”运动恰好为这些小人提供了可乘之机。他们在挥舞造反大旗取得夺权斗争的胜利后，立刻指鹿为马，把他定性为“修正主义干部路线培养的黑苗子”，加以隔离审查。

隔离审查的地点就在我家附近的人民剧场后院内，那一排低矮的小平房被临时改造成“牛棚”，关押着包括圣明老师在内的一批“黑苗子”。我就是在那时认识他的——不，应该说第一次看到他的。当时我十岁，他大概不到三十岁。

我和小伙伴原本是常到剧场后院内嬉闹的。自从那些“黑苗子”被关进小平房后，后院就处于全封闭状态了。我们深为失去了一块活动场地而惋惜。院子里经常传出训斥声、谩骂声以及棍棒击打声，有时会一直持续到深夜，让我听得毛骨悚然。但几个月后，便渐趋平静了，紧贴院墙，偶尔能听到轻微的脚步声和说话声，我们据以推知里面只剩下个别罪行特别严重的“黑苗子”及其看守者了。

一天，我们忽然看到院门敞开了，便蜂拥而入，想看看还关押在里面的是怎样的牛鬼蛇神。在小平房最角落的地方站立着一个看上去还比较年轻的男人，端正的五官长在他的国字脸上，显得十分和谐，但脸色却苍白得近乎病态，这应该是多时不见阳光的缘故。发型有点怪，半边长半边短。噢，该是被剃过阴阳头吧？这是大多数牛鬼蛇神曾享有的待遇。看到我们这群孩子嬉笑着走进，他愣怔一下之后，便面对着我们粲然一笑。他笑得那样自然，那样天真，那样纯净，不带有半点世俗尘杂，就如同刚刚出生的婴儿那般纯属发自天性而了无心机。我几乎被他的笑容迷住了，全然忘记了他是最后一个被羁押在这里的“黑苗子”。

两个臂戴红袖套的看守闻声从小平房中走出，呵斥我们说："谁让你们进来的？快走开！"然后转向"黑苗子"恶狠狠地说："是你干的好事？刚对你宽松点，你就不老实了！给我回屋去反省！"我赶紧澄清事实，大声为他辩诬说："不是他！门本来就开着的。"一个红袖套想了想说："大概是刚才头儿出去时忘了带上门了。好吧，这次就不跟你算账了！"说着，推搡了"黑苗子"一把。"黑苗子"进屋前，又微笑着看了我们一眼，一种友善与温情通过他的目光缓缓注入我的心田，完全颠覆了我以前对牛鬼蛇神的脸谱化认知。

六年后，我再见圣明老师时，一下子就认出他就是那个让我历久难忘的"黑苗子"，因为他对我展露的笑容依旧那么灿烂、那么纯真！他已经不记得我了，但记得有一群闯入剧场后院的孩子曾经惊讶地看着他，目光中全然没有他已经习以为常的蔑视和仇恨，让他感到这个混乱不堪的世界还有希望。

造反派关押了他两年多，却查不出他有任何实质性问题，也就难以将他的罪名坐实。在重新出山的老领导干预下，终于结束了对他的审查，将他安排到县委宣传部工作，具体工作内容是负责重要新闻稿件的写作。他就是从这时转型为笔杆子的，当高中班主任老师把我领到他面前，要他当一回"伯乐"时，他已是公认的"宣传系统第一支笔"了。有关我们家乡的大型新闻报道，不间断地登陆于《新华日报》，偶尔还会在《人民日报》上亮相。这些文稿，有的是他亲自挥毫，有的则是他组织撰写。"第一支笔"的地位正是由此而奠定。

这位我终生感戴的伯乐，第一次正式接见我时，鼓励之余，一一指摘了我作文中的瑕疵，而侧重点评了我那篇被语文教研室所有老师传阅的毕业作文《我准备为祖国做些什么》，他说，文章很有激情，也很有气势，但有些地方抒情过甚，有“为文而造情”的苗头，这是很不好的，今后要注意克服。应当“因情而造文”，根据内心情感的浓度和深度来驱遣文辞，切忌无病呻吟。我钦佩不已，觉得他真是搔着了我痒处。只是对“为文而造情”云云，我明白它的意思，却不知出自哪位古代名贤。唯因不知，才更觉得他胸罗万卷，渊博得很。

读大学后，我才查到它是梁朝刘勰《文心雕龙》中的句子。在古籍俱遭封存的年代，僻居小城的圣明老师竟然能在谈话中信手拈来刘勰的高论，在当时的我看来，这几乎就是一个奇迹。我深为家乡有此贤达之人而感到骄傲，更为自己曾得其亲炙而觉得三生有幸。不过，刘勰的原话是“为情而造文”，与他说的差了一个字，这大概是他记忆有误，也很正常。再后来，我自己当了古典文学教授，懂得了治学的甘苦，忽又想到，他未必通读过《文心雕龙》，更有可能是从哪篇文章里看到过刘勰的这两句话，觉得它很精辟，便记住了。我也许高估了他的阅读广度与深度。另外，如果细究的话，他对这两句话的解读也有那么一点点误差。

圣明老师当时还点评了我一篇以“送肥下乡”为题材的诗歌，同样让我大为折服。他说，优点是结构上首尾圆合，语言也很有韵律；缺点嘛，革命口号多了点，诗味还不够浓。另外，有过于追求辞藻华丽之嫌。要知道，好的诗歌都是语言浅显而诗味浓郁，比如“有的人死了，他还活着；有的人活着，他已经死了”。你看,每个字都明白如话,却非常耐人寻味。他不疾不徐,娓娓道来,脸上始终挂着如同春日暖阳般的笑容,我听着听着,真有醍醐灌顶、茅塞顿开之感。我记得很清楚,他当时说这首诗的作者是闻一多。闻一多等现代诗人的作品早已被从中学语文教材中删除,我从来没有接触过,听了觉得很新鲜,眼前仿佛打开了一扇新的视窗。当然,几年后我得知这首诗的真正作者是臧克家。

以圣明老师的工作业绩,是有机会晋升职务的。但他这时已经悟透了人生,看淡了仕途,领导几次找他谈话,想让他担任宣传部副部长。这是官场中人梦寐以求的好事,他却婉言谢绝了,说:“我还是喜欢这份工作,如果组织上觉得我还能胜任的话,就继续让我做吧。我真的没有别的想法。”要把他推选为先进模范,他也固辞:“万万不可,这顶高帽子戴在我头上,我可承受不起。”如是者三,在县府机关里他就有“通人”“达人”之称了。人缘越来越好,威信越来越高,连过去因嫉恨而对他落井下石的人也开始为他点赞。

他有时会来广播站指导工作,负责编播的老李、老杨、小陈都会自动聚拢到他身边,听他有条不紊地评说形势、分析舆情,并提出编播建议——他从来不使用“要求”这个词,而以“建议”来取代它,显得自己的身份不是官员而是同行。而且,即使在提出建议时,他也总是用商量的口吻:“可不可以这样?”“你们看是否可行?”从不以势压人。但在需要他表明态度时,他又绝不模棱两可,首鼠两端,语言虽然婉转,意见却明确而又具体。他这种行事风格几乎影响了我一生。

说到兴奋时，他不会手舞足蹈，但语速会比平时快些。中途，他会喝几口水润润喉咙，有时喝得猛了会呛着，剧烈咳嗽好一阵子。后来，不喝水，他也会不时干咳几声，咳得苍白的国字脸上现出潮红。每当这时，我的心就揪紧了，因为班主任老师说过，他的肺不太好。那是两年多的隔离审查造成的。白天，他强忍着尽量不咳出来，以免在办公场所制造噪音，晚上就咳得很厉害了，吐出的浓痰中还带有血丝。他的家人为此而忧心如焚，他却浑不在意，笑谓"死生有命，何须忧虑"。

广播站的三位编辑学历都比他高，且都是科班出身，不似他半路出家。但对他都心悦诚服，遇到争执不下的问题，都请他来裁决。有一天，编播组长老李对老杨采写的一篇通讯稿提了点意见，老杨不服，两人由辩论发展到争吵。老杨一向恃才傲物，不把老李这个领导放在眼里，而老李虽然对降服这个刺儿头力有未逮，却无法容忍他的藐视，因而不顾风度，与他唇枪舌剑地厮杀起来。我人微言轻，只能采取坐山观虎斗的态度。小陈劝解不住，突然想到一个办法："要不去问问老张？"他们都称圣明老师为"老张"，这是圣明老师强烈要求的。老杨闻言立刻脱出战团，打马去圣明老师处。

一小时后，老杨回来了，有点垂头丧气，面色却无不悦。他一声不响地改起稿子来，改完后往老李桌上一放就扬长而去。老李细看稿子，发现自己的意见已经被全部吸纳，心下对老张佩服不已。能说服目高于顶的老杨不固执己见，那需要怎样的卓识、怎样的威望啊！这以后，两人再因意见分歧而把自己弄成好斗的公鸡时，小陈就会及时站出来说："还是去问问老张吧!”于是,两人迅即偃旗息鼓,急匆匆跑去请圣明老师仲裁。圣明老师的立场不偏不倚,所以两人中没有常胜将军,但无论胜负都心服口服,没有谁抱怨他是糊涂判官。

但天赋其才却不假其寿。我在广播站助编快满一年时,圣明老师半夜突发心肌梗塞。县城里最好的医生竭尽全力救治,却回天乏术。圣明老师带着他对尘世的无限眷恋和对家人的极度不舍,魂归天国。火化那天,殡仪馆里挤满了前来为他送行的人群,无不为他的英年早逝一掬伤心之泪。只有我的班主任老师徐慧莹一滴眼泪也没流,但脸上那不胜忧伤的神色连路人见了也为之动容。我知道,她的泪都流在了心里。

那时,徐老师还不到四十岁。多少人劝她再嫁,她却根本不予考虑,独力侍奉年迈的公婆,并把两个十多岁的女儿一步步培养成才。如今,她已近八十高龄,却耳聪目明,清风朗月下,不时能听到她日夜思念的丈夫从遥远的太空传来的天籁之音。我也曾梦见过圣明老师,梦中的他成了整个天国宣传系统的“第一支笔”,别人问他的来历,他总是粲然一笑说:“我来自苏北小城。”只是,我怎么也看不懂他写的天书。

三

在被我奉为“贤达”的小城名人中,比圣明老师名头更响的是庄奂伯伯。他视圣明老师为平生知己,圣明老师与世长辞后,他有“同心一人去,坐觉长安空”之感,从此寂寞了许多。圣明老师没来得及向他托孤,他却主动肩负起照顾亡友遗孀和遗孤的责任。

他是县委办公室的资深秘书。在我离开小城后，他才由秘书升迁为主任。据他说，“此属情非得已”，而不是他的本意。他和亡友一样是“不求闻达”的，或者说“只知耕耘，不问收获”，甚至拒绝收获的。在小城的公众舆论中，他始终维系着谦谦君子的形象，待人友善，处事低调，绝口不论是非、不涉褒贬，这和圣明老师毫无差异。有所差异的是，圣明老师比较健谈，兴致高时可以口若悬河，滔滔不绝，而他则信奉“沉默是金”，在公开场合总是缄口不言或寡言，从不高谈阔论，语惊四座。在这一点上，两位莫逆之交可谓“和而不同”。这也就意味着，他比圣明老师更加谨言慎行，因而那些嫉妒他才华的人很难找到攻讦他的借口，就像一只无缝的鸡蛋，苍蝇纵然垂涎欲滴，也无从叮咬。

凡是认识他的人，都说他是“大笔杆子”，有人甚至说他是“我们县的第一支笔”。这一评价的高度显然要超过圣明老师了，因为同样是“第一支笔”，涵盖的范围却有宽窄之分：他是全县，而圣明老师只是县内的宣传系统。所以，对他似乎更加认可。当然，并没有谁将他们二人放在一起加以轩轾，那是硬要比较李白与杜甫孰优孰劣的酸腐文人才会干的蠢事。两种“第一支笔”的说法，是在不同的语境中出现的。庄奂伯伯所处的位置是县委办公室，比圣明老师的县委宣传部更具有全局性，我认为，范围的宽窄之分应该是由此导致的。事实上，圣明老师健在时，他们两人有“一时瑜亮”之称，而且谁也发出过“既生瑜何生亮”的感慨。圣明老师谢世多年后，庄奂伯伯的声望才如日中天，县内无人可以比并。

我称他为“庄奂伯伯”，并不是厚着脸皮套近乎、拉关系，借以自高身份。他唯一的儿子建军是我的高中同学兼挚友，几乎每天在一起厮混。建军称我父亲为伯伯，我自然也只能称他父亲为伯伯了。不放假的日子，我每天都要称呼这位“望之俨然，即之也温”的伯伯，因为我和建军约定每天一起上学，他家在我上学的途中，所以，都是我顺路去叫他，这样，也就每天早上都能见到庄奂伯伯了。

他生就一副忠厚相，除了夏季外，长年穿着蓝色中山装，天冷时在中山装里面套一件棉袄，头上还戴一顶蓝呢帽，就是从中央到地方各级领导干部常戴的那种。这既是他上班时的行头，也是他的家居服饰。每天七点左右，我到达他家时，十有八九看到他从内室将双亲搀扶出来用早餐。其实，他的父母年事虽高，却都精神矍铄，步履稳健，所以，他的搀扶更多地体现出的是孝道层面的意义。待父母坐定，他为他们一一舀上稀饭，然后将筷子递到他们手里，而这本来也是他们自己力所能及的事情。二老坦然承受身为“朝廷命官”的儿子的侍奉，脸上挂着舒心的笑容。

有时，我还能听到他与父母之间的对话。他问母亲：“昨晚睡得还好吗?”母亲说：“不太好，街上又敲锣鼓又放鞭炮的，瞎闹腾了大半夜。”他说：“娘，那不是瞎闹腾，你以后千万别这样说。是传达毛主席的最新指示，大家听了很振奋，用敲锣鼓放鞭炮的方式来庆祝，你儿子也去了。”母亲说：“噢，原来又有最新指示下来了？说的啥呀?”他说：“是关于农村合作医疗方面的，毛主席他老人家心里记挂着农民看病的事呢!”这时，他父亲插话了："毛主席他真是人民的大救星啊！你是政府的人，为他办事可要尽心尽力哇！万万不可耍奸偷懒！"他说："爹，我记住了，这就上班去。今天就不送你们回屋了，你们跨门槛时小心！"说完，拿起黑色人造革的公文包就走了。走出门前，又回头叮嘱建军和我一声："你们上学路上也要注意安全！"

他家的宅院挺大，有七间屋子，是父母手上创下的基业。想来家庭成分不会太低，而这又肯定会给他的仕途带来影响。他之所以处处谨小慎微，或许也与此有关吧。建军下面有三个妹妹，有别于妻子对建军的偏爱，他对四个子女一视同仁，不分伯仲，但对建军的要求似乎更加严格些，经常给他念紧箍咒："上课时思想要集中！""对老师一定要礼貌！""要严格遵守校纪校规，不要迟到早退！"而对同时出门上学的三个女儿，他却只简单地道声"再见"。这可能既是因为女儿比儿子要来得自觉，也是出于"望子成龙"的传统心理吧？但我从没看到他训斥或责罚建军，尽管建军犯错误的频率一点也不比我低。即使给建军念紧箍咒时，他也不像唐僧那样紧皱着眉头或阴冷着脸色，他的表情是平静的，语气也是平和的。更像领导对部下提要求，而不是家长对子女下指令。同样的意思，让我父亲来表达，就是另一种况味，比如"不要迟到早退"，我父亲会说成是："要是迟到早退的话，回家没有你的好果子吃！"

庄奂伯伯似乎挺希望建军能子承父业的，所以很关心建军的作文情况。我几次听到他对建军说："放学时记得把作文本带回来给我看看。"那时，学校经常组织学工学农活动，课时量大为缩减，几乎没有家庭作业，我们也就把课本和作业本统统放在课桌抽屉里，免得带来带去麻烦。建军虽然一向唯父命是从，但对父亲要看他作文这件事却是有抵触情绪的，总是推说“哎呀，忘了”，“嘿嘿，又忘了”。庄奂伯伯不高兴了，严肃地问他：“你把我的话当耳边风吗？”建军后来告诉我，在他印象中这是父亲对他说过的最严厉的一句话。以我的感觉，它仍然不失温和。

庄奂伯伯作为“大笔杆子”的一面，其实我了解得不多。他写的主要是县领导的工作报告，以及要向上面提交的各种总结材料，属于行政公文的范畴。这类文章是不容易写好的，既要穿衣戴帽、涂脂抹粉，又要花样翻新，不落俗套，还要浑然天成，了无痕迹，多少御用文人为此殚精竭虑！庄奂伯伯既然被誉为“大笔杆子”，肯定是个中高手。不过，以我的身份，是没有机会读到他这类文章的，而且，说实话，我对这类文章也没有阅读的兴趣。

我对这位“大笔杆子”的文字功底仅有的一点了解，来自于他对建军作文的批改。建军和他父亲一样低调，是不会主动向我炫示他父亲的精彩改笔的。是我难抑好奇心，再三请求，他才不得已出示的。嗨！到底是有口皆碑的大笔杆子，改动的地方果然有过人之处：作文的题目为“春游”，建军原文中的“游客众多”，被他改成了“游人如织”；建军原文写道：“春天重新回到了我们身边，大地上的一切都改变了模样，”在他笔下浓缩成“春回大地，万象更新”；建军原文说“鸟儿在树枝上轻声交谈着什么”，他大笔一挥，将其化作“鸟语呢喃”。不能说他的改笔化腐朽为神奇，建军的原文也文通字顺，而且紧扣题意。但经他修改后，明显要更加精练、更加典雅，而这正显示出他非凡的遣词造句能力。我一遍遍把玩他的改笔，佩服得五体投地。如今再度回味，我才觉出，他的改笔，虽然精练、典雅到极致，却似乎不够鲜活。这可能是不自觉地濡染了他长期写作的官样文章的风格吧？

他还曾向我要作文看。我的心情矛盾极了，既期望得到这支大笔杆子的指教，又担心自己的习作太幼稚，入不了他的法眼，反倒有损在同学间刚开始传扬的一点薄名。此外，我还有一点顾虑，万一他觉得没有家学渊源的我，作文比建军写得好，会不会对建军感到失望呢？最终我没有把作文交给他，和建军当初一样装作把这件事忘了，而他也没有第二次说起。他是从不强人所难的，更不会给儿子的同学脸色看。我再去他家时，不免心下忐忑，他却神色温润如故，照样在我称呼他“伯伯”后，欣然回应“早上好！”

有一次，我去得晚了，他已与建军一起走出家门。于是便有了一段短促的同行的经历。他问我读了哪些课外书，我不知该不该说自己除了读过四大古典小说名著外，还在管理校图书馆的杨玲老师默许下，偷看了《复活》《红与黑》等西方小说名著，犹豫了一下之后，大着胆子说：“看过《水浒传》和《西游记》。”这两部书在当时也是被视为封建毒草的，我很怕受到貌似很方正、很刻板的他的批评。谁知他却只是说：“你们看过后最好写一点读书笔记，把心得记录下来，正好也练练笔。”接着，又有点迟疑地说：“当年……当年我就是这样做的。”这是同时说给我和建军听的，我们都听得很清楚，但因为懒惰，却没有按他的建议去做。

我被推荐上大学后，寒暑假都会回乡省亲，而他家是我的必到之处。那时，我已经开始做读书笔记了。但我不想和他说这些，我去他家的目的是找建军神聊或一起外出闲逛，对他只是做礼节性的请安。他是我的父辈，在他面前我多少有些拘谨，而且总觉得彼此之间横亘着一条不可逾越的代沟。但那天，他却破例来到建军房间，主动介入我们的交谈。他说："现在'四人帮'被打倒了，很多禁书都可以读了，你学的又是中文，可以过足书瘾了。不知外国小说中你最喜欢哪一部？"这个问题还真不好回答。我想了想说："比较喜欢雨果的《悲惨世界》。"我已经非常"严谨"地用"比较"二字取代了"最"。

没想到他居然露出乍遇知音的神态说："呵呵，于我心有戚戚焉！我也很喜欢《悲惨世界》，它写的虽然只是个人的传奇经历，格局却很宏大，融进去的东西很多，很有历史感和时代感。"嗨！这寥寥数语的点评一点也不逊于我们的外国文学老师哇！我感兴趣了，便开始与他讨论冉·阿让的形象。他一改过去的做派，侃侃而谈，中途突然打住说："我当年还做过不少笔记呢，只是不知放在哪儿了。你稍坐一会，我去找来给你瞧瞧。"他面泛红光，兴冲冲地要去自己卧室翻箱倒柜。

这时，建军阻止他了："好了，爸，我们还要出去呢，你那点宝贝继续压箱底吧。"说完，拉起我就往外走，留下他不胜遗憾地僵立在原地目送我们离去。我猜建军大概觉得父亲这样做有炫耀自己的学识之嫌吧？他不希望父亲变成这样。我的猜测很快就得到了证实。一走出家门，他就对我解释说："我爸退居二线了，性格也有点变了。”

当时，建军在省城的一所部队院校学习。他是以战士的身份考入这所院校的。高中毕业时，他就想去当兵。许多有权势的人家都把儿女送到部队去了。庄奂伯伯也是有能力这样做的。我和建军曾一同去镇政府“帮闲”，镇委秘书细问我们的出身门第，我报出父亲的名字后，他不以为然地“哦”了一声。当建军嘴里吐出“庄奂”二字时，他则立刻现出一脸媚笑说：“哇！原来是庄主任家的公子啊！失敬，失敬！”发生在自己眼前的这一幕，让我本能地觉得庄奂伯伯是可以归入小城的权贵之列的。但建军却没能享受到官二代本该享有的特权，如他所期望的那样，高中一毕业就投身于解放军这所“革命大熔炉”，而满心不情愿地成为插队知青的一员。两年后，他才在插队的地方通过自己的努力如愿以偿。他的三个妹妹后来的就业情况也不理想，因为他的父亲，当地的第一支笔，始终不愿“出面”斡旋，听凭她们在拥挤的人潮中自在沉浮。

如今，建军早已转业到家乡工作，几度变换岗位后，成为县卫生系统的领导。由于我的父母俱已作古，姐姐也都已离开小城，我已多年没有返乡，与建军也失联很久了。我想，庄奂伯伯应该还健在，下次如果有机会见到他，我一定恳求他把早年的读书笔记找出来，让我仔仔细细地拜读。从中，我领略到的恐怕不只是他的独特感悟和生花妙笔，应该还有时代的烙印和生命的屐痕吧。

四

我所心折的家乡贤达，还包括在县广播站助编期间结识的严强。他只比我年长八岁，按理应当以平辈论交，我一开始也是将他视为同侪的。但几个月接触下来，我却深觉，他值得我师事之，因为他的思想深度与高度固然是我远远不及的，他的写作能力也绝非我所能望其项背。

他是六六届高中毕业生，曾就读于本地区一所名闻遐迩的重点中学。众多英才从那儿走向清华、北大等著名学府，再腾飞为科学、文化宇宙中的璀璨星辰。只要考进这所中学，成绩平平者也能稳稳当当地跨入大学门槛，遑论成绩佼佼者？而他正是公认的成绩佼佼者之一。就在他蓄力向北大未名湖发起最后的冲刺时，猛然爆发的“文革”摧毁了高考制度，家在农村的他成为一名回乡知青，身份比插队知青还要低微。这时，唯一给他以信心和希望的是手中的笔杆子，凭借这支自幼便与他相亲相爱的笔杆子，他为自己打出了知名度，铺开了新的前程。

他后于我三个月来到县广播站，担任的工作是助编，身份却和我一样，是前来接受培训的通讯员。不同的是，我还没能走出茅庐，而他已在茅庐外仰望星空多时了。在本县的写作圈子里，他已能自张一帜、独标一格，声名直逼庄奂伯伯和圣明老师了。他到来之前，老李就告诉我：“马上要来一支硬笔杆子了，他也是通讯员，但文章很成熟。你要好好向他学习！”在我们家乡，“硬笔杆子”和“大笔杆子”都是对写作高手的一种带有赞誉意味的代称。一个户口还在农村的通讯员，能被堂堂县广播站的编播组长称作“硬笔杆子”，我想此人必有其高迈之处。

报到那天，他扛着铺盖行李，满头大汗地出现在我们面前。面庞稍圆，身材微胖，看上去显得十分敦厚。让我有点讶异的是，他才二十五岁，黑发中却已能隐约见到几根银丝。站里为他安排了单身宿舍，我帮着他整理卫生。被褥虽然陈旧，却很干净，他慢条斯理地把它铺得平平整整，不见一点褶皱。他带来的换洗衣服寥寥无几，书籍却有厚厚一摞。他一本一本地为它们掸去途中沾染的灰尘，仔细得就像武林高手临战前拂拭自己的独门兵器。最后从网兜中拿出的是一个很大的日记本，他先把它搁进抽屉，想了想，又放到写字台的正中央位置。我问："你每天写日记吗？"他点点头，反问："你呢？"我只能惭愧地摇头了。

一周后，老李派他和我去距离县城四十公里的某公社采写录音报道。他把笨重的录音机绑在自行车后座，与我一同骑车前往。我原本觉得自己是小字辈，由我来驮着录音机比较合适，但他没有答应我的这一请求。这恐怕不只是想为我减负，也是担心我毛里毛糙的损坏录音设备。途中，他多次下车察看捆绑录音机的绳索有没有松动。他还要我骑在他后面，注意观察录音机的情况，如有异常，立刻叫停他。我嘴上答应，心里却觉得他未免过度小心谨慎了。

这次报道的主题是"改造农田夺高产"。采访归来，他主动说："这篇报道就由我来执笔吧。"我求之不得。初稿完成后，他让我提提意见。看他的神态，这似乎只是一种客套，一种姿态，一种礼节性的程式。而我拜读后，也的确提不出任何意见，只是由衷地觉得，他并非浪得虚名，老李称他为"硬笔杆子"，良有以也！稿子中有一段对改造前的农田的描写，我特别欣赏，记得其中有"朔风凛冽，荡草凋零"等颇具文采的句子。但老李审稿时，却认为这段文字偏离了新闻稿的写作路径，将它无情地删去了。因为他已是圈内的成名人物，老李对他的态度要比对我尊重多了，屈尊与他商榷。他没有表示异议，淡然一笑说："那就删了吧。"但看得出，他心里其实是有保留的。

稿子要播出了，他和我商量署名问题。从严格的意义上说，这次采访，我实际上只是他的随行人员，以观摩为主。但他却很有姿态地说："我们两人联合署名吧，你看谁的名字排在前面？"十七岁的我纵然入世不深，却也明白他的用意，同样姿态很高地说："我没付出什么劳动，就不署名了吧。"推让来推让去，最后还是两人联合署名，而我的名字排在后面。

推让过程中，他有一句话给我留下很深的印象："我不是谦让，我的名字署在后面一点也没有关系。"这是什么意思呢？我揣摩，它也许有两层含意：第一，即使我排名在后，从文章风格，内行人也能看出是我的手笔，我的劳动不会被抹煞；第二，这样的文章对我没有任何意义，我不需要用它往脸上贴金，排名先后根本无所谓。如果我没揣摩错的话，他内心还是自视很高的。

他很少与人闲聊，也没有任何社交活动，下班后就关在屋子里看书写作。听说他高中毕业回乡不久就奉父命成婚了，妻子是一位农村妇女，两人已育有一双儿女，想来经济负担还是很重的。在食堂就餐时，他几乎都买素菜，只有被熟人拉到一起落座时，荤菜才会在他的搪瓷碗里惊鸿一现。然而，一同下乡采访时，看到路边的茶水摊，他却会抢先买来凉水与我同饮；晚上用餐，我悄悄去付了账，他得知后则坚持要与我结算清楚。

尽管在生活上对自己克扣到了极点，买书他却很有些大方。郭沫若的《李白与杜甫》在小城书店上柜不久，我就看到它翩然飘落到他的写字台上。得到他的允许后，我翻了翻，里面有许多他阅读时留下的标记，其中最多的是问号。

我也去买了这本书。读完，同样产生了不少疑问。比如过去都认为杜甫是“人民诗人”，而郭著却力辩“人民诗人”的桂冠只能戴在李白头上，杜甫则担当不起这一称号。这一翻案文章好像做得有点离谱。我请教他的看法，他又习惯性地淡淡一笑，对郭著不作任何褒贬，只是说：“毛主席最喜欢唐代‘三李’，即李白、李贺、李商隐，郭老扬李抑杜，可能与此有关吧？”后来，我才明白这就叫点到为止，是有大智慧的人爱干的事。

他对我始终不失礼貌，从无睥睨之意，但我知道，他骨子里是把我当作黄口孺子加以俯视的。他从不与我深谈，我想，这一来是怕祸从口出，二来也是觉得“竖子不足与言”吧？那次谈到郭著后，我问他：“那么，你最喜欢哪位唐代诗人？”他照例笑而不答，却一时心血来潮，向我出示了写在日记本上的自创格律诗。时隔四十多年，我依稀记得其中好像有一首题为《读魏征“述怀”有感》。

因为只是匆匆一瞥，具体诗句我已了无印象，无非是抒写他的远大抱负。但有几点我记忆犹新：其一，诗中有“燕雀”“鸿鹄”等意象，分明是感叹“燕雀焉知鸿鹄之志”，对身边人未能充分认识到他的理想与价值心怀幽怨。其二，用了“冯谖弹铗”的典故，这该是自伤境遇了，说明他对现实处境很不满意。柳亚子在呈献给毛主席的唱和诗中也用过这个典故，惹得毛主席不高兴，告诫他说“牢骚太盛防肠断”。其三，对偶工整，语言精美，而且合辙押韵，正是我理解中的规范的格律诗。

我赞不绝口，提出能不能让我抄录下来好好学习？他拒绝说：“涂鸦之作，不足流传”，并立即从我手中要回日记本，但脸上却似掠过一丝得意之色。他问我：“读得懂吗？”我“嗯”了一声。他又问：“真的读懂了吗？”这有点伤害我的自尊，我故意说：“似懂非懂。”他仿佛松了一口气，叮嘱我说：“不要对别人说起我写诗的事，更不要说我写了些什么样的诗。拜托了！”我答应替他保守秘密，心底却埋怨他把自己包裹得太紧，同时对我缺乏信任。

他全然不知我其实也是诗词爱好者，此时已认真研读过王力的《诗词格律》，并已能记诵相当数量的唐宋诗词了，所以读懂他的作品完全不成问题。他更没有想到我后来会成为专业的古典诗词研究者，数十年如一日地在古典诗词的百花园中流连忘返。当时，我还看到他的日记本上抄写着另外一首诗：“穿岩透壑不辞劳，远看方知出处高。溪涧岂能留得住，终归大海作波涛。”我看着眼熟，却想不起出处，问他，他说抄录自《水浒传》。我觉得，这虽然不是他的作品，手抄它却隐然有自况之意。许多年后，我才偶然发现，《水浒传》并不是这首诗的最早出处，它原本是唐宣宗李忱与一位僧侣的“瀑布联句”，施耐庵在《水浒传》中未加标注地引用了它。小说家是无须讲究学术规范的。

当时的舆论也普遍认为他不是池中之物，一旦风云际会，必能实现宏图远志。我去建军家玩，庄奂伯伯每次都会提及他，说他底蕴深厚，与同班同学宋林飞堪称“双璧”，将来肯定会有惊人成就。宋林飞借用在县委办公室，当与庄奂伯伯经常接触，他则和庄奂伯伯没有太多交往，但庄奂伯伯却总是将他与宋林飞相提并论，甚至认为他的精华内敛还有过于宋林飞。

我与宋林飞迄无一面之缘，不知庄奂伯伯的比较是否允当，但对他的内敛却有深切的体会。他胸中其实也有很多块垒，却只在自己创作的格律诗里偶露峥嵘，平日始终发语温婉，待人平和，而且喜欢“躲进小楼成一统”，从不臧否人物，招惹是非。一天晚上，我与他结束加班后，行经一个院落，不巧看到一男一女两位广播站的员工相拥于墙角，而他们都各有家庭。我拉拉他的衣袖轻声问：“看到了吗？”他回答说：“什么也没看到”，而且紧接着强调说：“你也什么都没看到！”此后，他对这件事绝口不提，仿佛它从未发生。我想，这应该也是内敛的一种表现吧？

庄奂伯伯的预言几年后便为历史所证实：高考制度一恢复，他就与宋林飞双双考入南京大学哲学系。这正是我心仪的学校和专业，可惜这之前，我已通过层层推荐选拔，成为一所师范大学中文系的最后一届工农兵学员。四年后，他们又双双留校任教，而我则负笈北上，攻读硕士学位。如今，他们早已著作等身，功成名就，誉满学林，足以为他们生活过的苏北小城争光了。

自从十八岁离开县广播站去农场插队后，我与严强大哥就没有联系了。但我一直关注着他的消息，并且努力向着他的高度迈进。功成名就后的他，应该不会再自叹怀才不遇，但不知是否会有“高处不胜寒”之感？是否还是那样平和、那样内敛？是否还记得有个他不曾正视过的小弟弟曾经追随他、仰望他？我很想对他说，我虽然还是不能与你比并，但见贤思齐，我一刻也没有停下追赶的脚步。倘若有缘重逢，我不敢和你谈论哲学以及你现在从事的公共政策、国际政治研究，但如果你愿意聊聊也许至今仍没有放弃的诗词创作的话，我将毫不畏惧。

与严强同时考入南京大学、后来也留校任教的乡贤还有顾文勋。不过，他读的不是哲学，而是中文。这也是我曾经仰视的笔杆子，但他至今不知道我，不知道有个小他九岁的文学爱好者曾经怎样对他私心慕之。

我是下乡插队以后才得知他的英名的。当时，县文化馆举办故事员创作培训班，农场派我去滥竽充数。培训时间三天，而授课老师仅顾文勋一人。我对通讯报道的写作已不算外行，对故事创作虽有兴趣，却从未尝试，临时敷衍了一篇作为“入场券”。三天时间里，顾老师除了讲授故事创作的基础理论外，还对我们的习作逐一进行了点评，无不一针见血，深中肯綮。在进行理论阐释时，他从不作天马行空式的无根游谈，而总是结合自己的创作实践现身说法，却原来他已在省级文艺刊物发表了好多作品，这些刊物都是我闻名已久，却从不敢奢望自己的作品能厕身其间的。课后，我拜读了他的这些作品，从构思到语言，都让我拍案称绝。我忍不住痴心妄想：要是有朝一日我也能写出这般锦绣文字，并像他一样成为省级文艺刊物的常客，此生于愿足矣！不仅是我，所有的参训者差不多都将他奉若神明。

造化弄人，二十多年后，我阴差阳错地当上了西子湖畔一所重点大学的中文系主任，并侥幸拥有了“教授”“博导”等头衔。参加南京大学中文系主办的联席会议时，我向该系一位领导问起顾文勋老师，该领导说他目前还是副教授。我惘然若失，很有些不甘、甚至不平地说：“他很有学识的，文章早就写得出神入化了。”该领导说：“那恐怕是你青葱岁月的眼光。”我无法接受这一说法，心想，一定有其他因素影响了他的职称晋升，或许，一向淡泊名利的他视教授职称为敝屣，根本就不屑一顾。回到西子湖畔后，我很想把他这些年的论文找来看看，却又迟迟不敢，因为我怕自己使用的不再是青葱岁月的眼光。

青葱岁月看人看事的眼光也许真的已经离我而去了，但青葱岁月的斑驳苔迹，却将永远闪烁在我眼前，诱使我回望自己一步一步走过的道路，回望那个时代渐渐远逝的身影。

后　记

时序如流，岁月不居，转瞬间就到了耳顺之年。追怀自己的青葱岁月，感慨顿生。前尘往事，原本如烟似幻，在凝眸回望的此刻却变得清晰起来，鲜活起来，于是便有了这本书。

书中致力描述的“青葱岁月的苔迹”，是属于“我”的，却又不仅仅是属于“我”的，它是上世纪五十年代生人的共同的生命记忆。书中记录的人和事，都以“我”为视点，却远远超越了小“我”的视界，而被放置在更为寥远阔大的时空背景下加以鸟瞰。这些带着作者体温的故事，也绝非是私人档案的简单归置，而是对历史经验的再度观照、审视与感悟。所有的小人物、小事件以及小悲欢，都与大时代紧密勾连，都可以映现出大时代的风云变幻，折射出大时代的精神面貌。我试图通过讲述一个个亲身经历的故事，既展示自己的一段生命屐痕，又为渐行渐远的那一特定时代留下几幅生动而又逼真的剪影。

故事的发生地某苏北小城，仍生活着很多伴随我走过青葱岁月的亲友。他们在贫瘠和苦难的滋养中孕育着新的希望，在生存的困境中守望相依，渺小而不卑微，柔弱却不乏自尊。他们坦然接受着时代对他们命运的安排，无论这种安排是否合理。他们无力把握时代脉搏，却一直感应着时代潮汐，当汹涌澎湃的时代大潮袭来时,他们或许也会随波逐流,但始终不改内心的纯真、善良与坚韧,也不改既定的生活习俗与社交礼仪,因为那是乡邦文化贯注在他们骨子里的东西。他们用这些来与一度非理性的时代相抗争,并在抗争中彰显他们经得起任何磨难的生命力。这是一种生生不息的传承与延续,映现着中华文明强大的文脉基因。

这部有幸入选浙江省文化精品扶持工程和杭州市文化精品工程的非虚构文学作品,采用散点透视的方法,将"我"与他们的命运相扭结,试图从不同角度、不同方位表现时代与个人之间的互动,既追踪个人成长的历程,又勾勒时代演进的轨迹。书中有拂去历史的风烟依旧栩栩如生的人物与事件,也有"剪不断理还乱""才下眉头又上心头"的乡思与乡愁。从这一意义上说,它或许也可以作为"乡愁中国"的一个标本。事实上,我的初衷就是以小见大,讲述"中国故事",记录"乡愁中国"。正如一滴水可以映现太阳的光辉,由一个活生生的人无疑也能透见整个时代的面影。

既然号为"非虚构文学",书中记录的人和事自然都是真实的,我只是在某些细节上用文学语言及文学的手段略事渲染而已。需要说明的是,由于年代久远,我记忆中的个别细节也许已经不完全是它的原貌,却绝非有意歪曲,而是因为时间的流水将它冲刷得有些变形。对书中涉及的所有人物,我都如实描写,不加粉饰,不予拔高,当然也绝不刻意丑化或贬损。如果偶有唐突不恭之处,还望海涵。另外,出于保护隐私的需要,个别人物在书中以化名出现,如果他们碰巧翻到本书,想必能谅解我的苦心吧?

全书十一章,既各自独立,又相互衔接,彼此呼应,共同构成带有地域特色和时代折光的“中国故事”的文本。编排顺序主要依据写作时间的先后,而没有完全按照故事发生时间的先后。这种结构方式,顺应作者脑电波的律动,也许更能造成“意识流”的效果。

我的青葱岁月早已远去,但它留给我的记忆却永难磨灭。记忆中有那么一点点苦涩与酸楚,但更多的还是温馨与甜蜜。我曾经问自己:如果要你放弃现在所拥有的令人羡慕的一切,回到青葱岁月去,重启一段艰苦卓绝的奋斗旅程,你是否愿意?未加考虑,我就坚定地回答:愿意!

然而,这又怎么可能呢?!

回不去的青葱岁月,抹不去的故乡记忆!